Avant, j'étais un salaud

LOUISA MÉONIS

Avant, j'étais un salaud

ROMAN

&H

HARPERCOLLINS FRANCE
83-85, boulevard Vincent-Auriol, 75646 PARIS CEDEX 13.

www.harlequin.fr

ISBN 978-2-2804-1938-3 — ISSN 2271-0256

Le temps est trop lent pour ceux qui attendent, trop rapide pour ceux qui ont peur, trop long pour les affligés, trop court pour ceux qui se réjouissent, mais pour ceux qui s'aiment, le temps c'est l'éternité.

HENRY VAN DYKE

Prologue

Nu au milieu de mon salon, le bras retombant le long de mon corps, j'observe mon téléphone au creux de ma main. Je ferme un instant les yeux et me concentre sur ma respiration. Inspiration… Expiration…

J'aspire une grande bouffée d'air, bloque mon souffle et l'expulse vivement. Un instant, je me demande si je sais encore respirer et comment quelque chose d'aussi simple et naturel peut devenir aussi compliqué.

La vie est si peu de chose, finalement ; une inspiration, une expiration, les poumons manquent d'oxygène, notre cœur s'arrête et c'en est fini de nous.

Pourtant, on est tous là, à rêver d'éternité. Les fous pensent qu'ils pourront y prétendre, et les optimistes oublient que tout a une fin, même leur vie.

Je rouvre les yeux et constate que mon interlocuteur a raccroché sans attendre de réponse de ma part. Je crois que, de toute manière, tout avait été dit et qu'on ne s'encombre pas de politesse après ce genre de nouvelle. On ne peut qu'être dans l'empathie, et je ne m'embarrasse ni de l'une ni de l'autre. Donc je le remercie mentalement de ne pas s'être senti obligé d'en faire preuve à mon égard.

Mon téléphone s'est mis en veille, et je constate que ma main tremble. Mon regard fixe le fond d'écran. Les sourcils froncés, j'observe la photo que j'ai prise durant mon dernier séjour d'escalade en France, dans les calanques de Cassis.

Ce jour-là, il faisait une chaleur torride. Le soleil ne m'a laissé aucun répit pendant mon ascension. Une fois en haut, je l'ai regardé se coucher sur la mer dont les vagues s'écrasaient brutalement contre la roche. Je me sentais victorieux et pensais que rien ne pouvait m'atteindre, jamais.

Il semblerait que je souffre bien plus du complexe de l'écrivain que je ne le pensais, puisque je ne distingue plus mes fantasmes de la réalité !

Là… quelque chose d'inconnu s'immisce en moi, se frayant un chemin dans mes synapses torturées. Tristesse, peur, mélancolie… Je cherche un instant à définir ce sentiment qui m'assaille mais abandonne rapidement.

Rien ne sert de penser à ce que l'on ressent. Je sais qu'une fois que l'on commence à réfléchir il est difficile de s'arrêter.

Je redresse mes épaules voûtées et reprends mon attitude de connard prétentieux comme si rien ne venait de se passer. Je préfère l'action aux lamentations et être un salaud à être un mec tellement fracassé par la vie qu'il en aurait oublié comment vivre. Je pose brutalement mon téléphone portable sur la table de mon salon et me dirige d'un pas décidé vers le bar. J'ouvre ma meilleure bouteille de whisky et m'en sers un verre pour donner plus de contenance à mon personnage. Ma main tremble toujours, mais peu importe puisque, maintenant, elle est pleine. De plus, j'agis et ne me laisse pas envahir par mes sentiments. Je les enfouis, les oublie et fais en sorte de ne plus jamais y faire face. C'est de cette façon que je règle les choses, non en me lamentant comme une pauvre chose sur mon passé.

— Tout va bien ? me demande une voix féminine chargée de sensualité au moment où le liquide ambré entre enfin en contact avec mes lèvres.

Je tourne la tête, et mon regard se heurte à la malheureuse créature toute en formes et en rondeurs que j'ai abandonnée, nue, dans mon lit, pour répondre à cet appel téléphonique que j'aurais bien aimé ignorer finalement. Ce n'était qu'il y a quelques minutes, mais j'ai l'impression que c'était dans une autre vie. Pourtant, c'est bien la même femme. Je me raccroche à mes souvenirs pour tenter d'y revenir. Je me revois très bien lui retirer sa robe, son string en dentelle et la couvrir de mes caresses expertes. Si je me concentre, je sens même encore son goût sur ma langue inquisitrice et la moiteur de son sexe autour du mien. Je goûte avec lenteur mes lèvres pour récolter les quelques gouttes d'alcool qui s'y trouvent et scrute la jeune femme en silence. Ma raison me souffle de lui dire de rentrer chez elle, car je dois faire la lumière sur les récents événements, prendre des décisions, peut-être même digérer la nouvelle. Mais ai-je déjà été raisonnable ?

Je bois une nouvelle gorgée d'alcool, savoure la

sensation de chaleur qui me traverse la gorge et me dirige d'un pas assuré vers ma compagne d'un soir au regard timide et hésitant. Mon sexe se balance à chacun de mes pas et grossit à mesure qu'il prend conscience qu'il va être l'acteur principal de la scène suivante. Je souris légèrement en voyant la douce créature rougir et regarder partout sauf en direction de mon pénis. La pauvre s'est entortillée dans un drap et tente d'avoir l'air à l'aise ! Elle resserre maladroitement le bout de tissu qui ceint son corps voluptueux, et je me demande combien d'hommes se sont immiscés entre ses cuisses avant moi, sans m'en formaliser plus que ça. Pour ma part, j'adore coucher avec des inconnues. Je reconnais avoir un certain nombre de conquêtes à mon actif, à mon plus grand plaisir. Mon torse se gonfle d'une fierté toute masculine à la pensée que je ne me laisse jamais embarquer dans une quelconque histoire d'amour dénuée de sens. Les femmes qui partagent mes nuits ne sont que de passage dans mon lit et n'y restent jamais plus longtemps que nécessaire. Je me poste à quelques centimètres de celle qui, ce soir, va s'occuper de mes démons nocturnes, et la vois rougir de plus belle. Je pourrais trouver sa timidité charmante, mais je me fiche qu'elle soit timide, exubérante, idiote ou, au contraire, d'une intelligence rare. Le temps d'une nuit, elle peut être qui elle veut, du moment qu'elle me laisse le contrôle de son corps. Car c'est moi qui domine. Il n'en a jamais été et n'en sera jamais autrement. Je ne suis pas forcément adepte des pratiques sadomasochistes. J'aime le sexe tel qu'il est, sans artifice supplémentaire. Par contre, j'aime prendre les choses en main.

Je glisse deux doigts dans l'infime interstice entre le drap et ses seins. Je prends une seconde pour apprécier la texture délicate des deux globes bien pleins. Ils sont aussi doux que deux pêches mûres à souhait… Mais sont-ils aussi savoureux ?

Surprise par mon geste, sa respiration s'accélère. Sa poitrine monte et descend à un rythme saccadé. Ses tétons sont fièrement dressés dans ma direction. Sans un mot, mon regard rivé au sien, je tire violemment sur le morceau de tissu. Il vole, l'air s'y engouffre, avant de choir en une vague au sol. Je trouverais presque ce spectacle magnifique si je n'étais pas aussi lugubre et morne pour apprécier la beauté du moment.

— À genoux, je lui ordonne sèchement alors qu'elle tente de cacher maladroitement son corps de ses mains.

Elle hésite un instant et finit par se laisser glisser lentement sur le parquet. Ses fesses reposent mollement sur ses talons. Son dos est droit, ses yeux baissés et ses avant-bras tentent de dissimuler ses seins. Je me penche, passe ma main sous son menton et la force à confronter nos regards. Ses yeux sont marron, illuminés de légers éclats verts. Il n'y transparaît que timidité et innocence. Elle est mon inverse. Cela fait bien longtemps que mon innocence s'est perdue et que je ne compte plus la retrouver. Ma main se pose délicatement sur son épaule droite. Mes doigts parcourent le haut de son dos, caressant sa douce peau laiteuse. Je frôle du bout du nez le dessus de son crâne, ferme les yeux et me laisse un instant happer par son odeur d'abricot. Je sens mon sexe prendre plus d'ampleur et décide qu'il est temps d'agir. J'agrippe les cheveux de mon innocente créature et lui lance :

— Où veux-tu que je te prenne ? Dans le salon, à même le sol, avec violence ? Ou avec douceur dans mon lit ?

Elle enfonce ses dents dans sa lèvre inférieure et je sens, surpris, ses mains qui remontent le long de mes cuisses. Ma mâchoire se crispe quand ses doigts caressent avec lenteur mon sexe. Ma respiration s'accélère, et je hoquette quand l'arrondi parfait de sa bouche se referme sur mon pénis. Je jure. Je souffle tandis que sa langue me parcourt ardemment. Je tire sur ses cheveux et la rappelle à l'ordre.

— Doucement ! Si tu me fais jouir comme ça, tu devras tout nettoyer avec ta langue.

En guise de réponse, elle aspire vivement mon sexe.

Bon sang ! Je crois bien que cette perspective n'est pas pour lui déplaire !

— Soit, alors fais-moi jouir ! je finis par dire à mon innocente créature — qui ne l'est pas tant que ça, finalement.

Elle n'attend pas plus et me torture de sa langue, de ses lèvres qui se serrent sur mon érection, de ses mains expertes qui caressent avidement mes testicules. Je la tire par les cheveux et lui pilonne la bouche encore et encore jusqu'à m'y déverser, le dos arqué, les paupières closes, frémissant. Je recouvre une respiration normale pendant qu'elle s'affaire à laper chaque centimètre de ma peau souillé de semence.

J'ouvre les yeux, inspire une bouffée d'air, observe la jeune femme encore accroupie devant moi et lui dis :

— Tu devrais rentrer chez toi, maintenant.

Elle fronce les sourcils, semble vexée, mais se reprend rapidement.

— On a encore toute la nuit, tu sais, me souffle-t-elle en se léchant les lèvres, aguicheuse.

Je me surprends en me disant que je la préférais finalement en innocente créature.

— Je pourrais te mettre dehors en deux secondes, mais vu que cela faisait longtemps que l'on ne m'avait pas sucé comme ça, je vais te laisser le temps de te rhabiller.

Ses yeux marron lancent maintenant des éclairs, mais je ne m'en formalise pas et prends une gorgée de mon verre resté dans ma main pendant tout ce temps.

La fille se relève en marmonnant des insultes à mon égard. J'observe un instant ses fesses rebondies prendre le chemin de ma chambre. La porte claque, et je soupire de lassitude. Les femmes sont tellement prévisibles ! Dommage que je sois trop accro au sexe pour me passer d'elles...

En attendant que celle dont je ne me rappelle pas le nom ait fini de bouder, je me dirige vers la baie vitrée et admire les lumières de la ville qui s'étendent à mes pieds. J'aime vivre dans ce loft et observer les points lumineux qui s'étendent sous mes yeux toutes les nuits. Ce paysage a quelque chose de magique. Mon appartement est immergé dans l'obscurité, et seuls subsistent ces points de lumière pour me rappeler que je ne suis pas seul. J'observe, comme hypnotisé, les flocons de neige tombant dans la pénombre.

— On m'avait prévenue que tu n'étais qu'un connard ! s'exclame ma compagne de baise, maintenant revêtue de sa robe rouge.

— Et ? je demande, ne voyant pas où elle veut en venir.

— Comment ça, « et » ? Tu ne nies pas ? Tu ne cherches pas à te défendre ? !

— Je suis un connard, c'est un fait. Pourquoi m'en défendrais-je ? je rétorque en haussant les épaules.

— Je croyais que je te plaisais..., se lamente-t-elle.

— Mon père est mort ce soir, je murmure au néant avant de me rendre compte que Machine croit, évidemment, que je lui parle.

Eh merde ! S'il y a bien une chose que toutes ces parties de jambes en l'air m'ont apprise, c'est pourtant ça : ne jamais, au grand jamais, donner de détail personnel à une femme qui pourrait lui faire croire que vous possédez cette chose communément nommée des « sentiments ».

— Mais pourquoi tu ne m'as rien...

— Dégage, à la fin ! je la coupe avant qu'elle ne parte dans je ne sais quelle interprétation pathétique.

— Comme tu veux, finit-elle par lâcher en faisant claquer bruyamment une feuille de papier sur le bar.

Elle enfile ses chaussures à talons et, avant de quitter mon appartement, dit tout bas avec une voix affectée :

— Appelle-moi, si tu as besoin.

Les sourcils froncés, je regarde la porte d'entrée se

refermer. Elle vient de me donner son numéro de téléphone ! *C'est vraiment n'importe quoi*, me dis-je avant de secouer la tête.

— Enfin, bref… à ta santé, papa ! je lâche en levant mon verre et en le vidant cul sec.

Il paraît que ce sont toujours les meilleurs qui partent en premier. Encore un proverbe idiot et complètement faux !

Chapitre 1

Quelques jours plus tard…

J'ouvre un œil. La lumière du jour m'aveugle. Je le referme et grimace en ordonnant au bruit dans mon crâne de cesser de me torturer. C'est comme si quelqu'un tambourinait en continu contre ma boîte crânienne !

— Sans effet ! je râle en roulant sur le dos et en couvrant mes yeux avec mon avant-bras.

Mes muscles sont ankylosés, douloureux, engourdis. Mon corps entier est courbatu.

— M, ouvre cette putain de porte. Tu vas être en retard !

Il me faut un certain temps avant de comprendre que le bruit n'est pas dans ma tête mais qu'il vient de ma porte d'entrée, que je suis couché à même le sol devant ma baie vitrée, nu, et que je me suis endormi avec la bouteille de scotch en guise d'oreiller. J'ai connu des situations plus confortables, même si j'avoue que celle-ci a un goût de déjà-vu.

— M ! Je suis toujours là et je ne partirai pas ! hurle

de nouveau mon meilleur ami en tambourinant contre la porte d'entrée.

Je me passe les mains sur le visage et tente de réveiller mon cerveau encore embrumé par les vapeurs d'alcool.

— J'arrive ! j'articule difficilement, la bouche pâteuse, en espérant que Stephen arrête enfin de frapper contre le battant en continu.

Je cligne vigoureusement des paupières, m'y prends à plusieurs fois pour me redresser. Je roule finalement sur le côté et me dis qu'il faut vraiment que j'arrête de m'endormir par terre ivre mort. Je deviens trop vieux pour ces conneries. Je parviens finalement à me lever et me fais la promesse que, la prochaine fois, je me bourrerai la gueule sur le canapé. Tel Bambi à sa première sortie, j'avance, les jambes flageolantes, en direction du bruit en marmonnant des obscénités. Je pose mon front contre le bois frais de la porte et l'ouvre enfin. Stephen, le bras encore en l'air, m'inspecte de ses yeux verts. Pour ma part, un marteau-piqueur semble avoir élu domicile dans ma tête.

— Tu es nu, constate-t-il en baissant le bras et en me poussant pour entrer.

Je le laisse passer en exhalant un long soupir et me dirige, toujours chancelant, vers mon canapé.

— Et toi, bruyant ! je lâche en passant la langue sur mes lèvres pour tenter d'enlever le vilain goût âpre d'alcool dû à mes excès de la veille.

J'ai soif, mais le frigo me semble à mille lieues, et je ne suis pas certain que mes jambes m'y portent sans faillir.

— Ne te recouche pas, tu dois prendre une douche,

me dit Stephen en regardant autour de lui pour analyser la situation.

Trop tard ! Je me suis déjà vautré sur le canapé. Mon ami contemple le salon sens dessus dessous ainsi que mon fessier nu exposé, et je me demande à quel moment, dans ma névrose alcoolique, il m'est venu l'idée de refaire la décoration. Pas certain que *Vogue* me pique l'idée... Pour ma part, je trouve que mes fonds de bouteilles et les verres brisés ont quelque chose de très Hemingway.

— M, je t'en prie, pour le bien de notre amitié, ne me force pas à te traîner jusqu'à la douche ! lance Stephen, me coupant dans mes réflexions artistiques.

— Je te l'ai dit, je n'irai pas ! je marmonne, la bouche baveuse sur l'accoudoir.

Il soupire et finit par s'installer dans le fauteuil en face de moi. Il croise les jambes, son dos est bien droit et son regard le montre ouvert à la discussion. Super, il a pris sa pose de psy !

— Je vois, dit-il finalement avec un calme olympien.

— Mais encore ? je demande en ne faisant aucune remarque sur son changement d'attitude.

— C'est un jour délicat, même pour le handicapé sentimental que tu es. Tu n'étais pas particulièrement proche de ton père, mais c'était le dernier membre de ta famille encore vivant, continue-t-il avec, maintenant, de la compassion dans la voix.

— « Handicapé sentimental » ? ! je répète en me retournant sur le dos, dévoilant par la même occasion mon sexe, aussi ramolli que mon cerveau.

Je croise les bras sous ma tête, ferme les yeux et

attends la suite de cette conversation avec impatience. Quel genre de connerie psychanalytique va-t-il encore me sortir ?

— Tu ne vas pas le nier.

— Je ne te cacherai pas, Stephen, que je suis déçu que toi, un éminent psychologue, tu oses établir aussi rapidement un diagnostic tant ridicule qu'insultant. Comment peux-tu avilir ainsi cette science que tu as mis neuf ans à étudier ? je termine avec un air faussement scandalisé.

Il m'observe de son regard aussi énigmatique qu'amusé que je hais ou admire, je ne sais pas trop, ça dépend des jours. Je sais qu'il analyse la situation, qu'il attend que je le laisse entrer dans ma tête ou que je dévoile tout seul mes sombres secrets. Mais je ne dis rien et referme les yeux en attendant qu'il reprenne la parole. Je veux voir où il veut en venir.

— Tu ne m'as pas dit ce qu'il allait se passer par rapport à la société de ton père, lance-t-il au bout de quelques secondes.

Qu'on ne se leurre pas ! Au premier abord, on pourrait croire que le sujet de ma présence au foutu enterrement de mon paternel est clos. Mais par expérience, je sais qu'il n'en est rien. Stephen contourne juste la question pour mieux y revenir un peu plus tard.

— Parce que je n'en ai pas la moindre idée et que tout ça ne me concerne pas, je lâche, les yeux toujours fermés.

Je ne m'y suis jamais intéressé, à cette société, alors ce n'est pas aujourd'hui que je vais commencer ! Sans compter que, si mon géniteur avait voulu que ce soit le cas, je l'aurais su. Cette boîte était sa raison de vivre tandis que, moi, je n'étais qu'un compte en banque à remplir de temps à autre.

— Que tu le veuilles ou non, tout cela te concerne.

— Crois-moi, mon père a dû la léguer à mon frère ou quelque chose comme ça, je lui dis avec un demi-sourire, satisfait de mon petit revirement mélodramatique.

Voilà des siècles que je n'ai pas pensé au fait que j'avais un frère ! Je crois que je l'ai oublié en même temps que mon père m'a rayé de son existence.

— Ton frère ? me demande-t-il, surpris.

Eh oui, Stephen, tu ne sais pas tout ! Je ne suis pas le dernier de ma famille encore en vie. J'ai un frère. Un frère que je ne connais pas, mais qui existe malgré tout.

— Oui, mon frère ! je répète innocemment même si évoquer son existence à voix haute me paraît étrange.

Je sais qu'il existe, mais je ne sais rien de lui hormis cela.

— Mais enfin, nous nous connaissons depuis…

— Harvard ! Une magnifique journée de septembre, je t'ai lancé une canette de bière dans la tête, et nous avons bu les suivantes ensemble. Nous avons fini par pisser dans les rosiers du concierge de notre résidence.

— Alors comment est-il possible que je ne sache pas que tu as un frère !

— Tu ne me l'as sans doute jamais demandé, je sors avant de hausser les épaules.

C'est surtout que je n'en ai jamais parlé à personne ! Je pourrais dire que j'ai voulu garder son existence secrète, mais ce n'est même pas le cas. Cela m'empêchait simplement de me rappeler le pourquoi du comment de mon enfance brisée et de tous ces souvenirs que j'ai remisés pour ne jamais avoir à les affronter.

Ma mâchoire se crispe tandis que je me remémore cette époque où je croyais faire partie d'une famille, les lettres que j'adressais à mon père pour qu'il me fasse revenir à la maison, toutes les fois où je m'inquiétais de ce frère que je ne connaissais pas. Je n'ai jamais eu de réponse, et j'ai fini par enfouir tout cela dans un coin de mon esprit.

Mais on n'oublie jamais, on apprend juste à vivre avec.

— Ça fait combien de temps ? ! me demande Stephen, sous le choc, me ramenant par la même occasion au présent.

— Je dirais vingt-cinq ans. Nous ne sommes pas particulièrement proches, je lâche en ouvrant enfin les yeux, un goût amer dans la bouche à cause de cette triste réalité mais aussi des vapeurs d'alcool qui quittent petit à petit mon organisme.

Stephen m'observe les yeux ronds, et je me sens comme dans l'obligation de m'expliquer.

— La dernière fois que je l'ai vu, ou plutôt aperçu, il devait avoir un ou deux ans, je ne sais plus exactement.

Il continue de me scruter en silence.

— Ma mère a eu des complications durant sa grossesse et elle est morte en couches. Mon frère est né prématurément. Il avait besoin de soins, donc mon père m'a envoyé dans un internat en Suisse.

Ou plutôt, il s'est débarrassé de moi ! Je me suis

toujours demandé ce que je lui avais fait pour qu'il me haïsse à ce point.

En fait, non, j'ai arrêté de me poser ce genre de questions il y a déjà bien longtemps. Mon père ne m'aimait pas, c'est aussi simple que ça. En a-t-il été de même pour Jacob ?... A-t-il eu la même enfance que moi, sans famille, sans attaches ?

— Tu n'es jamais rentré chez toi ensuite, n'est-ce pas ?

— Tu connais déjà la réponse, dis-je en me sentant étrangement triste à ce souvenir que je pensais enterré.

— Il est peut-être temps de faire connaissance avec ce frère que tu ne connais pas ? dit-il doucement en se levant, comme pour m'inviter à me préparer enfin pour cette saloperie d'enterrement.

Eh merde, il ne va pas lâcher l'affaire !

— Je ne pense pas qu'un enterrement soit le moment idéal pour renouer des liens, ou plutôt, dans le cas présent, pour en créer. Et puis, je suis certain que tu dois avoir des tas de choses à faire...

— Arrête de jouer à l'enfant capricieux. Va prendre ta douche et, bordel, habille-toi !

L'esprit à nouveau plus alerte, je me lève d'un bond et agite devant lui mon sexe de droite à gauche avant de lui lancer, moqueur :

— Si la vue de ma queue te perturbe, ta femme devrait peut-être se faire du mauvais sang !

Je me dirige vers ma chambre, m'arrête et lui sors sur un ton très sérieux :

— Tu veux qu'on parle de ton éventuelle homosexualité ? De ta gêne face à la nudité ?

— Va te doucher ! crie Stephen qui ne relève même pas mon semblant de blague.

Je lève les mains en l'air en signe de reddition et reprends mon chemin jusqu'à la salle de bains en riant. Je traverse la chambre et le dressing, ferme la porte et croise mon reflet dans le miroir. Je grimace devant mes traits tirés, mon teint grisâtre et mes cheveux bouclés qui partent dans tous les sens. Ils semblent avoir leur propre vie, indépendamment du reste de mon corps, je songe en tirant distraitement sur une mèche. Je ne suis pas du genre à me préoccuper de mon apparence plus que nécessaire, mais là je suis dans un état catastrophique.

— Je suis un déchet ! je conclus en cherchant du paracétamol dans l'armoire à pharmacie.

Je mets le cachet dans ma bouche, ouvre le robinet et avale le tout. Je ferme l'eau et scrute mon visage. A-t-il les mêmes yeux que moi ? Les mêmes cheveux ? Les mêmes goûts ? Et pourquoi est-ce que je me pose toutes ces questions ? ! Je ne sais pas à quoi ressemble mon frère, c'est terrible, mais cela ne m'affectait pas jusque-là ! Je ne crois pas avoir jamais songé véritablement à lui durant toutes ces années. Ça ne m'a jamais effleuré l'esprit, donc me poser ces questions maintenant me semble tout bonnement étrange.

Nous avons le même père, la même mère, donc certainement des traits en commun. Ainsi sont les aléas de la génétique, après tout !

J'allume la douche et me glisse sous le jet. Je ferme les yeux, penche la tête et laisse l'eau chaude couler le long de ma nuque, de mon dos, de mes fesses. Je tente d'oublier que mon père est mort et que, finalement, je ne le connaissais pas. Je vais rencontrer mon frère pour la quasi première fois lors de son enterrement et je n'ai pas la moindre idée de ce que je vais lui dire. Je rouvre les yeux, dépose du gel douche dans la paume de ma main et me frotte vivement. Est-ce que je vais devoir me présenter ou sait-il, pour sa part, qui je suis et à quoi je ressemble ?

— Je ne devrais pas y aller. Je n'y ai pas ma place. Tout ça n'est qu'une vulgaire mascarade ! je m'écrie avant de donner un coup de poing contre le mur carrelé.

Mon corps se tend, et tout ce que je retiens depuis tant d'années au fond de mes tripes tente de m'échapper.

Inspire, souffle, oublie... Inspire, souffle, oublie..., je me répète mentalement tandis que les pensées se bousculent dans ma tête.

Mon père et moi n'avons jamais été proches. Chacun de nous vivait sa vie, sans rien attendre de l'autre. Alors, finalement, dans la mort, il est important de garder cette même dynamique.

Je ne pense pas qu'il comptait sur moi pour faire semblant que cet événement ait une quelconque importance dans ma vie. Après tout, je ne savais rien de cet homme, ou alors, de simples faits d'une banalité sans nom. Il était mon père, il avait un bon sens des affaires, de l'argent à ne plus savoir qu'en faire, une passion pour les voiliers, et surtout, il n'aimait pas perdre son temps avec moi, son fils.

Donc, non, ma présence à ses funérailles n'est vraiment pas nécessaire, je conclus avant de me rincer. Je me rassure en me disant que, quelle que soit ma décision, elle ne sera pas importante, et surtout, que le choix m'appartient.

Je soupire de lassitude et plaque mon front contre le carrelage frais en espérant que mon cerveau se mette d'accord avec ma raison. Lorsque j'ai appris le décès de mon père et que l'on m'a demandé comment je voulais organiser ses funérailles, je ne me suis jamais senti aussi perdu. Non pas parce qu'il allait laisser un vide important dans ma vie, mais tout simplement parce que je ne le connaissais pas assez pour être au courant de ses dernières volontés. Alors, j'ai fait la seule chose à ma portée : j'ai passé un coup de fil à son assistante et je lui ai demandé de s'en charger. Elle m'a envoyé un faire-part de décès avec la date et l'heure, m'a demandé si je souhaitais prononcer quelques mots — ce que j'ai refusé — et puis c'est tout. Je me redresse et éteins l'eau. J'attrape ma serviette, me sèche rapidement et la jette sur le sol. Devant ma penderie, je jauge du regard mon costume noir qui pend sur son cintre et décide finalement d'y aller. Non pour lui, mais pour elle, en son souvenir… Elle aurait détesté ce que nous sommes devenus, ce que je suis devenu…

J'enfile rapidement une chemise noire et mon costume. Je lace mes chaussures de ville, retourne dans la salle de bains et arrange mes boucles brunes en quelques gestes. J'observe une dernière fois mon reflet et rejoins Stephen qui m'attend dans le salon. Mes pas sont mécaniques et assurés malgré la tempête qui fait fureur dans mon esprit. Je me répète que c'est pour elle afin de me donner la force d'avancer et de faire ce que l'on attend de moi.

— Bon, on y va ! je lance, plus crispé que jamais, à mon ami en sortant mon manteau et en l'enfilant.

Il ne répond rien et me suit en silence. Une des choses que j'apprécie le plus chez lui, c'est qu'il m'accompagne et me soutient sans pour autant m'imposer sa présence. Je ferme ma porte, hésite une dernière fois. C'est pour *elle*, non pour lui... Je sens mes muscles se crisper et sais d'avance que ça ne va pas s'arranger.

Lorsque le taxi nous dépose au cimetière, j'ai l'impression d'être un boxeur prêt à monter sur le ring. Une masse de gens à la mine sinistre s'est agglutinée devant la tombe. Je décide de rester à l'écart. Le prêtre commence son sermon, mais je ne distingue aucune parole, aucun son. Seules me parviennent les images, comme un mauvais film muet. Mes nerfs sont à vif. J'enfonce mes pieds dans la terre, comme pour leur ordonner de ne pas s'enfuir en courant. Stephen est là, immobile, à côté de moi. Je ne le vois pas, ne perçois que les gens en noir, mais je le sais, il est là. Et ça me suffit. Mon cœur s'accélère. Ma gorge se noue. J'inspire une grande bouffée d'air et me redresse pour me donner une contenance.

La cérémonie se termine enfin. Je ne sais pas si je suis soulagé de voir le cercueil descendre lentement et que cet instant soit fini.

Non, je ne suis pas soulagé.

Je suis figé et je me sens vide. C'est terminé, et je ne

ressens rien. Même le froid de ces derniers jours de mars ne m'atteint pas. Je ne bouge pas. Je crois que mes pieds sont fichés trop profondément dans la terre pour pouvoir en sortir. Je vais devoir rester là pour l'éternité, à regarder le trou béant où gît le cercueil de mon père, et cette idée me fait froid dans le dos. Me coupant dans mes réflexions morbides, une femme me demande si je viens à la réception ou quelque chose comme ça. Pour toute réponse, je hoche la tête. Il me faut quelques minutes pour me rendre compte que je suis seul. Tout le monde est parti. Il ne reste plus que moi, le trou, le cercueil et le ciel orageux. Ma jambe gauche se soulève et mon pied se pose devant moi, amorçant un pas vers lui. Je reste ce qui me semble une éternité dans cette position, mais je finis par faire volte-face et rejoindre Stephen qui m'attend près du taxi. Sans un mot, je grimpe dans le véhicule et laisse mon ami donner l'adresse au chauffeur. Mon regard glisse sur le paysage où la neige fondue a laissé place à des mares de boue et, lorsque nous nous approchons de la propriété familiale, je me mords l'intérieur de la joue pour me ramener à la réalité. Je ne suis pas venu ici, depuis… en fait, je ne sais plus. Mais c'était il y a une éternité. Pourtant, tout semble identique.

Le taxi s'arrête devant l'entrée et, pendant un instant, je me dis que je ne devrais pas être ici. J'ouvre la bouche pour demander à faire demi-tour, mais Stephen m'attend déjà à l'extérieur. Je le regarde lui, puis le chauffeur et finis par descendre.

— Tout va bien ? m'interroge mon ami devant la porte.

Je l'ouvre et réponds avec un sourire bien trop grand pour être honnête :

— Évidemment ! Par contre, toi, tu as une sale tronche !

Il n'ajoute rien et me suit jusqu'au buffet. Je demande deux whiskys, en tends un à Stephen et bois l'autre cul sec. J'en réclame un deuxième alors que mon ami n'a même pas entamé le sien. Je regarde tout autour de moi et me demande si mon frère est là. Je cherche un jeune homme d'environ vingt-cinq ans, mais il n'y a que des serveurs dans cette tranche d'âge. Est-ce qu'il était à la cérémonie ? Est-ce que, s'il y était, il est passé devant moi sans me reconnaître ? Je trouve cette possibilité profondément pathétique.

— Toutes mes condoléances, monsieur, votre père était un exemple pour nous tous, me dit un homme dont le nom — voire l'existence — m'est complètement étranger.

Je me demande bien en quoi mon père a été un exemple pour d'autres personnes ! Il était riche, égocentrique, coléreux… Ses qualités ne sautaient pas aux yeux ! En gros, ce n'était un exemple que pour les Donald Trump en puissance.

— Je vous remercie, dis-je finalement à mon interlocuteur en lui adressant un sourire poli.

Ma réponse lui convient et il s'en va, traînant mollement sa carcasse enrobée vers le buffet.

Absolument rien n'a changé depuis la dernière fois où j'ai mis les pieds dans cette maison. Le parquet en chêne, les tableaux qui vous scrutent où que vous soyez dans la pièce, les lourdes tentures… Bon sang, que je n'aime pas cet endroit !

Je bois une gorgée de whisky et m'écarte de la foule à la mine lugubre qui se presse çà et là pour rendre un dernier hommage à mon paternel. Je m'interroge sur le temps de présence que la bienséance prescrit pour les enterrements parentaux avant d'y répondre moi-même : cela dépend de la somme astronomique dont je vais hériter. Qu'importe le flacon, pourvu qu'on ait l'ivresse…

Mouais, honnêtement, je n'ai pas non plus besoin de cet argent — ni d'être là, cela dit au passage. Je déteste les mondanités en tout genre, dont les enterrements. Surtout quand mon paternel en est la star. J'aurais dû m'abstenir pour le rappel, mais je crois que l'envie de voir mon frère a été la plus forte. Ou alors, je suis devenu masochiste !

Mais que vois-je ?

Mon regard est envoûté par une superbe créature aux jambes interminables. Tout ce que j'aime. Un minuscule bout de tissu en guise de robe, des seins bien hauts, et je parie mon meilleur whisky que ce qui gaine à merveille ses jambes sont des bas. Je rajuste ma cravate, ma veste, et parcours les quelques mètres qui me séparent d'elle. J'ai l'impression d'être un prédateur face à sa proie — qui, à la vue de son regard énamouré, ne va pas beaucoup me résister.

— Bonsoir, je vous remercie d'être présente pour honorer la mémoire de mon père, dis-je avec un air de chiot perdu et une voix grave.

— Lucinda Bale, toutes mes condoléances, me dit-elle en mordant sa délicieuse lèvre charnue peinte de rouge.

Pendant que je lui fais du charme pour arriver à mes fins, c'est-à-dire entre ses cuisses, je ne peux m'empêcher de me dire que, pour une fois, j'aimerais que les choses soient plus difficiles. Elle pourrait au moins feindre une légère résistance ou jouer l'indifférente… enfin, quelque chose qui changerait, qui réveillerait mon instinct de chasseur. Mais non, elle bat des cils tout en me regardant avec envie. Parfois, je me demande si c'est dû à mon physique, mon argent, mon nom ou même… Un peu plus et j'allais dire que c'était pour moi ! C'est bien, M, tu te fais rire toi-même !

Un petit sourire moqueur s'étire sur mes lèvres. Je l'efface immédiatement et me reconcentre sur… ses seins. Une valeur sûre, selon moi. Il ne faut jamais sous-estimer le pouvoir d'une belle poitrine ! Elle peut même vous faire oublier la vacuité intersidérale de certaines conversations. Comme celle-ci, d'ailleurs. Elle me parle d'elle, de… poney ? Pourquoi elle me parle de poney ?

— Oui, j'imagine que le pansage est important, je tente sans trop savoir de quoi on parle exactement.

« Le pansage est important » ? ! Je raconte vraiment n'importe quoi, parfois, me dis-je en fixant sa bouche sensuelle.

Elle embraye sur les différentes sortes de brosses, et je décide que ses seins sont bien plus intéressants. Et voilà qu'elle rit de sa propre blague ! Blague que je n'ai absolument pas saisie, au passage. Heureusement que ses seins sont magnifiques. Je me demande s'ils sont faux... Ils sont bien arrondis, bien symétriques... Il va falloir que je vérifie !

— Je dois vous faire un aveu, monsieur Morton. Je suis une grande fan de vos livres, souffle-t-elle en me déshabillant du regard.

— Vraiment ? je lance, plus pour faire la conversation que par un intérêt soudain dû à cette révélation.

— Pour *Éternellement*, j'ai passé plusieurs nuits blanches à caresser chacun de vos mots, seule, dans mon lit.

Forcément, mon plus grand succès et aussi la plus grosse daube que j'ai écrite. Ce livre est fade, insipide, sans intérêt. Une stupide histoire d'amour écrite à la va-vite alors que j'étais complètement ivre. Le hic, avec ce bouquin, c'est qu'il me vaut une réputation de grand romantique. Heureusement, une fois que l'on me connaît, cette réputation fond comme neige au soleil, et mon vrai visage de connard sans cœur apparaît enfin.

— Je suis ravi de vous avoir tenu compagnie dans votre lit, je sors avec un sourire en coin avant de boire une gorgée.

Elle semble retenir son souffle, se mord la lèvre... Eh bien, voilà qui est fait. Il ne me reste plus qu'à l'emmener dans un coin plus tranquille.

— Ma famille possède une grande collection de tableaux de maîtres. Vous plairait-il de les admirer ? Nous pourrions parler littérature, par la même occasion, je lance avec mon plus beau sourire de connard.

— J'adorerais, me répond-elle avec une moue sexy tout en battant des cils.

Je souris d'un air victorieux et avale mon verre cul sec. Je la laisse passer devant pour admirer son magnifique postérieur. J'ai trouvé le remède aux maux qui m'habitent ainsi qu'à cette ennuyeuse réunion funéraire, semble-t-il ! Je pense que je vais la prendre en levrette dans le bureau de mon défunt père… Enfant, je n'avais pas le droit d'y mettre les pieds, donc ça sera un dernier hommage à la gloire de mon paternel.

Je présente à la belle un premier tableau tout en lorgnant sans aucune retenue ses seins et fronce les sourcils quand je vois son sourire s'effacer. Je comprends rapidement lorsque j'aperçois un homme d'un certain âge marcher dans notre direction.

— Lucinda, je vous cherchais, ma chère, lâche-t-il en analysant la scène d'un regard.

— Monsieur Morton me montrait sa collection d'œuvres d'art, lui dit-elle en se collant à lui comme une chatte en manque de câlins.

— Je vous présente toutes mes condoléances, monsieur Morton, souffle-t-il, aucunement dupe quant à la situation.

Je hoche la tête et soupire en voyant mes plans s'évaporer quand la belle s'en va. C'est mieux ainsi. Je ne suis pas forcément un homme de principes, mais je ne fais pas dans les femmes mariées ou en couple.

Mon regard se pose sur la porte du bureau et je décide d'aller y faire un tour malgré tout. Peut-être pour exorciser un ancien démon ou un interdit qui n'a plus lieu d'être… Ma main se fait hésitante sur la poignée et, dès que la porte s'ouvre, je suis saisi par l'univers de mon père. Tout est là, des tableaux représentant ses voiliers préférés à la photo de ma mère et moi, en passant par l'odeur de vieux bois, le tapis persan… Des papiers sont encore disposés sur son bureau. Le temps semble s'être figé. J'observe un instant la photo, où nous avons l'air tellement heureux et insouciants. Un rire m'échappe. Quelle belle connerie !

Je me dirige vers le minibar, pose mon verre vide et me sers deux doigts de son meilleur whisky. Ça ne lui manquera pas, et moi, ça me fera le plus grand bien. Mes yeux se retrouvent de nouveau attirés par l'image de ma mère et moi. Je bois le verre cul sec. Pourquoi l'a-t-il gardée s'il me haïssait ? Je sens monter comme un goût de bile dans ma bouche. Je n'aurais pas dû venir. Je n'aurais pas dû entrer dans cette pièce. Elle ne fait que me rappeler cette foutue distance entre mon père et moi, me rappeler que je n'ai pas eu de place ici.

Le souffle court, je me raccroche au bord du bureau. Les jointures de mes doigts blanchissent. Mon regard se dirige encore et toujours vers la photo, vers ma mère, vers moi, vers cet enfant souriant, vers cette image de la famille parfaite. La rage s'empare de moi et, d'un geste, je balaie le bureau. Le cadre explose, les papiers volent à travers la pièce. Ma respiration s'accélère. J'ai l'impression qu'un monstre s'est insinué en moi, me ronge de l'intérieur. Il m'attaque par les tripes. Finalement, je suis aussi mort que mon père.

Je passe les mains dans mes cheveux, sur mon visage,

et essaie de me calmer. Je tremble, souffle comme une bête. Je jure en voyant mes mains trempées d'alcool. Je m'en suis également mis sur le visage. J'ouvre le premier tiroir de droite en espérant y trouver des mouchoirs. Je farfouille quelques secondes jusqu'à trouver un paquet de kleenex et vois en dessous une photo de ma mère souriante. Elle a les cheveux dans le vent. Elle porte une robe à fleurs et semble tellement jeune et insouciante. Je retourne la photo et regarde la date : 10 septembre 1992. Elle était enceinte. Eh merde, Jacob... Pendant un instant, je l'avais oublié. Je me demande quel genre d'homme il est devenu, et s'il est aussi brisé que je le suis. Peut-être que c'est un homme d'affaires, comme notre père. Ou un artiste maudit avec un passé trop lourd à porter... Je dois me faire une raison : s'il avait été présent à la cérémonie, je l'aurais su. Enfin, il me semble. Des connaissances de mon père lui auraient fait part de leurs condoléances. Et puis, je n'ai pas vu de jeune homme, tout à l'heure. De toute évidence, Jacob est bien plus malin que moi, qui, envers et contre tout, me suis tapé ce fichu enterrement !

Je continue de fixer la photo de ma mère et tente de me souvenir de la dernière fois que j'ai vu mon père. Pour la remise de diplôme, à l'université ?... Non, il m'avait envoyé une simple carte de félicitations. Je hausse les épaules. Est-ce vraiment important ? Nos seules conversations étaient teintées de reproches et de politesse feinte. Elles n'avaient rien de personnel. Il n'a jamais été là pour moi. Il payait pour moi. Ça, c'est tout ce qu'il savait faire, payer.

Mais pourquoi je ressasse tout ça ? Ça ne sert à rien. Il est mort. Au moins, maintenant, il est excusé pour son absence.

J'ai besoin d'un autre verre. Je m'en ressers un, à ras bord, et me délecte de la sensation de chaleur qui m'envahit lorsque le liquide ambré me brûle la gorge.

Quelqu'un frappe à la porte. Je remets la photo à sa place, m'affale dans le fauteuil et dis « Oui ! » avec humeur, espérant que ce ne soit pas l'épouse infidèle qui a réussi à semer son vieux mari. Stephen entre et observe autour de lui, comme à son habitude. Il me fait penser à un aigle, avec ses yeux verts, parfois...

— Tu es un brin bordélique, ces derniers temps ! lance-t-il en scrutant un tas de papiers éparpillés sur le sol.

— Je cherchais quelque chose, je lance innocemment.

Je n'ajoute rien mais je dois avoir l'air coupable, puisqu'il reprend :

— C'est un peu extrême, comme méthode de recherche, non ?

Je secoue la tête, comme pour nier mon évidente implication dans cette affaire, et finis par lancer en me levant :

— Je meurs de faim, nous devrions y aller !

— Tu ne veux pas essayer de voir si ton frère est présent ?

— Il n'y a que des vieux croûtons, et je le verrai certainement à la lecture du testament demain.

— Comme tu veux, me concède-t-il.

Je jette un coup d'œil au bureau dévasté, observe une dernière fois la photo de ma mère et moi, la saisis et décide de partir avec elle et la bouteille de whisky. Je ne prends même pas la peine de refermer la porte.

Chapitre 2

— *Apesta a vino, desgraciado !*[1]

J'ouvre un œil et entends encore râler Lucia, ma femme de ménage, dans son blabla espagnol incompréhensible.

L'odeur des œufs au bacon vient me chatouiller les narines, et je m'étire avec un léger sourire à la promesse de mon petit déjeuner qui s'annonce savoureux. Mon sourire s'efface rapidement quand l'hispanique fourbe ouvre violemment les rideaux. Je pose machinalement le bras sur mes yeux pour me protéger de la lumière.

— *Madre de Dios, a qué huele ? Està enfermo por dentro o qué ?*[2]

— Lucia, je n'ai jamais été aussi heureux de ne pas parler espagnol que depuis que je vous ai engagée ! je sors en ouvrant enfin les yeux et en me redressant dans mon lit.

— *A este paso estaria sin trabajo dentro dos años porque el tarado de mi jefe sera muerte de cirrosis*

1. Il empeste le vin, quelle horreur !

2. Mon Dieu, c'est quoi, cette odeur ? Il est pourri de l'intérieur ou quoi ?

hepàtica, continue-t-elle à pester en jetant les cadavres de bouteilles dans la corbeille. *O una ETS*[1] *!* s'écrie-t-elle quand c'est au tour d'emballages de préservatifs.

Elle saisit un string rose à paillettes du bout des ongles, me regarde l'air mauvais, ses sourcils aussi poilus que mes mollets, et elle reprend dans sa langue :

— *Un dia, tomaras una bala entre los ojos por un marido celoso*[2] *!*

— Je ne sais pas du tout ce que vous venez de dire, Lucia. Mais je suis quasi certain que c'était quelque chose du genre : « Monsieur M, vous me payez beaucoup trop et vous êtes bien trop sexy au réveil », je lance en caricaturant son accent espagnol.

En réponse, elle soupire, jette le string dans la corbeille qu'elle tient à la main et va râler dans la salle de bains. Je me lève, tout souriant, avant de me renfrogner en me rappelant qu'aujourd'hui — et même dans quelques heures — j'ai rendez-vous chez le notaire. Toute ma bonne humeur vient de s'envoler à cette pensée.

L'idée de ma prochaine rencontre avec Jacob me traverse l'esprit, mais je chasse ces réflexions qui ne semblent plus vouloir me quitter en m'installant devant mon petit déjeuner. Quoi de mieux que les œufs au bacon de Lucia pour chasser mes idées noires ? J'enfonce ma fourchette dans le jaune d'œuf et déguste la première bouchée avec délectation. Lucia cuisine aussi bien qu'elle

1. À ce rythme-là, je serai au chômage dans deux ans parce que mon abruti de patron sera mort d'une cirrhose du foie. Ou d'une MST !

2. Un jour, vous vous recevrez une balle entre les deux yeux par un mari jaloux !

manie sa langue bien pendue ! Je l'épouserais bien rien que pour ça, mais mon instinct suicidaire n'est pas assez développé. Je l'observe alors qu'elle me rejoint dans la cuisine en marmonnant. Elle me regarde et se rue vers le frigo. Elle l'ouvre et me sort une pomme en me disant soit que je suis gros, soit que je vais décéder dans d'horribles souffrances si je ne mange pas ce fruit. Je ne sais pas trop… Je continue de dévorer mon bacon sans la quitter des yeux et je crois qu'elle abdique quand elle repart, les bras au ciel, avec des « *Madre de Dios !* » très bruyants. Je me mettrais bien à l'espagnol pour tenter de la comprendre, mais je crois qu'il est essentiellement question de ma mort, donc ça ne me donne pas vraiment envie non plus.

Alors que j'attaque la dernière bouchée, j'entends mon portable vibrer dans l'entrée. Je termine mon assiette et vais le chercher. Un texto de mon éditrice, Diane…

Toutes mes condoléances, mes pensées t'accompagnent en ces jours pénibles. Si tu as besoin, n'hésite pas.

Je m'étonne qu'il n'y ait pas de « PS : Où en es-tu de ton manuscrit ? »

Mais d'un autre côté, les choses sont devenues compliquées depuis que j'ai couché avec elle. D'abord, ce n'était pas à la hauteur de mes fantasmes, et puis, elle est devenue très étrange par la suite. Elle minaude et tente en même temps de garder une distance entre nous. Je ne saurais dire si elle souhaite remettre le couvert ou le contraire. Ce doit être assez confus pour elle également. En tout cas, une chose est sûre, je ne retenterai pas l'expérience. Et je ne répondrai pas à ce message non plus.

Je secoue la tête pour revenir à la réalité et demande à Lucia si elle a terminé la salle de bains pour que je puisse prendre ma douche. Il semblerait qu'en réponse elle propose de me faire manger la serviette de bain ou de m'étrangler avec… Les deux perspectives ne m'enthousiasment pas, j'avoue. Elle finit par sortir de la pièce, donc j'en déduis que le champ est libre.

— Lucia, vous n'avez jamais pensé à prendre des cours pour apprendre notre langue ? Parce que la communication serait tout de même plus simple, je lui lance en regagnant ma chambre et en ignorant son regard mauvais.

Je referme la porte derrière moi, me déshabille, laisse traîner mes vêtements sales au sol et vais prendre ma douche tout en essayant de faire taire la petite voix dans ma tête qui semble complètement obnubilée par mon frère. Le problème, avec cette petite voix insidieuse, c'est qu'elle est insistante. Le simple fait de regarder mon reflet dans le miroir l'a fait revenir.

Mais peu importe, je ne me laisse pas submerger et vais m'habiller rapidement, préférant un jean et une chemise à un costume sombre. Stephen dirait certainement que c'est une manière de montrer aux gens que la mort de mon père ne me touche pas et de dissimuler mes émotions car, dans le fond, tout cela m'affecte profondément. Mais moi, je me sens plus à l'aise comme ça, et il faut que je songe sérieusement à changer de meilleur ami. Il est devenu chiant en même temps que psy ! Lorsque je l'ai connu, il était célibataire, étudiant et bien plus drôle. Un jour, il a rencontré Maggy, et ça a marqué le début de sa fin. Je l'avais pourtant mis en garde contre cette fille au faciès de dromadaire, mais il n'en a pas tenu compte et l'a même épousée avant de lui faire des jumelles. D'ailleurs, maintenant, elle a un cul de poney en plus de ses faux airs de camélidé. Pauvre Stephen... Il est tellement enfermé dans cette relation qu'il se croit heureux ! Bon, OK, il est heureux, et même si elle n'est pas vraiment à mon goût, je l'aime bien, elle aussi — une chose que je n'avouerai jamais à voix haute !

Je sèche rapidement mes cheveux bruns et enfile ma veste. Je passe une main dans mes boucles tout en attrapant mes clés et mon portefeuille sur la commode de l'entrée. Puis je quitte mon luxueux appartement en plein cœur de Manhattan sans un mot pour Lucia qui, de toute manière, ne parle pas ma langue donc je ne vois pas l'intérêt de la saluer.

J'ouvre ma porte et croise le regard de ma voisine qui rentre chez elle au même moment. Heureusement qu'un regard ne peut pas tuer, sinon je serais mort dans d'atroces souffrances ! A priori, elle ne m'a toujours pas pardonné d'avoir appelé le gérant de l'immeuble à propos de son chat. Les animaux sont interdits dans l'immeuble, c'est un fait, et son chat était con, c'en est un autre et pas des moindres. Il n'arrêtait pas de miauler toute la journée. Et pas un petit miaulement, non, une espèce de cri d'agonie. En plus, une fille de trente ans avec un chat, ça fait désespérée. Alors j'ai mis fin à toute cette souffrance — surtout la mienne, car écrire avec ce bruit était un véritable défi — de façon très diplomatique : en la dénonçant auprès de son propriétaire. D'un même mouvement, j'ai préservé ma tranquillité et l'ai sauvée de la spirale de désespoir grandissant qui la menait tout droit vers la peur de finir vieille fille. Je lui souris et incline légèrement la tête pour la saluer. Elle peste, entre chez elle et claque la porte.

Effectivement, elle m'en veut encore, me dis-je en appelant l'ascenseur.

Les portes en inox s'ouvrent et je me glisse à l'intérieur, les mains dans les poches.

J'ai vécu un moment en Australie, en Angleterre et j'ai aussi passé quelques mois en France, mais je suis toujours revenu à New York. Je crois que c'est là que je me sens chez moi. La ville grouille en continu, mon éditeur et Stephen sont ici, donc ça me donne l'impression d'être moins seul.

L'ascenseur arrive à destination et je traverse le hall dallé de marbre blanc.

— Bonjour, monsieur M, me salue le portier.

— Comment va, Jon ?

— Bien, malgré le score pitoyable des Yankees hier soir, répond-il en m'ouvrant la porte de l'immeuble.

— Je suis certain qu'ils sauront remonter, comme toujours.

— Un taxi ? me demande-t-il en scrutant la rue à la recherche d'un véhicule jaune.

— S'il vous plaît.

Il tend son bras, et une voiture s'arrête immédiatement à ma hauteur.

— Il ne reste plus que quatre matchs avant la fin du championnat, donc j'en doute sincèrement, dit-il en m'ouvrant la portière.

— Pour ma part, je doute que les Phillies fassent le poids, je lui réponds en m'insérant dans le véhicule.

— Que Dieu vous entende, monsieur M ! me lance-t-il, un brin désespéré.

Je ris de sa remarque et donne l'adresse du notaire au conducteur, qui démarre immédiatement. Je m'essuie nerveusement les mains sur mon jean et me dis que ce con de Stephen aurait eu raison avec son analyse à deux balles. Comme beaucoup trop souvent, d'ailleurs ! Porter un jean pour l'ouverture du testament de mon père ne suffit pas à faire taire mes émotions et n'a finalement de signification que celle que je lui donne. J'attrape mon portable qui vibre dans ma poche arrière et souris. Tiens, quand on parle du loup…

N'oublie pas d'amener du vin pour ce soir.

Avec tout ça, j'avais oublié les lasagnes du vendredi soir de Maggie !

Pour une raison que je n'ai pas encore saisie, je vais souper tous les vendredis soir chez mon meilleur ami. Et depuis que sa femme a découvert que mon plat préféré était les lasagnes, elle m'en fait quasiment tous les vendredis. Les soirs de match, c'est pizza. Et quand elle trouve que j'ai de l'embonpoint, j'ai le droit à des plats plus légers. Une fois, pendant près d'un mois, j'ai eu droit à du poisson avec des légumes vapeur. Et comme si je n'avais pas saisi l'allusion, elle m'avait fait des Tupperware pour la semaine. Une vraie mère poule ! Je me tâte le ventre et dois avouer que ça a été plutôt efficace. Résultat : j'ai de nouveau droit aux lasagnes. Et les lasagnes de Maggie sont de loin les meilleures ! Je tape en réponse rapidement :

Bordeaux ou bourgogne ?

Je dois dire que, depuis que j'ai vécu à Paris, je suis complètement tombé sous le charme tant des Françaises que de leurs très bons vins ! Je me suis même constitué une cave, mais j'ai beau la remplir, elle semble toujours aussi vide.

Mon téléphone vibre quelques secondes après.

Comme tu veux, et n'amène rien aux filles. Maggie trouve que tu les gâtes trop.

Je lève un sourcil et décide de ne pas répondre. Je fais ce que je veux. À quoi ça me sert d'avoir de l'argent si je ne peux pas acheter l'affection des seuls enfants que j'apprécie ! Soyons réalistes : je suis ennuyeux, vulgaire, parfois hautain, en bref, un vrai connard, donc les gens ne m'aiment pas, hormis Mary et Cassandra. Alors, si j'arrête de venir avec des cadeaux, tout ça sera fini !

Le taxi s'arrête devant le bâtiment du notaire. Je remercie le chauffeur, tends un billet et sors du véhicule. Je reste un instant devant la façade à hésiter.

Est-ce qu'il est déjà là ? Qu'est-ce que je vais lui

dire ? Est-ce que je vais le reconnaître ? Et est-ce que, à force de baiser trop de gonzesses, un putain de vagin a poussé entre mes jambes ? ! Parce que, vu toutes les questions pathétiques que je me pose, c'est plausible ! Je me passe la main sur le visage et me crie à moi-même :

— M, reprends-toi !

Un homme passe devant moi et m'observe étrangement avant d'entrer. Je lui rends son regard et secoue la tête en me répétant que tout cela n'a aucune importance. Je fais ce que j'ai à faire, et ensuite, j'irai acheter un chiot aux filles, juste pour faire chier Maggie.

Je m'avance, décline mon identité à l'accueil et prends la direction de la salle d'attente.

Personne.

Je jette un coup d'œil à ma montre et constate qu'il n'est pas encore tout à fait l'heure. Je scrute la pile de magazines et me décide pour un contenu politique, même si j'avoue que la fille sur la couverture du *Cosmo* incite bien plus à la lecture qu'Angela Merkel. Mon magazine dans les mains, j'observe les sièges en hésitant sur celui où m'installer. *Tout ça devient ridicule !* je m'écrie mentalement en m'asseyant sur celui du fond. Je grimace en regardant celui près de la porte, hésite de nouveau et vais m'y asseoir. On voit l'entrée et la porte du notaire de là !

J'ouvre le magazine et en tourne les pages sans lire les articles. J'observe le *Cosmo* et me demande si je ne devrais pas changer, après tout. Je jette un coup d'œil à la porte en bois de chêne du notaire, puis à ma montre, et constate que l'heure du rendez-vous est légèrement dépassée. J'avale ma salive en me demandant si mon frère va venir. C'est étrange, mais je me sens déçu, presque triste, à la perspective de me retrouver seul à ce rendez-vous.

Et s'il ne venait pas…

Je regarde de nouveau l'heure.

Dix minutes de retard…

La porte s'ouvre sur un petit homme chauve. Je sursaute.

— Monsieur Morton, me salue-t-il.

Je fais un léger signe de tête et garde pour moi que je ne souhaite pas être appelé comme ça. M. Morton, c'était mon père. En ce qui me concerne, je suis « monsieur M ». Il en est ainsi pour mon nom d'auteur comme dans la vie en général depuis déjà de nombreuses années.

Sans un mot, je suis le notaire dans son bureau et m'installe sur un siège en face de lui.

— Bien, cela devrait être rapide puisque vous êtes le seul héritier.

— Je vous demande pardon ? Et mon frère Jacob ?

Bon sang, mon frère est mort et je n'en savais rien !

Mon rythme cardiaque s'accélère, je me sens défaillir.

— Il est mort ? je demande précipitamment.

— Eh bien, monsieur Morton, votre père est…

— Non, lui, il est mort ! Mais mon frère ?

— Pas que je sache…, souffle-t-il en m'observant, les sourcils froncés.

— Bien, je lâche en me sentant soulagé de savoir que mon frère que je ne connais pas est toujours vivant.

Mon Dieu, comme je peux être compliqué, parfois !

— Il est sous votre responsabilité depuis le décès de votre père.

— Ma « responsabilité » ? je répète, comme pour assimiler ce mot.

— Oui, compte tenu de… son état, il n'est pas à même de gérer…, il termine sa phrase par des gestes.

« Son état » ? ! OK, Marius, reste calme. Ne laisse pas ton esprit s'égarer, va droit au but et pose des questions.

— Bon, il va falloir être plus clair, maître. De quel « état » parlez-vous ? je l'interroge, aussi calmement que possible.

Il m'observe et ne semble pas comprendre ce que je demande exactement. Eh oui, bienvenue dans la famille Morton !

— Je ne connais pas mon frère, donc je ne sais pas à quel état vous faites allusion, je lui explique.

Même une fois dans sa tombe, mon père ne m'a rien dit. Il aurait pu me laisser un mot, une lettre, quelque chose. Mais non, il faut croire que je ne vais hériter que d'une liste de biens, dont mon frère !

— Votre frère est déficient mental, ce qui veut dire que, compte tenu de son état, il n'est pas à même de gérer son argent.

— « Déficient mental » ?

— Tout à fait.

— Mais depuis quand ?

— Depuis toujours, monsieur Morton.

— Mais enfin, si cela avait été le cas, je serais…

Au courant…

Je ne termine pas ma phrase car, tout compte fait,

elle me semble ridicule. Mon père ne me confiait rien, et la dernière fois que j'ai vu Jacob, il était tout petit. J'avais fugué de l'internat avec des amis pour aller faire la fête à Barcelone et j'avais été renvoyé. On m'avait ramené au domicile familial et, sitôt franchi la porte, on m'attendait déjà pour m'y ramener. Mon père avait fait une importante donation pour faire oublier mon comportement. J'y avais fini ma scolarité sous haute surveillance. Je n'avais croisé ce petit garçon blond et joufflu que l'espace de quelques minutes…

Les fois suivantes, lorsque j'étais retourné à la maison pour quelques heures parfois, il n'y était jamais. Maintenant que j'y pense, ça m'aurait étonné que mon père se soit encombré d'un enfant handicapé.

— Et où est-il ?

— Il a une place dans un institut spécialisé.

— Je vous demande pardon ? ! je m'écrie en me levant brusquement.

Le notaire semble surpris et recule.

— Il est fou ? Il est dangereux ?

— Je suis désolé, mais je ne détiens pas ce genre d'information, souffle-t-il en me dévisageant.

Je me passe une main sur le visage. C'est pour cela que je ne l'ai quasiment jamais vu. Mon père l'a envoyé loin de tout, comme il l'avait fait avec moi. C'est juste que, pour ma part, ne souffrant pas d'un handicap, je ne suis pas enfermé.

— Donnez-moi l'adresse de l'institut, je dis, la mâchoire crispée.

— Vous aurez toutes les coordonnées, mais avant cela vous devez signer les documents relatifs à la succession.

Je hoche la tête et, armé de mon stylo, je signe document sur document.

— Pour ce qui est de la société, votre père a fait en sorte que votre frère et vous receviez une rente sur les bénéfices, mais que la gestion soit laissée au conseil d'administration.

— Bien, je lâche froidement en gribouillant mon nom sur la feuille.

Je me fous royalement de cette société qui a toujours été plus importante que sa propre famille aux yeux de mon père. Qu'il l'emporte avec lui en enfer !

Le notaire range soigneusement le tas de documents, griffonne sur un papier les coordonnées que je lui ai demandées précédemment et me le tend. Je le prends et l'observe.

San Francisco…

Maintenant que j'ai cette information, je dois avouer que je ne sais pas trop quoi en faire. Soyons honnêtes, je n'ai pas la fibre familiale, ou protectrice… En clair, qu'est-ce que je dois faire, maintenant ? !

— C'est un bon établissement ? je demande en continuant de fixer l'adresse.

— Monsieur Morton, je ne dispose pas…

— … de ce genre d'information ! Très bien ! je le coupe durement et pars sans en demander davantage.

Cet abruti ne m'est d'aucune aide !

Je quitte l'office en courant presque, le poing serré sur le peu d'informations que j'ai en ma possession. Mon regard oscille de droite à gauche, cherchant une issue intelligente à tout ça. Et si mon frère était enfermé car il ne peut pas vivre comme tout le monde ? De quel genre de handicap souffre-t-il ? Déficient mental, c'est assez vague, et je ne connais...

Je hèle un taxi et, une fois à l'intérieur, je lui donne une adresse avant de me rendre compte que j'aurais pu y aller à pied.

Moi, je ne sais pas ce que signifie « déficient mental », mais Stephen, lui, le sait. Finalement, il est peut-être ennuyeux mais il peut servir ! J'arrive à destination en quelques minutes. Je tends un billet de cinquante dollars au conducteur et descends sans attendre. Je pousse les portes du cabinet de mon ami, ignore les vociférations de la réceptionniste et entre dans le bureau de Stephen. Il m'observe, surpris, ainsi qu'une grosse bonne femme allongée sur le sofa avec un caniche bien trop gras sur le ventre.

— Je suis désolée, docteur Polak, lance la réceptionniste, le souffle court.

— Je vais patienter dans la salle d'attente, je finis par dire en sentant tous les regards braqués sur moi.

— C'est mieux, effectivement, répond Stephen, les sourcils froncés.

Je quitte son bureau et prends la direction de la salle d'attente, suivi de près par la réceptionniste.

— Mary, je crois sincèrement que vous devriez vous mettre au sport, je lui dis en m'installant sur l'un des sièges.

J'attrape une revue et prends soin d'ignorer son regard noir.

En quelques minutes, j'ai bien dû feuilleter au moins dix magazines et regardé ma montre une bonne vingtaine de fois. Je me sens comme un lion en cage et m'aperçois que je ne sais absolument pas comment gérer cette nouvelle information sur le compte de mon frère.

— Monsieur Morton, nous n'avions pas rendez-vous, me semble-t-il, lance Stephen en m'observant les bras croisés et un léger sourire aux lèvres.

— Ne m'appelle pas comme ça ! je sors en jetant le magazine sur la table basse avec les autres et en me dirigeant vers son bureau.

Il secoue la tête et me suit. Je ne lui laisse même pas le temps de fermer la porte et lui tends le papier avec le nom et l'adresse de l'institut. Il le prend, ferme la porte et me dit :

— Ton cas est peut-être désespéré, mais je connais des centres tout aussi bien et plus proches d'ici.

— C'est là qu'cst mon frère !

— Ton frère ?

— Oui, je sors de chez le notaire pour la succession de l'autre connard, et figure-toi que Jacob est là-bas ! je crie, furieux — contre quoi, je n'en sais rien.

Peut-être contre mon père qui n'a jamais été présent, contre ses mensonges, aussi, ou même contre moi, qui me laisse envahir par tout un tas de sentiments que je n'ai pas l'habitude de ressentir.

— Pourquoi ton frère y est ? me demande Stephen avec une voix douce.

— A priori, il a une déficience mentale, dis-je en m'étranglant presque.

Stephen ouvre le dernier tiroir de son bureau et en sort une bouteille de whisky et deux verres.

— Tu es énervé car tu attendais de rencontrer enfin ce frère que tu ne connais pas. Comme il n'était pas là, tu n'auras pas cette famille que tu veux tant.

— Hein ? ! Mais qu'est-ce que tu racontes ! je lâche en me servant moi-même un verre.

Je bois mon whisky d'un trait et demande :

— Sincèrement, ce n'est pas moi qui ai un problème, c'est toi. Il est 11 heures et tu n'as pas de rendez-vous. Je crois que ton cabinet va mal.

— Je te remercie de t'inquiéter pour mon cabinet, mais après ton entrée fracassante, j'ai demandé à Mary d'annuler tous mes rendez-vous.

— Ce n'était pas nécessaire, si tu veux mon avis, je sors en me resservant.

— Vraiment ?

— Je n'ai pas besoin de tes analyses à deux balles mais de ton aide.

Il me fait signe de continuer.

— Je veux savoir si cet institut est bien et… tu vois, pour mon frère.

— S'il va bien, tu veux dire ?

— Oui !

— Alors pourquoi ne pas y aller ?

— Je ne pense pas que ça soit possible, si ? Je veux dire, c'est un genre d'hôpital psychiatrique…

— Ce n'est pas un centre psychiatrique.

— Le notaire a dit qu'il était déficient.

— Ton frère ne souffre certainement pas de trouble du comportement, sinon il ne serait pas là-bas. Un handicap mental peut être un retard intellectuel, de langage ou de motricité. Ce centre est une sorte d'école très réputée pour les personnes en situation de handicap. Tu devrais y aller, et si tu souhaites que je t'accompagne, je le ferai avec plaisir.

— Je ne sais pas, je souffle en me laissant tomber sur le sofa.

Stephen s'installe dans son fauteuil et m'observe en silence.

— Pourquoi es-tu devenu psy ? je lui demande au bout de quelques minutes.

— Je gagne excessivement bien ma vie pour rester assis dans un fauteuil à faire des dessins sur un calepin toute la journée, pourquoi ?

— Je ne sais pas. J'ai toujours cru que tu avais choisi les cours de psycho de Harvard pour la prof sexy et qu'ensuite, après neuf ans à rêver de te la taper, tu t'étais retrouvé piégé.

— J'ai couché avec elle en deuxième année.

— Vraiment ? C'était bien ?

— Moins bien que dans mes fantasmes ! dit-il en riant.

— Je ne crois pas que ta femme va apprécier que tu partes avec moi en Californie.

— Maggie est une femme bien.

— Je sais, mais elle est moche.

— Je suis ravi que tu ne la trouves pas à ton goût.

— Je suis sûr que tu l'aimes pour ça.

En réponse, il me sourit.

Je ferme les yeux et dois avouer que je me sens déjà mieux qu'il y a quelques minutes. Heureusement que Stephen est mon ami, sinon je me serais déjà ruiné en thérapie depuis bien longtemps !

Chapitre 3

Je réajuste mes lunettes de soleil. Mes paumes caressent le volant. Je vois le panneau « San Francisco » et ne peux m'empêcher de me demander encore une fois ce qui m'a pris.

En fait, si, je le sais ! Stephen a trouvé le moyen de me convaincre de me rendre en Californie pour rencontrer mon frère. Il a même contacté l'institut où est inscrit Jacob, et c'est comme ça que j'ai découvert que mon frère est en réalité relativement autonome. Il vit en colocation dans une petite maison à côté de l'institut, maison que mon père a achetée il y a deux ans pour que Jacob ait son indépendance. Il a un compte bancaire, mais ne peut effectuer que de légers retraits et les factures étaient réglées par mon père. Ce qui signifie que, désormais, ce sera à moi de m'en occuper. Selon la personne de l'institut, Jacob sera ravi de me rencontrer, et elle a même transmis à Stephen son adresse.

Le GPS me dit de tourner à droite au prochain carrefour et je m'exécute. Je m'engage sur Dolores Street, admire un instant les palmiers qui bordent la route et agace les automobilistes derrière moi en roulant doucement. Je n'avais jamais eu l'opportunité de conduire dans le milieu hostile qu'est le trafic de San Francisco. Les routes sont larges et, malgré l'impression de vacances qui émane du paysage, ils semblent tous à bout de nerfs. Je regrette de ne pas avoir pris un taxi plutôt que de louer une voiture. Mais par souci de commodité, ce choix m'a paru plus évident. Je ne sais pas combien de temps je vais rester ici, ni comment les choses vont se dérouler et je préfère être libre dans mes déplacements.

— Et il me double alors qu'une voiture arrive en face… Ils sont dingues ! En plus, il me fait un bras d'honneur ! Là, je ne sais pas quoi ajouter !

Je bous intérieurement tandis que je m'arrête presque pour passer un dos-d'âne en douceur.

— Et il klaxonne, l'autre derrière !

Le GPS m'indique que je suis arrivé. Je ralentis encore et cherche une place pour mon bolide de location, une Smart jaune canari. Lorsque le commercial de l'agence m'a montré l'engin, j'ai d'abord cru que c'était une blague, mais non. Je suis au top de ma virilité, sans compter que mon mètre quatre-vingt-cinq a beaucoup de mal à y entrer. Mais il m'a promis que, dès qu'il aurait une voiture correspondant à mes attentes, il me rappellerait. Compte tenu de son air plus que condescendant, je suis quasi certain qu'il ne me rappellera pas.

J'avise enfin une place et m'y gare avec facilité. Il faut bien que la taille de cet engin pour Lilliputien soit parfois un avantage ! Je râle en me tortillant comme un beau diable pour m'extirper du véhicule et me fais la promesse que, dès que j'en aurai la possibilité, j'irai en louer un autre. Une sorte de gros Hummer. Comme ça, je pourrai rouler sur les crétins qui klaxonnent sans arrêt. L'idée me tire un léger sourire, qui s'efface instantanément quand je me remémore le but de ma visite. Je chasse immédiatement mon angoisse et redeviens attentif à ce qui m'entoure. J'observe les lieux un instant et constate qu'il n'y a pas grand-chose : des palmiers, des mouettes, quelques passants et des tas de maisons multicolores collées les unes aux autres. Je soupire et cherche le numéro six.

— Oh ! la vache, elle est bleu électrique ! je lâche, les yeux écarquillés, heureux de porter des lunettes de soleil.

Je l'observe sans bouger. Je suis tétanisé. Je sais que mon frère est à l'intérieur et qu'il m'attend. Mais des tas de questionnements pathétiques me traversent l'esprit et s'y emmêlent. Ce qui ne me ressemble pas.

Je suis un connard sans cœur, je me répète, tel un mantra, alors que la porte s'ouvre sur une fine silhouette. Je fronce les sourcils et tente de mettre un visage sur ce qui semble être un enfant ou une très jeune femme. Mais entre le soleil dans les yeux et la couleur de la maison, je ne distingue pas grand-chose. Je mets ma main en visière et fixe la silhouette.

— Bonjour, vous êtes Marius ? me demande une voix féminine légèrement rugueuse.

Telle une mélodie addictive, sa voix s'enroule autour de mon épine dorsale, remonte jusqu'à résonner dans mes synapses et pénètre dans tous les pores de ma peau.

Ma mâchoire se contracte, mon corps se couvre de frissons, mes poils se hérissent et, tout à coup, je me fais l'impression d'être un fauve ayant flairé le danger. Ça se confirme alors que je m'avance de quelques pas. Le soleil se voile tout à coup et je la vois enfin. *Je n'aurais pas dû m'approcher* sont les mots qui me viennent immédiatement à l'esprit tandis que mes yeux marron plongent dans son regard azur. Bleu comme un ciel sans nuage…

L'air me manque. Mon cœur tambourine violemment dans ma poitrine. Je suis un marin perdu dans un océan de bleu étincelant. Noyé dans sa beauté étourdissante, rien n'arrive à me sortir de ma léthargie. Ses lèvres roses en forme de cœur, son nez légèrement retroussé, sa peau pâle et sans défaut, ses longues boucles brunes encadrant son visage parfait et son sourire me désarment.

— Vous êtes Marius ? me redemande-t-elle alors que je la dévisage sans vergogne, encore ébranlé par cette rencontre.

Heureusement que je suis à jeun, sinon je croirais la fantasmer !

— Oui, je suis Marius.

À peine ai-je achevé ma phrase qu'un jeune homme se rue sur moi et me serre si fort que je manque de tomber. Des bras inconnus m'entourent, mais je n'arrive pas à quitter des yeux la jeune femme qui rit et nous couve du regard, comme si elle n'avait pas vu de spectacle aussi beau de sa vie. Je finis par détourner le regard, à regret, et le jeune homme s'écarte de moi. Je l'observe enfin et ma respiration se bloque, mon estomac se contracte, et je me sens mal, tout à coup. Une sensation indéfinissable me prend aux tripes.

— Tu ressembles à…

Je ne termine pas ma phrase, car la terminer est trop difficile, et je ne veux pas montrer ce que je ressens. Pas là, pas comme ça, pas alors qu'on m'observe et qu'on me jauge.

— Papa dit que je ressemble à maman, lance-t-il gaiement en sautillant presque.

— *Disait*, je le reprends, plus durement qu'il ne le fallait.

Il baisse tristement les yeux et je m'en veux immédiatement. J'ai l'impression d'avoir tabassé un chiot sans défense. Pour le coup, je me sens encore plus connard que ce que je suis déjà.

— Je suis désolé. Papa avait raison, tu lui ressembles énormément, je dis en sentant une boule se former dans ma gorge.

J'avale difficilement ma salive et me demande pourquoi je me sens tout à coup si jaloux. Il lui ressemble trop, voilà pourquoi ! Il a ses yeux verts rieurs, ses fossettes au coin des lèvres, les cheveux couleur sable… Tout comme elle ! Tout mon inverse !

Il relève la tête et me fait un grand sourire.

— Toi, tu ressembles à la photo, mais en moins bien, me dit-il.

— La photo ?

— Oui, sur l'ordinateur. On a trouvé des photos de toi et de tes histoires. Mais tu es plus vrai en vrai.

— « Plus vrai en vrai » ? je répète en tentant de démêler le sens de cette phrase étrange.

Il hoche la tête, et je dois avouer que cela ne m'aide pas vraiment.

— Bien sûr ! Tu parles de mes photos sur Internet, je finis par comprendre.

— Sur l'ordinateur, ajoute-t-il.

— Tu trouves que je suis moins beau en vrai ? je lui demande, intrigué, voire légèrement vexé à cette idée.

— Ta peau du visage est pas toute lisse et tu piques.

Je ne crois pas que quelqu'un m'ait déjà fait une remarque d'une telle simplicité et d'une telle innocence !

Stephen m'a expliqué que Jacob est un enfant dans le corps d'un adulte, et maintenant, je comprends ce qu'il voulait dire. Mon frère mesure ma taille, a le corps d'un adulte, mais des traits juvéniles et encore toute l'innocence d'un enfant dans le regard.

— On a fait des gâteaux avec Cap, me dit-il, enjoué.

Cap... Cap..., je me répète mentalement, comme si ces trois petites lettres avaient une signification particulière.

Un léger sourire s'étend sur mon visage, mais je prends soin de l'effacer immédiatement. Je me renfrogne et me rappelle que non seulement je ne la connais pas, que, de plus, ce n'est pas la première belle femme que je croise et que pour finir, si ça se trouve, c'est la petite amie de mon frère ! Je dois avouer que cette dernière idée me dérange un peu. Je n'avais pas envisagé la possibilité qu'il ait une petite copine, ni qu'elle soit aussi charmante. J'inspire et me fustige intérieurement. Qu'elle soit charmante ou non, ce n'est pas mon problème, bon sang !

Mon regard se pose de nouveau sur la jeune femme. Sa taille est fine, ses jambes sont longues et minces et, bon sang, elle est d'une beauté étourdissante ! Je me sens jaloux malgré moi. Non, mais enfin, reprends-toi, M !

— Eh bien, allons manger des gâteaux, alors ! je lance, soudainement mal à l'aise, en le suivant à l'intérieur de la maison.

Je franchis la porte d'entrée, retire mes lunettes de soleil et constate que l'intérieur est aussi coloré que l'extérieur. Je n'aurais pas dû les enlever finalement !

— Donc, c'est chez moi et chez Cap. On a fait la décoration tous les deux. On a même peint les murs.

Cap est sa colocataire ! Je me sens soulagé à cette idée, même si, dans le fond, cette information n'apporte rien à ma vie, encore moins à ma visite, et que ce soulagement me semble complètement inapproprié compte tenu du fait que je ne connais absolument pas cette jeune femme.

— C'est intéressant… J'avoue qu'on ne voit pas souvent des murs aussi… colorés ! je sors.

— Et chez toi, c'est comment ? me demande Jacob avec un regard qui transpire la curiosité et la joie de vivre.

— Beaucoup plus… blanc.

Maintenant que j'y pense, mes murs sont blancs, tout comme mes meubles. Ça n'a rien à voir avec cette maison. Chez moi, tout est ordonné, voire aseptisé. Ici, c'est tout l'inverse ! C'est coloré, rangé mais vivant. Dois-je conclure de cette observation que, chez moi, c'est mort ? Je devrais peut-être refaire la décoration ? J'y réfléchis une seconde avant de me dire que tout cela est complètement hors de propos et que ma décoration est très bien. *Efficace*, je dirais même.

— On a fait un bonhomme qui sourit de la même couleur que le canapé, me dit-il en me le montrant.

— Je vois, ça fait ressortir le vert de la table, je souffle en découvrant le salon.

La jeune femme entre dans la pièce avec un plateau contenant des tasses, une théière et des biscuits.

Je me demande si elle est attardée, elle aussi... Certainement, vu la déco !

Mon regard rencontre de nouveau le sien, et elle me décime en un sourire. J'ai connu beaucoup de belles femmes, mais je crois qu'elle les distance toutes, et de très loin. Pourtant, elle n'est pas coiffée, pas maquillée, ni même particulièrement bien habillée — elle porte un T-shirt jaune pâle et un jean tout simple — mais c'est de loin la plus belle personne que j'aie vue. Et Dieu sait que j'en ai connu et étudié de très, très près un certain nombre !

Je sursaute lorsque je sens quelque chose sur mon pied.

— C'est Bugs, m'informe la voix suave de Cap.

Bon sang, même sa voix est belle ! Elle me ferait fermer les yeux et bander rien qu'en me murmurant une liste de courses au creux de l'oreille.

— Bugs le lapin, c'est moins original que les murs ! je lance pour penser à autre chose qu'à la colocataire de mon frère nue et soumise à mes moindres désirs.

La jeune femme arrête de me sourire instantanément et me jette un regard noir.

Il semblerait qu'elle n'apprécie pas l'ironie, ou alors, elle a vu que je la déshabillais du regard.

— C'est chouette comme nom, me dit mon frère en souriant la bouche pleine.

— Ça fait très lapin, je réponds, ne sachant pas trop quoi dire d'autre.

Cap, quant à elle, continue de m'observer, méfiante.

— C'est une femelle ? je demande à Jacob en avisant le collier rose bonbon de l'animal alors que je cherche désespérément un sujet de conversation.

Il glisse un regard en coin à sa colocataire et me chuchote :

— C'est un garçon, mais Cap aime le rose parce que c'est une fille. À Noël, elle lui a offert ce collier, et je n'ai pas voulu la vexer.

Mon frère est bien plus magnanime que moi, semble-t-il. Les états d'âme des autres ne m'ont jamais empêché de dormir et de n'en faire qu'à ma tête, pour ma part.

— Jacob, j'ai tout entendu. Bugs accepte complètement son côté féminin, sort-elle, les sourcils froncés, pour se donner un air fâché.

— Les filles ! s'exclame mon frère en soupirant.

Je me retiens de rire à cette remarque qui semble lui venir du fond du cœur. Je lui tapote l'épaule, l'air compatissant, et m'installe sur le canapé assorti au smiley géant.

— Je vous laisse entre hommes, puisque c'est ça ! nous dit Cap en secouant la tête, plus amusée que vexée.

Je la regarde quitter le salon et me dis qu'elle est aussi belle de derrière que de devant. Il faut que j'arrête de la reluquer !

J'observe Jacob et regrette déjà l'absence de sa colocataire. Me retrouver face à ce frère que je ne connais pas a quelque chose d'angoissant, et j'avoue qu'une tierce personne permet de détendre l'atmosphère. Même si Jacob, lui, ne semble pas se soucier de cette situation pour le moins étrange.

— Tu veux quoi comme thé ? me demande-t-il avec un grand sourire.

Alors, j'hésite entre… aucun et aucun !

— Je vais prendre comme toi, je finis par dire, dans un élan de politesse.

Tout ça amuserait bien Stephen ! Je ne suis ni poli, ni diplomate, ni souriant, ni, en gros, un gentil garçon, mais il semblerait que, pour le moment, mon frère parvienne à faire taire le connard sarcastique en moi !

— C'est un thé noir bio avec des extraits de citron, m'informe-t-il en me montrant un emballage marron qui fait très article santé.

Une fois, j'ai eu une aventure avec une danseuse qui raffolait de tous ces trucs bios. Je lui ai dit que nos chemins devaient se séparer le jour où elle a tenté de me faire manger du tofu. Et là, je m'apprête à boire une mixture qui ressemble plus à de la pisse de chat qu'à une véritable boisson ! San Francisco serait-il un monde parallèle ?

— Laisse-moi deviner. C'est Cap qui l'a acheté ?

je lui demande en regardant, l'air pas très convaincu, l'emballage et la théière.

— Non, c'est moi ! me rétorque-t-il, surpris de ma remarque.

Il prend la théière et verse l'eau chaude dans les tasses avant de continuer :

— Cap et moi, on va au marché deux fois par semaine. Parce que c'est important de faire attention à sa santé, récite-t-il.

— Oui, c'est important, je dis en songeant avec une grimace à ce qui traîne habituellement dans mon frigo. C'est-à-dire pas grand-chose ! Lucia fait bien quelques courses, mais je ne cuisine jamais, hormis pour le petit déjeuner, donc ça reste assez limité. Les seules fois où je mange convenablement, c'est chez Stephen. Maggie fait ça tellement bien que je ne vois pas pourquoi je m'y mettrais !

— Et toi, tu vas au marché ? me demande-t-il avec, de nouveau, de la curiosité dans le regard.

— Pas vraiment, non, je lui réponds en attrapant un biscuit.

Je le croque et me fige, la bouche pleine. Mais qu'est-ce que c'est que ce truc ?

— Ils sont bons, hein ?

Je m'efforce de ne pas le recracher en maudissant ma récente résolution à la politesse. Voilà pourquoi je ne m'en encombre pas habituellement ! Cela m'évite de m'étouffer avec des biscuits pour bovins.

— Particuliers, je souffle avec une grimace.

— Je te donnerai la recette, si tu veux. Ils sont sans

gluten, sans matière grasse et sans sucre, m'informe-t-il en en prenant un avant de le croquer en souriant.

— Ça a un léger goût de… foin…, je sors en décollant les morceaux qui sont restés collés à mes dents.

— C'est peut-être la farine d'épeautre ? me questionne-t-il.

Est-ce que j'ai la tête de quelqu'un qui sait quel goût ça a, la farine d'épeautre ? !

— Si tu le dis, je finis par répondre avant de soupirer.

Comme rattrapé brusquement par la réalité, je me demande ce que je fais là. Je jette un coup d'œil circulaire : la décoration colorée, la nourriture bio, le lapin avec un collier rose… Bon sang, à quoi je m'attendais ! me dis-je en me passant une main sur le visage. Il n'est qu'un étranger, et de toute évidence, nous n'avons pas grand-chose en commun mis à part notre patrimoine génétique. Je me sens étrangement vide à cette idée. Peut-être que, malgré moi, j'avais espéré plus de cette rencontre ? Ce qui expliquerait mon soudain changement d'attitude. Un sentiment de colère m'envahit tout à coup. Depuis quand je nourris des espoirs de vie familiale ? Je sais pourtant que ça n'est pas pour moi. Non ! Je n'avais pas d'attentes. J'étais simplement curieux de connaître ce frère que je n'avais jamais vu. Je vais lui poser les quelques questions qui me brûlent les lèvres et repartir. Tout simplement.

— Tu veux un autre gâteau ? me demande-t-il en me tendant l'assiette, visiblement plein d'espoir.

— Non merci, Jacob, je réponds sèchement.

Il baisse les yeux, déçu, mais je décide de n'en avoir

cure et de redevenir moi-même. Les faux-semblants n'ont jamais été pour moi, et ce n'est pas aujourd'hui que ça va commencer.

— Donc, ça fait combien de temps que tu vis à San Francisco ? je l'interroge froidement pour avoir les informations que je recherche, rien de plus.

Je ne suis pas là pour me faire un nouvel ami ou je ne sais quoi.

Il m'observe puis jette un coup d'œil en direction de l'escalier. Il ne semble plus aussi à l'aise qu'il y a quelques minutes. C'est certainement mon changement d'attitude. Je ne dois tout de même pas oublier qu'il est en situation de handicap.

— Je ne sais pas trop, chuchote-t-il, mal à l'aise.

— Tu es bien ici ?

— Oui, je crois, répond-il tout doucement.

J'arrange ma veste et toussote en tentant de réfléchir aux autres questions pertinentes.

— Elle est où, ta valise ? me coupe-t-il dans mes réflexions en me scrutant comme s'il tentait de comprendre une énigme.

Il se tortille, regarde derrière mes jambes, dans l'entrée, comme pour vérifier si j'y ai laissé un sac.

— Ma valise ? je répète, ne comprenant pas où il veut en venir.

— Quand papa venait me voir, il avait une valise et il dormait dans la chambre à côté de la mienne. On allait à mon centre, et après, on mangeait une glace sur le port en regardant les mouettes, les otaries et les lions de mer. On leur donnait des noms et ça nous faisait rire. Des fois, on allait voir des spectacles ou même des peintures. Mais toi, tu n'as pas de valise, et je crois que tu n'aimes pas les gâteaux. Pourtant, papa les aimait, lui. Il disait qu'il fallait faire attention à sa santé parce que, sinon, quand je serai vieux, j'aurai un gros ventre comme le sien. Il me parlait de maman, de comme il était amoureux d'elle, et aussi de toi. À chaque fois qu'un de tes livres sortait, il m'en achetait un et il me le lisait. Quand je ne comprenais pas les mots, il m'expliquait. Et une fois, il a pleuré. Tu n'as pas de valise et tu as l'air triste. Est-ce que c'est parce que tu travailles beaucoup ?

Je l'observe en silence, ne sachant pas trop quoi répondre, ni si tout ce qu'il dit est vrai. Mon père… il ne faisait pas ce genre de choses… Non, il…

Je me passe une main dans les cheveux, me frotte les yeux. Je me sens fébrile, tout à coup. Les otaries ? Les mouettes ?

— Papa disait que tu ne venais pas ici parce que tu travaillais beaucoup. Je crois qu'on devrait aller voir les mouettes tout de suite, parce que maintenant tu as l'air encore plus triste. Sinon, on peut aller au cinéma. Papa, il aimait bien aussi. Tu veux que je regarde le programme ou tu préfères les mouettes ?

— Euh…

À présent, je me passe une main sur le visage, complètement décontenancé et bouleversé par ces révélations. Mon père lisait mes livres et regardait les mouettes ? ! Je ne suis même pas certain de l'avoir vu sourire un jour !

Un lointain souvenir refait surface...

Ma mère était enceinte, nous étions à la plage et je faisais des châteaux de sable avec lui. Il riait, j'étais heureux...

Mais c'était avant. Ensuite, il n'a plus ri... Enfin, avec moi... mais pas avec Jacob !

— Les mouettes ? me coupe-t-il, les sourcils froncés, visiblement inquiet.

Je secoue la tête, tente de remettre de l'ordre dans mes pensées, mais tout ce qui me vient à l'esprit est que je ne connaissais pas mon père mais que mon frère, lui, le connaissait. Il a eu tout ce que je n'ai pas eu. Je sens une boule se former dans ma gorge et sors comme malgré moi :

— Je veux faire ce que tu faisais avec notre père. Exactement pareil, je surenchéris, en prenant pleinement conscience de ma demande.

Je me surprends moi-même d'avoir dit ça, mais finalement je n'ajoute rien, car c'est vraiment ce que je souhaite. Découvrir ce à quoi je n'ai jamais eu accès, vivre cette relation père-fils que je n'ai jamais eue.

— D'accord. On mettra ta valise après dans la chambre, alors, lance-t-il en débarrassant la table en sautillant, heureux d'avoir résolu la question de la valise.

Tout guilleret, il quitte la pièce avec son plateau dans les mains, et mon regard se perd un instant sur les murs colorés.

Toute cette histoire me dépasse complètement... Je

suis arrivé ici pleinement confiant en moi, et là, je ne suis plus sûr de rien.

— Je vais prévenir Cap, je reviens ! lance mon frère en montant les escaliers en courant.

Je tends l'oreille et écoute la conversation avec sa colocataire.

— On va se promener avec Marius, lui dit-il fièrement.

— Vous ne voulez pas rester à la maison ? Vous irez demain, lui dit-elle.

Je n'arrive pas à déterminer si elle est surprise ou inquiète. Je n'entends pas la suite mis à part des murmures. Je fronce les sourcils et me concentre pour essayer de capter le reste de la conversation mais je ne distingue rien jusqu'à ce qu'elle reparle normalement.

— Vous devez rentrer à 18 heures, lui dit-elle finalement.

— D'accord ! s'exclame-t-il en commençant à descendre.

— Jacob, tu regardes ta montre et c'est 18 heures. Marius ou pas Marius ! lui lance-t-elle.

— Oui, oui, s'écrie-t-il, déjà dans l'escalier.

Je me lève et le vois sauter comme un enfant en bas des marches.

— Il faut qu'on rentre à 18 heures, m'explique-t-il, un sourire immense sur son visage.

Je jette un coup d'œil à ma montre. Il est 15 heures, ce qui nous laisse largement le temps de regarder les mouettes. Je hoche la tête et me dis que j'ai connu des activités plus intéressantes que de regarder des volatiles et des otaries. Mais compte tenu que mon père semblait apprécier ça, ma curiosité l'emporte sur cette perspective d'ennui à venir.

J'observe mon frère mettre sa veste et me dis que c'est le moment de percer les secrets de cet homme qu'était notre père.

Chapitre 4

Je crois que l'on peut dire, en règle générale, que je suis quelqu'un de brillant. J'ai fait de grandes études. Chacun de mes livres a été un best-seller. Je côtoie des gens de classe sociale élevée et j'ai des conversations spirituelles sur divers faits de société, de politique étrangère ou autre. Alors pourquoi diable suis-je en train de tremper mes mains dans de la peinture rouge avec mon frère, qui a cru bon de prendre son lapin de compagnie avec lui ? Je pourrais tenter de me convaincre qu'il s'agit d'une curiosité malsaine à propos des activités qu'il faisait avec mon père, mais la réalité est tout autre : Jacob ne m'a pas dit que c'était le cas, et il a suffi qu'il me demande. Oui, voilà autre chose que je ne m'explique pas : Jacob demande et je fais ! Mais que m'arrive-t-il ?

— Maintenant que tu les as trempées, tu fais la trace de tes mains à côté des miennes, me dit-il en riant comme un enfant.

Je sors mes mains du pot de peinture, les scrute et regrette déjà la sensation du liquide épais et visqueux. C'était étrangement agréable, je dois avouer. Je m'exécute et pose mes mains à plat sur le papier blanc, perdant quelques gouttes de peinture au passage.

— Il faut pas bouger, m'explique-t-il.

Je sens quelque chose qui tire sur ma veste, tourne la tête et vois le lapin au collier rose en train de la mastiquer. Non mais, c'est pas vrai !

— C'est plutôt difficile de rester immobile alors que ton lapin s'attaque à ma veste ! je grogne en espérant que cela fasse fuir l'animal.

— Bugs est très gourmand. Une fois, il a mangé une chaussure de Cap, et ensuite, il est allé faire pipi dans l'autre. Elle était pas contente du tout !

— Je veux bien le croire, je râle en gigotant pour voir si cela a plus d'impact sur le rongeur, qui n'a absolument pas bougé.

Ça n'est d'aucune utilité puisque le lapin au collier rose continue de mâchouiller mon vêtement. Super, je vais me promener couvert de peinture et avec une veste trouée !

— Mince, j'ai oublié de compter ! s'écrie Jacob.

— Ce n'est rien ! Il fallait compter jusqu'à combien ? je lui demande en jetant un regard mauvais à Bugs qui s'en prend à ma poche, maintenant.

— Je ne sais plus, chuchote-t-il, perdu dans ses réflexions.

Son regard est lointain. Les sourcils froncés, il semble complètement absorbé par ses pensées. Mon cœur se serre de nouveau lorsque je constate à quel point il ressemble à ma mère. Il a tout pris d'elle, même sa vie…

Je secoue la tête pour chasser cette idée. Jacob n'est

pas responsable de sa mort. Mais sa ressemblance avec elle est indéniablement troublante. Ma gorge se noue à l'idée qu'une part d'elle se trouve en face de moi. J'inspire profondément et décide de ne pas me faire happer par un semblant de début de mélodrame psychologique. Apprendre à connaître mon paternel à travers mon frère est déjà assez pathétique comme ça.

— Tu faisais souvent ce genre de choses avec notre père ? je demande en ne sachant pas si je préfère une réponse négative ou positive.

— À chaque fois qu'il venait ! Et celui-là, on le mettra à côté de l'autre !

Je me crispe et ressens quelque chose qu'il ne m'est pas arrivé de ressentir depuis une éternité : de la jalousie.

Je suis jaloux de mon frère handicapé… Et maintenant, j'ai honte ! Ça aussi, c'est nouveau !

— De l'autre ? je l'interroge en ravalant mes sentiments contradictoires.

— Oui, du dernier dessin que j'ai fait avec papa, lance-t-il en me regardant avec un grand sourire.

— Si tu veux…, je réponds, perdu dans mes pensées, ou plutôt, dans mon amertume.

Je ne sais pas quoi penser du fait que notre père n'ait jamais pris le temps de m'accorder autant d'attention.

— Monsieur Marius Morton ? m'interpelle une voix féminine dans mon dos.

Je me tourne, bousculant le rongeur au passage, et aperçois une femme brune d'une cinquantaine d'années. Sa coupe au carré soignée et son tailleur vieillot inspirent le respect, mais lui donnent un air sympathique malgré tout.

— Oui ?

— Je suis Mme Logan, la responsable du centre. Lorsque vous aurez terminé, vous viendrez me voir dans mon bureau ?

Je hoche la tête, l'air méfiant. Tout cela a un goût de déjà-vu pour moi. Combien de fois ai-je été convoqué chez le directeur pour parler de mes résultats scolaires et de mon attitude rebelle ? Sauf que, cette fois-ci, ce n'est pas pour parler de mon avenir mais pour évoquer celui de mon frère. Dois-je me préparer à le défendre comme on ne l'a jamais fait pour moi ? Je ne sais pas gérer ce genre de choses. Je ne peux pas être responsable de la vie d'une autre personne. Quand est-ce arrivé ? Je ne me suis pas rendu compte tout de suite que j'allais devoir tenir ce rôle. J'ai été tellement accablé en apprenant son handicap que je n'ai pas pris le temps de réfléchir à tout ce que cela engendrait, à toutes les responsabilités qui m'incomberaient. Devenir le tuteur de Jacob était un concept assez vague.

— Bien, dit-elle avant de repartir, visiblement satisfaite.

Ravi d'avoir l'air assez convaincant dans le rôle de l'adulte responsable ! J'observe mon frère, puis la porte.

— Mme Logan parlait avec papa quand il venait, m'explique Jacob en soulevant légèrement la paume de sa main pour observer la trace de peinture.

Bon, a priori, je n'aurai pas besoin de faire une donation parce qu'il a fumé un joint dans les toilettes ou a été surpris la tête entre les jambes de la prof de sciences.

— Je crois que c'est sec, je sors en ôtant mes mains de la feuille.

Il fait de même et observe, satisfait, nos empreintes l'une à côté de l'autre. Elles sont presque identiques : même longueur, même largeur, mais pourtant différentes. Pendant un instant, je l'envie, lui et sa naïveté enfantine, son étrange rapport avec notre père, sa maison colorée, sa colocataire bien trop belle, sa vie en règle générale. Il est heureux, bien plus que je ne l'ai jamais été et que je ne le serai jamais. Moi, mon âme est torturée, tourmentée par les démons du passé, de l'absence, de la mort… Jacob, lui, ne voit que le présent : les mouettes, les couleurs, la vie… Nous sommes les opposés.

— Ne t'en fais pas, on va aller voir les mouettes, me dit-il, les sourcils froncés.

Je me retiens de rire en comprenant que je dois à nouveau avoir l'air triste.

Depuis quand n'ai-je pas ri ?

— Et manger une glace ! je renchéris, à son plus grand plaisir et à ma plus grande surprise.

Et depuis quand n'ai-je pas mangé une glace ?

— Moi, je les aime à la vanille, et toi ?

— Vanille aussi, je souffle en me sentant étrangement serein malgré tous les bouleversements dans ma vie en l'espace de quarante-huit heures.

Moi qui ai fui jusqu'à présent tout ce qui ressemblait de près ou de loin à un engagement, je suis surpris de ne pas être plus inquiet face à cette nouvelle situation. San Francisco est peut-être véritablement un monde parallèle… Peut-être celui où mes démons vont disparaître.

Je souris, m'essuie les mains sur un vieux chiffon et attrape un stylo.

— Nous devons signer notre œuvre, je sors en le lui tendant.

Il le prend et louche dessus avec une grimace avant de m'avouer :

— J'écris pas très bien.

— C'est pour nous, Jacob, donc ça n'a pas besoin d'être parfait, juste fait avec le cœur.

Il semble satisfait de ma réponse, se couche à plat ventre et entreprend d'écrire maladroitement son prénom en tirant la langue à chaque nouvelle lettre.

Ce n'est pas San Francisco qui est un monde parallèle, c'est Jacob ! Il me fait penser à ma mère, à cette période heureuse de mon enfance qui me hante depuis tant d'années et qui me manque terriblement. Il me rappelle que j'ai été heureux un jour, que j'ai été aimé par quelqu'un…

Après un « j » puis un « a » laborieux, il hésite et reprend, absorbé.

Je comprends pourquoi il a besoin d'une tutelle. Par contre, je me demande pourquoi mon père m'a choisi. Il ne devait pas avoir beaucoup de considération pour moi pour ne passer que si peu de temps en ma compagnie. Ou alors, celle de Jacob était bien plus agréable… Il avait raison sur ce point, mon frère est bien plus agréable que moi !

— Et voilà ! s'exclame-t-il, satisfait de sa calligraphie vacillante, sans avoir conscience le moins du monde de tout ce qui se joue dans ma tête.

Il me tend le stylo à son tour et m'observe avec intérêt alors que je signe « M » sous mon empreinte. Il lit avec difficulté cette simple lettre et s'y prend à plusieurs reprises pour comprendre ce que j'ai écrit.

— Pourquoi tu marques pas « Marius » ? Tu ne sais pas l'écrire ? me demande-t-il, curieux.

— Parce que c'est comme ça qu'on m'appelle, je réponds.

— C'est pas ton vrai nom, c'est pas complet !

— Oui, mais c'est comme ça qu'on m'appelle.

Il me fixe, ne semble pas comprendre.

— Tout le monde m'appelle « monsieur M », sauf mes amis, qui m'appellent simplement M.

— Pourquoi ils ne t'appellent pas Marius ?

— Eh bien, parce que je préfère qu'on m'appelle comme ça.

— C'est ton surnom ? Comme Cap ? Elle s'appelle Capucine, mais quand on est ami avec elle, elle demande qu'on l'appelle Cap.

L'image de sa superbe colocataire s'impose dans mon esprit et je souris en me répétant son prénom complet, Capucine… Ça lui va bien, mais je préfère Cap, qui lui convient encore mieux.

— C'est à peu près ça, je sors pour répondre à son interrogation.

Je me vois mal expliquer à mon frère que je ne supporte pas que l'on m'appelle M. Morton car cela me fait penser à notre géniteur que, contrairement à lui, je ne porte pas particulièrement dans mon cœur. Comment lui dire que le rapport qu'il a eu avec lui a été un privilège auquel je n'ai jamais eu droit ? Je me sens de nouveau titillé par la jalousie et mon incompréhension face à ce sentiment qui ne semble plus vouloir me quitter. Je décide d'y couper court et lui dis en me levant rapidement :

— Je vais aller voir Mme Logan pendant que tu laves Bugs et tes mains.

Je jette un regard au lapin, qui a les pattes et l'arrière-train pleins de peinture, et à mon frère, qui observe encore ma signature, visiblement déçu. C'est amusant, cela m'a toujours été égal de décevoir les gens, mais là, je me sens bizarre. Déçu par moi-même. J'ai même la fâcheuse envie d'effacer ma signature et d'inscrire mon prénom à la place. Mais je ne le ferai pas. Je me contente de me laver les mains au lavabo, de les sécher et de laisser mon frère face à sa déception. Mon père aurait dû choisir un autre tuteur. Jacob apprendra bien assez vite que je ne suis pas à la hauteur.

Je trouve facilement le bureau de la directrice. Je frappe et entre lorsqu'elle m'y autorise.

— Monsieur Morton, me salue Mme Logan avec un grand sourire.

— Je vous en prie, appelez-moi « monsieur M », je lui dis en inclinant légèrement la tête avant de prendre place dans le fauteuil en face de son bureau.

— Monsieur M ? répète-t-elle, visiblement surprise.

Je ne réponds pas, cela ne sert à rien. Elle a compris ma requête et je ne souhaite pas m'étendre sur le sujet.

— Vous souhaitiez me voir ? je tente, voyant qu'elle ne reprend pas la parole.

— Tout à fait. J'ai reçu la lettre du tribunal vous désignant comme tuteur légal de Jacob, donc je souhaitais faire le point avec vous sur le rôle que vous comptiez tenir dans sa vie.

Une lettre du tribunal ? Ça n'a pas traîné ! Je n'ai pas encore assimilé ma nouvelle responsabilité que l'État en a déjà connaissance, et voilà que je dois expliquer à une étrangère le rôle que je pense tenir dans la vie de mon frère, que je viens de rencontrer il y a quelques heures à peine ! Je me sens mal à l'aise, tout à coup.

— Excusez-moi, mais je ne vois pas en quoi cela vous concerne, je rétorque froidement.

La vérité, c'est que je n'y ai pas encore réfléchi. Jusque-là, Jacob n'était qu'un nom, une image floue, une hypothétique famille que je n'aurais jamais. Mais ça, je me garde bien de lui dire.

— Monsieur Morton, je ne sais pas si vous en avez conscience, mais vous ressemblez beaucoup à votre père.

Ma mâchoire se crispe. Je prends cette remarque comme une insulte et j'ai la certitude que c'est délibéré de sa part. Je reste stoïque et décide de ne pas montrer mes ressentiments. Mes problèmes familiaux et personnels n'ont pas besoin d'être connus, par qui que ce soit. Je préfère passer pour un auteur excentrique que pour un adulte blessé par le manque de présence parental.

— Jacob est un être extraordinaire qui mérite d'être entouré et chéri. Vous ne pouvez pas n'être que de passage dans sa vie. Il attend déjà tellement de vous.

Pour lui, vous êtes sa seule famille, et non monsieur M, l'écrivain à succès. Il se fiche que vous vendiez des livres ou non. Il souhaite vous connaître, et je crois que vous pourriez vous enrichir énormément à son contact.

— Je pensais que nous allions évoquer la place de mon frère au sein de l'institut, ses résultats ou son comportement, pas que nous allions nous lancer dans ma pseudo-psychanalyse. Si j'avais souhaité entreprendre une thérapie familiale, j'aurais fait appel à un vrai professionnel. Mais je vous remercie de toute la bienveillance que vous avez à l'égard de mon frère, je termine en me levant.

— Comme vous voudrez, monsieur… M, dit-elle, crispée.

Arrivé devant la porte, je me retourne et lui demande :

— Mon père venait-il souvent rendre visite à Jacob ?

— Votre père n'était pas très coopératif, dit-elle d'un air énigmatique.

— Vous ne répondez pas vraiment à ma question, lui fais-je remarquer.

— Pour faire simple, nous ne lui laissions pas le choix. Jusqu'à la majorité de votre frère, il a été dans l'obligation de venir au moins une fois par an. En l'occurrence, sa dernière visite remonte à deux ans. Jacob était très malade et affaibli par une infection respiratoire. Nous avons cru le perdre, murmure-t-elle, la tristesse voilant son regard. Il n'est resté que quelques jours, le temps d'acheter la maison. Un procédé peu banal, mais cela a donné à votre frère l'énergie pour se reprendre et aller mieux, reprend-elle.

Deux ans…

— Et avant cela ? Quand est-il venu ?

— Je dirais pour ses vingt et un ans, dit-elle durement.

— Quatre ans ? je sors, incrédule.

— Il a certainement été plus présent pour vous que pour lui. Nous avons appris le décès de votre père il y a deux jours seulement, ce qui n'a évidemment pas permis que Jacob soit présent aux funérailles. Il semblerait qu'il ne soit venu à l'esprit de personne que Jacob aurait aimé y aller, lâche-t-elle enfin.

— Mon père n'a pas été plus présent pour moi que pour lui, bien au contraire. Je ne savais pas que Jacob était en situation de handicap, puisque la dernière fois que je l'ai vu, il n'était encore qu'un bébé. Ce que je ne comprends pas, par contre, c'est pourquoi mon frère semble penser que notre père venait lui rendre visite régulièrement.

— Jacob n'a pas véritablement la notion du temps. Pour lui, cinq ans, quelques mois ou même quelques jours se valent. C'est pour cela que nous lui faisons un planning très strict. Cette routine doit être scrupuleusement respectée pour son équilibre et son bien-être. Les changements d'emploi du temps peuvent être une importante source de stress pour lui.

— Et le fait que je sois là ne risque pas de lui nuire ? je demande, inquiet de briser quelque chose que je n'appréhende pas totalement.

Elle me sourit et lance avec un sourcil relevé :

— Je ne m'en fais pas, Capucine n'est jamais loin.

— Capucine…, je répète, comme pour entendre son prénom insolite une fois de plus.

— Capucine est notre professeure de musique, et elle est autant attachée à votre frère qu'il l'est à elle. Ils sont très complices.

— Complices dans quel sens ? je l'interroge d'une voix plus aiguë, ce qui semble l'amuser.

— Votre frère n'a pas le genre de pensées auxquelles vous faites allusion.

— Biologiquement, c'est un homme !

— Il est assez réducteur de limiter le sexe à la biologie. Heureusement, l'être humain ne fonctionne pas comme cela ! s'exclame-t-elle.

J'ai l'impression qu'elle ne m'apprécie pas particulièrement… D'un autre côté, c'est réciproque, même si j'aime assez l'idée qu'elle a de Jacob et qu'elle souhaite le protéger coûte que coûte.

— Madame Logan, je la salue.

— Monsieur M, dit-elle en réponse avant que je ne quitte son bureau.

À peine ai-je franchi la porte que Jacob et Bugs apparaissent, toujours couverts de peinture.

— On va voir les mouettes ? me demande-t-il en sautillant sur place.

— Je crois qu'on va d'abord aller se nettoyer et se changer, je lui dis en lui montrant ma veste trouée et maculée de peinture.

Il semble légèrement déçu, mais ne dit rien. Les révélations de Mme Logan concernant mon père tournent en boucle dans ma tête et trouvent un étrange écho à ma propre enfance. Sauf que, moi, je n'ai pas eu de Mme Logan le forçant à me rendre visite…

Je serre les poings, et une bouffée de colère m'envahit contre ce père qui, encore une fois, ne s'est pas montré à la hauteur. Ma mère n'aurait jamais cautionné cela, et Jacob méritait mieux.

— Tu es pressé de manger une glace, avoue-le, je lance pour le taquiner, le cœur lourd.

Il me fait un grand sourire et hoche timidement la tête. Heureusement Jacob n'est pas comme moi, et son bonheur semble tenir à peu de chose.

— Après tout, une veste trouée et quelques traces de peinture, ce n'est pas si grave… Et puis moi aussi, j'ai très envie de manger une glace en regardant les mouettes, je lui souffle en souriant.

— On va leur donner des noms ! dit-il en courant vers la sortie de l'établissement.

Je ris en me demandant d'où vient toute son énergie. Il s'arrête sur le seuil, baisse les yeux et me demande tout bas :

— Tu viendras au concert ?

— Quel concert ?

— Il y a le spectacle… euh… Tu veux bien venir ? Tu sais, les autres, ils viennent avec leurs familles. Et il y aura des gâteaux et du soda, m'explique-t-il, tout penaud.

Je l'observe et me revois, enfant, aux spectacles de fin d'année, attendant que quelqu'un vienne pour moi. Mon cœur se serre et une immense tristesse m'envahit tout à coup. Pas pour ce que j'ai pu ressentir dans ces moments-là mais pour Jacob, et à cet instant, je me fais la promesse d'être présent pour lui, de ne manquer aucun événement marquant dans sa vie et de l'accompagner comme l'aurait fait notre mère. Je me passe une main sur le visage en tentant de ravaler les larmes qui ne se sont jamais taries depuis sa disparition et dis tout bas, comme pour sceller un pacte tacite :

— Évidemment que je vais venir.

Son visage s'illumine, et je lis ce que je pense être du soulagement, de la joie, du bonheur et peut-être même de l'espoir. Il ne dit rien et franchit la porte en sautillant.

Je soupire en me disant que moi aussi j'aimerais ne pas avoir la notion du temps. Cela m'aurait évité bien des déconvenues. Malheureusement, ce n'est pas le cas, et cela fait bien longtemps que j'ai appris à vivre avec mon amertume. Jacob ne connaîtra jamais ce sentiment, me dis-je en le regardant tandis qu'il m'attend devant le centre, son lapin dans les mains.

— Alors, il est où, ce marchand de glaces ? je lui demande en glissant les mains dans les poches de ma veste, souriant de le voir trépigner d'impatience.

Je grimace quand ma main droite passe à travers la poche. Elle a vraiment bouffé le tissu, la sale bête !

— Il y en a un au Mission Dolores Park. Il fait des glaces, et en plus, on peut se promener dans le parc. Tu verras, c'est chouette, il y a des canards ! Cap et moi, on a vu des bébés canards la dernière fois. Ils avaient pas de plumes mais des petits poils comme Bugs, me raconte-t-il avec enthousiasme.

— Et donc, Cap et toi, vous êtes… ? je l'interroge, l'air de rien.

Mme Logan a déjà répondu à cette question, mais pour une raison qui m'échappe, je veux en avoir le cœur net. Enfin, la raison ne m'échappe pas tant que ça. Capucine est d'une beauté à la fois sauvage et parfaite. Depuis que j'ai plongé dans l'azur de ses yeux, je rêve de parcourir lentement son corps, de découvrir chaque parcelle d'elle. Je ravale mon sourire rêveur quand je constate que Jacob m'observe, ne comprenant visiblement pas la question.

— C'est ta…

Mince, je ne sais pas comment lui demander. Dans un monde où mon frère ne serait pas handicapé, je lui demanderais simplement s'il couche avec elle, mais là, c'est plus compliqué. Je ne veux pas le choquer. Je réfléchis au terme adéquat : petite amie ? copine ? chérie ?

— Elle vit avec moi, sort-il, les sourcils froncés. Papa, il voulait pas que je vive seul, et Capucine cherchait un appartement. Donc il a dit qu'elle pouvait vivre avec moi, reprend-il. Elle fait de la musique, tu sais ?

— Oui, Mme Logan m'a dit que c'était la professeure de musique et que vous étiez amis.

— Oui, Cap, c'est ma meilleure amie ! lance-t-il en prenant gaiement le chemin du parc.

Je souris en me disant qu'avec Jacob les choses semblent si simples, et lui emboîte le pas, les yeux dans le vague.

Sa meilleure amie, tout simplement !

Chapitre 5

— Mais où étiez-vous ? gronde la voix de Cap au moment où l'on passe la porte.

Au milieu de l'entrée, les bras croisés sur sa poitrine, ses magnifiques yeux couleur lagon lançant des éclairs, elle nous regarde tour à tour. J'observe Jacob, ne comprenant pas l'objet exact de sa colère.

— Tu sais… euh… il y avait les canards, et on voulait voir les bébés qui ont pas les plumes, tente Jacob en fixant le sol.

— Les canards ? Vous êtes allés vous promener dans cet état ? lance-t-elle, furieuse, en désignant les taches de peinture sur nos vêtements.

— Eh bien, on a fait de la peinture avant, reprend Jacob.

— Il est 19 heures passées, vous n'avez pas dîné et vous êtes dans un état lamentable. Vous deviez être rentrés il y a une bonne heure, j'étais morte d'inquiétude !

Je me mords la joue pour ne pas éclater de rire face à ce bout de femme qui doit peser cinquante kilos à tout casser et qui nous reproche de ne pas être rentrés à l'heure pour le souper ! Elle nous jauge et attend, de toute évidence, une explication à notre retard, tout en tapant le sol de sa Converse aux lacets roses, ce qui finit de m'achever. Je me mets à rire aux éclats sous le regard stupéfait de mon frère et de sa colocataire.

— Je… je ne vois pas ce qu'il y a de drôle ! dit-elle en fronçant les sourcils.

Je finis par reprendre mon souffle et dire :

— Je crois que c'est la première fois en trente ans que l'on me gronde.

Et je ne serais pas contre l'idée qu'elle me mette une fessée, au passage.

— C'est peut-être ce qui explique que vous vous permettiez de rentrer avec une heure de retard sans prendre la peine de prévenir !

— Ma belle petite Capucine, si j'avais eu votre numéro de téléphone, je n'aurais pas hésité un seul instant à m'en servir, je dis tout bas, aguicheur, avec un sourire en coin.

Mon sourire s'élargit lorsque je vois ses joues prendre une délicieuse teinte rose et ses magnifiques yeux bleus s'assombrir. Vu sa réaction, elle n'est pas insensible à mon charme.

— Mais pour qui vous prenez-vous pour m'appeler comme ça ? ! hurle-t-elle.

Finalement, je crois que j'ai crié victoire trop vite. Comment je l'ai appelée déjà ? Ah ! oui, « belle petite Capucine ».

— Vous n'êtes pas chez vous, monsieur Morton ! Ici, on respecte la politesse, on a des règles et on ne se permet pas de se moquer des autres ! reprend-elle, visiblement furieuse.

Jacob nous regarde l'un et l'autre, et semble attendre de voir qui cédera le premier. Ça ne sera pas moi, évidemment, même si je dois avouer que la jolie Cap a de la repartie.

— Monsieur M, ou simplement M, en fait. De plus, je ne me moquais pas de vous.

Elle m'observe en silence, les sourcils froncés, et semble attendre la suite.

— Eh bien, oui, vous êtes jolie, c'est un fait. Et vous mesurez, quoi... un mètre cinquante ? C'est un autre fait.

Elle rougit un peu plus, ses poings se ferment et ses yeux recommencent à jeter des éclairs. Je reconnais bien ces signes avant-coureurs typiquement féminins et entends déjà siffler l'éternel « connard » auquel j'ai souvent droit. Le truc, dans le cas présent, c'est que je n'ai même pas eu le temps de coucher avec elle avant.

— Et vous, vous ressemblez à une espèce de grand poireau mal rasé. Mais vous voyez, la différence, entre vous et moi, c'est que je suis bien trop polie pour vous le dire ! s'exclame-t-elle.

Elle est vexée, vraiment ? Je lui ai bien dit qu'elle était jolie ?... Je m'interroge, tout à coup. Et elle trouve que je ressemble à...

— Un poireau ? ! je répète en tentant de ne pas rire.

Je me mords les lèvres, prends sur moi pour ne pas m'esclaffer. Mais je finis par abdiquer, et le fou rire me gagne carrément.

— Jacob, tu devrais aller prendre ta douche, sifflet-elle entre ses dents, de toute évidence plus contrariée et énervée que jamais.

Il me jette de nouveau un coup d'œil et court à l'étage avec son lapin, complètement perdu. Une fois en haut des marches, il m'observe encore, et ce que je vois dans son regard me fend le cœur.

La peur… Il a peur que je parte.

Je m'arrête de rire et, d'un geste, lui fais signe d'y aller. Il finit par s'exécuter à contrecœur. Capucine va dans la cuisine en silence et secoue la tête, toujours sans un mot. Malgré moi, je suis hypnotisé par le ballet de ses boucles qui bougent au même rythme que ses hanches. Elle se tourne et me décime en un regard.

C'est le genre de femme que l'on aime avec passion et qui vous brise en un claquement de doigts, me dis-je en la contemplant, fasciné par sa beauté.

Heureusement, je ne suis pas le genre d'homme à se laisser prendre dans le filet des sirènes, si belles soient-elles. Toutefois, je décide de rester à l'entrée de la cuisine pour garder une certaine distance entre nous. Je croise les bras et cale mon épaule droite contre le chambranle tout en l'observant sortir un gratin du four. Après un long silence où elle prend bien soin d'éviter mon regard, je finis par dire tout doucement :

— Je suis désolé que l'on soit rentrés tard. Je n'ai pas vu le temps passer.

C'est un jour à marquer d'une pierre blanche ! Je n'ai pas pour habitude de m'excuser, j'espère qu'elle s'en doute.

Elle s'essuie les mains sur un torchon, toujours en

silence. Je rêve ou elle joue avec mes nerfs ? Quelle petite effrontée ! Une furieuse envie de lui baisser son jean et de lui mettre une fessée s'empare de moi. J'adorerais voir ses jolies fesses rosir…

— Et je suis désolé si mes paroles vous ont fait de la peine, je reprends en tentant de faire taire les idées de plus en plus salaces qui me viennent à l'esprit. Je ne pensais pas que dire à une femme qu'elle est jolie pouvait…

Je ne finis pas ma phrase, ne sachant pas vraiment quoi ajouter. Des années sans proférer une seule excuse, ça laisse des traces, il faut croire.

— Ce ne sont pas tant les paroles qui m'ont vexée que la façon que vous avez eue de les dire, fait-elle tout doucement, sans prendre la peine de me regarder.

Les femmes demeurent un mystère, et sont pourtant tellement semblables au fond…

Elle tousse et reprend, en me regardant cette fois-ci :

— Je mesure un mètre cinquante-sept.

— Je vous l'accorde, l'erreur était de taille ! je sors en souriant, moqueur.

— Le problème, c'est que vous ne prenez rien au sérieux. Jacob a besoin de structure, d'un cadre, de règles. Vous n'êtes que de passage, et je crains déjà l'instant où il s'en rendra compte. En attendant de retourner à votre *palpitante* vie d'écrivain, je vous demande, dans la mesure où cela vous est possible, de ne pas tout saccager. Car quand vous lui aurez brisé le cœur, il ne lui restera que ces fameuses règles.

Touché…

— Je vois…, je lâche, les sourcils froncés.

— Bien, lance-t-elle, visiblement satisfaite de sa petite victoire.

Elle a obtenu ses excuses, et j'ai comme l'impression que je me suis fait arnaquer dans cette histoire. La sirène sait manipuler l'esprit des hommes dérivant sous l'emprise de sa beauté ensorcelante, semble-t-il. Pourtant, je ne me laisse pas faire et reprends la conversation.

— Qu'est-ce qui vous fait penser que je ne suis que… de passage ?

— Vous ressemblez beaucoup à votre père.

— Décidément, vous vous êtes donné le mot aujourd'hui ! Quitte à vous surprendre, je ne portais pas particulièrement mon paternel dans mon cœur. Je lui ressemble peut-être physiquement, mais pas plus.

— Hum, souffle-t-elle, pas convaincue pour un sou.

Je suis hypnotisé par ses lèvres pleines. Une beauté enchanteresse, un caractère bien trempé et une langue bien pendue, voilà un cocktail mortel !

Elle n'ajoute rien, attrape une pile d'assiettes, des couverts et, comme si elle se rendait enfin compte de ma présence, dit :

— Le dîner est prêt, vous devriez aller vous doucher et vous changer avant que ça ne devienne froid. Et je veux aussi que Bugs ait retrouvé sa belle couleur blanche d'ici là.

Comme je ne bouge toujours pas, elle renchérit :

— Le four est éteint et nous n'avons pas de micro-ondes. Ce qui veut dire que vous avez environ quinze minutes.

J'ouvre la bouche mais ne sais pas trop quoi répondre, j'avoue. Je n'ai pas pour habitude qu'une femme me tienne tête. Du haut de son mètre cinquante-sept, la demoiselle semble habituée à faire courir les hommes !

Je finis par refermer la bouche et demander :

— Et si j'arrive avant que le gratin soit froid, je pourrais avoir votre numéro de téléphone ?

Je me garde bien d'ajouter que, si je l'avais, je ne m'en servirais pas pour la prévenir d'un éventuel retard. Mais je suis quasi certain qu'elle l'a compris puisque je la vois perdre contenance et rosir de nouveau. Cela ne dure qu'une seconde, mais c'est une très charmante seconde... Oui, moi aussi, je sais me servir de ma langue bien pendue pour faire perdre leur assurance aux demoiselles trop sûres de leurs charmes.

— On va dire que l'espoir fait vivre ! me rétorque-t-elle avec un air de défi.

Donc, elle veut jouer... Voilà qui est intéressant... J'aime les challenges, et ça me changera de mes conquêtes habituelles, même si je n'ai aucun doute concernant l'issue de celle-ci ! Je m'approche lentement d'elle et, arrivé à sa hauteur, je baisse la tête et murmure, à quelques centimètres de ses lèvres :

— Même pas peur.

Je souris, victorieux à mon tour quand je la vois retenir son souffle, et sors de la cuisine avec un calme olympien.

La partie ne fait que commencer.

Je traverse le couloir avec la même sérénité, attrape les clés de mon bolide jaune canari dans ma poche et vais chercher mes affaires. Je prends ma valise et mon sac contenant mon ordinateur et mes notes pour mon prochain roman. Je referme le coffre d'un geste ferme, ce qui fait trembler toute la voiture, et rentre dans la maison d'un pas résolu.

— Votre chambre est à l'étage, deuxième porte à gauche, m'informe Capucine, visiblement amusée par la situation.

Je pourrais prendre le temps de me demander pourquoi la perspective d'obtenir son numéro de téléphone me motive autant, mais je pense que c'est tout simplement le jeu qui me plaît. Cela fait un moment que je n'ai pas joué au chat et à la souris. Ce qui ne fera que rendre ma victoire plus…

Mes pensées s'interrompent à l'instant où je pénètre dans la chambre et que mes yeux tombent sur une grande feuille blanche où s'affichent fièrement deux paires de mains.

La chambre de mon père…

Mais je secoue la tête en me disant qu'il n'a pas dû y séjourner souvent puisqu'il a acheté la maison pour Jacob il y a deux ans et que, la dernière fois qu'il est venu, c'était il y a deux ans également.

Alors pourquoi tout dans cette pièce me fait songer à mon père ? Chaque objet semble porter son empreinte…

— Si tu ne veux pas dormir dans la chambre de papa, tu peux venir dans la mienne avec Bugs. Je déplierai le futon et ça sera sympa aussi, me dit Jacob, les cheveux encore dégoulinants.

Je l'observe un instant, enroulé dans sa serviette

Mickey, et me dis que c'est étrange de ressembler autant à un adulte et de n'être qu'un enfant.

— Papa a souvent dormi dans cette chambre ? je lui demande, plus pour la forme, car je sais qu'il n'a pas la notion du temps.

— Eh bien, oui, à chaque fois qu'il venait. Il aimait pas aller à l'hôtel parce qu'il n'y en a pas à côté de l'institut, alors il a acheté la maison quand j'étais petit.

Il secoue la tête et me dit :

— C'est ma maison, à moi et à Cap. Donc là, c'est la chambre de papa, et dans son ancien bureau, c'est la chambre de Capucine, et moi, ma chambre, c'est la même depuis toujours.

— Je ne comprends pas, papa avait déjà cette maison ? Je croyais qu'il l'avait achetée il y a deux ans pour que tu puisses y habiter avec Cap...

Il secoue la tête et finit par m'expliquer :

— Avant, la maison appartenait à une vieille dame. Mais quand elle est morte, papa a donné des sous pour que la maison soit à moi. Capucine cherchait une maison, et papa a accepté que je vienne ici si elle était avec moi.

Il baisse les yeux, gêné, et reprend, mal à l'aise :

— Il veut pas que j'habite tout seul.

Donc c'était bel et bien la chambre de mon père. Ce qui signifie qu'à chaque fois qu'il venait ici il séjournait dans cette maison. Une fois par an, jusqu'à la majorité de Jacob...

Mon frère continue d'observer le sol, visiblement embarrassé.

— Si tu veux mon avis, c'est triste de vivre seul, je sors, légèrement désabusé.

— C'est pour ça que tu es triste ? C'est parce que tu es tout seul ? me demande Jacob, les sourcils froncés.

— Probablement, je réponds avant de soupirer.

Jusque-là, je n'avais pas remarqué à quel point la solitude me pesait, ni que, dans le fond, je n'étais pas heureux. Il faut dire que j'ai toujours pris bien soin d'étouffer le moindre de mes sentiments et que j'ai appris à vivre avec cette mélancolie qui me poursuit depuis l'enfance.

— Tu n'es plus seul, maintenant, alors arrête d'être triste, souffle Jacob.

Je le dévisage un instant et souris légèrement.

— Merci, Jacob, je chuchote, la gorge serrée, avant de m'excuser pour aller prendre ma douche.

Une fois seul et la porte fermée, je me passe les mains sur le visage et tente de respirer profondément en me répétant de faire taire mes émotions. Il y a encore quelques heures, je me plaignais de n'être qu'une coquille vide et insensible, et là… c'est comme si tout ce que j'avais tenté d'enfouir depuis toutes ces années resurgissait d'un coup. Et je ne suis pas certain de pouvoir le supporter.

J'inspire une grande bouffée d'air, retire ma veste et la jette sur le lit. J'ai besoin d'une douche chaude, et de ne plus rien ressentir à nouveau.

J'avise la salle de bains attenante à la chambre, me déshabille rapidement, laisse mes vêtements en vrac sur le parquet, observe les murs aubergine, le tableau représentant le port de San Francisco, le lit en bois exotique, le minibar dans un coin et m'y dirige, nu comme au premier jour. Machinalement, je débouche la bouteille de whisky et m'en sers un verre. Un deuxième. Un troisième. Un quatrième.

Mon regard se trouble et tombe sur les étagères emplies de livres. Dans un premier temps, mes doigts glissent sur les reliures et, soudain, je m'arrête net.

Mes livres…

Les battements de mon cœur s'accélèrent pour une raison que j'ignore.

Ils y sont tous !

Je pose mon verre sur la table de nuit, me saisis du premier ouvrage, les sourcils froncés, et m'agrippe à l'étagère alors que je l'ouvre à la première page.

Je lis les mots écrits de ma main et secoue la tête. Tout se mélange : incompréhension, surprise, stupeur, tristesse…

Des larmes coulent de long de mon visage sans que je puisse les retenir et je relis les mots, comme pour vérifier qu'il ne s'agit pas d'une hallucination.

> *Pour toi, mon plus grand fan, je te souhaite une belle lecture et un agréable moment en ma compagnie.*
>
> *M.*

Je ne comprends pas…

Je pose l'ouvrage sur le lit et m'empare du suivant. Je l'ouvre à la première page et reconnais de nouveau mon écriture.

Les dédicaces sont quasiment toutes les mêmes, toujours adressées à « mon plus grand fan ».

Un instant, je sens la folie me gagner, tout se brouille

dans ma tête. Fébrile, je continue à observer, incrédule, chacun de mes ouvrages.

« Pour toi, mon plus grand fan … » Encore et toujours mon écriture.

Si mon père était venu acheter mon livre et que je le lui avais dédicacé, je m'en serais quand même aperçu ! Je l'aurais reconnu ! C'était mon père, tout de même !

Ou alors, il a envoyé quelqu'un à sa place…

Mon sang se fige lorsque mes yeux tombent sur une photo encadrée. Il s'agit de moi, avec un homme que je connais sans connaître. Il sourit, je souris, il tient fermement mon livre entre ses deux mains comme si c'était l'objet le plus précieux au monde, et moi, j'ai l'air vaguement absent. Le sourire sur mes lèvres est artificiel, celui que je réserve pour les photos où je pose avec mes lecteurs.

Bon sang, c'est lui ?…

Non, ce n'est pas lui. Si c'était lui, je le reconnaîtrais ! Mon père était un homme imposant, aux épaules carrées, toujours rasé de frais, qui prenait soin de lui et de son apparence, pas cet homme. Celui sur la photo est gros, pas rasé. Il porte des lunettes, une veste en cuir et une casquette de base-ball. Mon père n'aurait jamais porté de casquette !

Un besoin irrationnel de savoir me saisit. Muni de la photo, je quitte la chambre en trombe à la recherche de Jacob. Lui, il sait. Il l'a vu plus souvent que moi. Il va me dire. J'ouvre une première porte sur une chambre avec beaucoup de rose, la referme, une autre sur des toilettes, une autre donnant sur une pièce avec des tas de posters d'animaux, mais il n'y a personne. En bas, il est en bas !

Je me rue dans les escaliers et tombe nez à nez avec Capucine. Elle vire au cramoisi et sa bouche s'ouvre en grand. Mais peu m'importe, je ne tiens pas compte de son attitude. Seul le besoin de savoir qui est sur cette photo m'habite. Je me tourne et vois Jacob qui m'observe également.

— Qui est sur cette photo ? je lui demande, ou plutôt, je crie.

— Tu es tout nu, dit tout doucement mon frère.

Je baisse les yeux et constate mon évidente nudité. Je secoue la tête. Tout ça n'a aucune importance. Je ne veux que…

— Jacob, qui est sur cette photo ? je lui demande de nouveau d'une voix vacillante.

Il m'observe, ne semble pas comprendre. Ma gorge est nouée, tout mon corps est tendu. J'ai l'impression de suffoquer. Il faut que je sache…

— Je t'en prie, Jacob, dis-moi qui est sur la photo.

— Papa et toi, murmure-t-il, visiblement inquiet de ma réaction.

— Tu es sûr ? je l'interroge dans un souffle en observant le visage de cet homme qui m'est familier sans l'être vraiment.

Toute une vie à m'ignorer au point que je ne le reconnaisse plus…

— Oui. Il y en a d'autres, si tu veux, chuchote-t-il.

— D'autres ? je répète.

Je ne comprends pas… Quand elle était là, avec nous,

nous étions tellement proches… Et là, je ne l'ai pas reconnu. Un inconnu, mon père est devenu un inconnu. Une ombre dans mon passé.

Jacob hoche la tête et finit par me demander :

— Tu veux les voir ?

— S'il te plaît, je réponds en tentant de me reprendre.

Mes jambes flageolent. Mon cœur tambourine dans ma poitrine. Ma main se pose sur l'encadrement de la porte de la cuisine. Si je le lâche, je sombre…

Je lève les yeux et vois Jacob dans l'escalier qui attend que je le suive. Ses yeux verts me scrutent en silence. Je m'y accroche et avance comme un automate, mon regard toujours rivé au sien. En haut des marches, il me tend la main. Je l'observe, la saisis et me laisse emmener dans la chambre de notre père. Il me fait asseoir sur le lit et se dirige vers la commode en hésitant. Il ouvre le premier tiroir, son regard navigue entre un album à la couverture marron et moi, et il finit par me le tendre.

Je passe mes doigts sur la couverture. Je ne sais pas trop à quoi m'attendre. Jacob attrape un plaid, le pose sur moi et s'assoit à mes côtés en silence. Son regard oscille à nouveau entre l'album et moi. Il attend visiblement que je l'ouvre.

— Vas-y, je reste avec toi, me dit-il tout bas pour m'encourager.

Je plonge un instant dans ses yeux verts pour y puiser le courage dont j'ai besoin et ouvre enfin l'album.

En première page, le tout premier article du *Times* qui parle de moi. Il est petit, mais il est là. Sur la page de derrière, il y a la photo du cadre que je tiens encore dans mes mains. D'autres articles, diverses chroniques retraçant ma carrière d'écrivain, une nouvelle photo avec mon père et moi pour mon deuxième livre. Les pages se succèdent, mes émotions aussi, avec l'étrange impression d'être passé tout ce temps à côté de quelque chose de colossal. L'homme avec moi sur la photo vieillit mal, il grossit encore plus, son visage est de plus en plus marqué par l'âge et la fatigue, mais son regard et son sourire emplis de fierté sont toujours présents. Arrivé à la dernière page, je me rends compte que je ne voulais pas que cela s'arrête. Je reprends depuis le début, encore et encore…

Chapitre 6

J'ouvre les yeux, fronce les sourcils et observe la lumière bleue qui va et vient dans la pièce. On dirait d'étranges vagues… Je tente de faire taire mes derniers souvenirs, sans aucun succès. Mon cerveau ne semble pas vouloir me laisser en paix. Tout se bouscule dans ma tête : les photos, les articles… ma vie ! Je lâche un juron, excédé par mon attitude, ma colère, ce foutu déchaînement de sentiments, mon père, et encore cette chienne de vie qui semble prendre un malin plaisir à se jouer de moi. Je referme les yeux, compte tenu que mon esprit ne veut pas me laisser en paix, et cherche ce connard de Morphée. Au bout d'un moment, je dois me rendre à l'évidence : il a définitivement déserté les lieux, et ces foutues questions ne prendront pas le même chemin !

Mon père m'aurait-il aimé ? Pourquoi conservait-il tous ces articles ? Comment ai-je fait pour ne pas le reconnaître ? Aurais-je passé tellement de temps à ressasser tout ce que je n'avais pas, jusqu'à en oublier son visage ? Bon sang ! Il est venu à toutes ces dédicaces, et, à chaque fois, je l'ai traité comme un inconnu ! Est-ce que cela aurait changé quelque chose à notre relation si je l'avais reconnu ? Je fantasme un instant sur ce à quoi aurait pu ressembler ma vie si dès la première fois j'avais su qui il était. On aurait bu un café, il m'aurait peut-être parlé de ma mère, dit qu'elle aurait été aussi fière que lui l'était…

Le problème avec les fantasmes, c'est que ce ne sont que des ébauches embellies d'une vie que l'on n'aura jamais. Totalement inutile. Cela ne fait qu'ajouter de la frivolité à la triste réalité. La vérité est amère mais incontestable. J'ai passé tant d'années à nourrir une rancœur envers cet homme qui, finalement, ne la méritait peut-être pas ! Et le pire, c'est que je ne saurai jamais la vérité ! M'aimait-il ou me haïssait-il au point de m'observer de loin sans souhaiter me connaître ? Tout cela est tellement étrange ! Un jour, j'ai été heureux, j'ai eu une famille et j'ai même attendu avec impatience la venue de ce petit frère dont ma mère me parlait tant. Je me souviens d'elle qui déposait avec délicatesse la main sur son ventre rebondi tout en souriant, rêveuse. Mon père me lisait des histoires avant que je m'endorme et me portait sur ses épaules lors de nos longues promenades au zoo. Le lendemain, je me suis réveillé, et ma mère n'était plus, et mon père me plaçait parmi des inconnus sans plus d'explication. J'ai passé tous mes Noëls et mes anniversaires suivants dans un internat, seul. Il n'a jamais assisté à un seul de mes spectacles de fin d'année, et n'est pas plus venu à ma remise de diplôme. Rien. Je ne l'ai plus jamais revu après le décès de ma mère.

Enfin, c'est ce que je croyais ! La forteresse de certitudes qu'avait érigée mon esprit s'effondre tel un château de sable rongé par le vent.

Je jure encore et me passe les mains sur la figure pour chasser la brume qui sature mon esprit. Je sursaute lorsque quelque chose me tombe sur le visage. Je rouvre les yeux, saisis l'animal usé et le scrute en silence : un lapin en peluche qui a connu des jours meilleurs. Et la lumière à l'effet de vagues vient d'une veilleuse pour enfant ! Je crois — je suis certain, même — que tout ceci a quelque chose à voir avec mon frère, Jacob. Je n'ai jamais rencontré une personne telle que lui. Il est naïf, enfantin, et pourtant, hier soir, une force incommensurable émanait de lui. Il est resté en silence à côté de moi, me soutenant lors de ma… découverte. « Découverte » n'est pas le terme exact, mais c'est le seul qui me vient à l'esprit pour définir ce qu'il s'est passé avant que je ne sombre. Je repousse la couverture, révélant mon évidente nudité, et m'approche de la source de lumière. Curieux, j'observe l'espèce de boule qui diffuse des vagues sur les murs couleur aubergine, ou plutôt rouge bizarre, puis mon regard tombe sur l'album. Je décide de le laisser là où il est. Je l'ai déjà suffisamment parcouru pour savoir que, finalement, cette étrange découverte sur mon passé et celui de mon père ne m'apporte rien de plus. Mes yeux tombent sur ma valise. Il suffirait que je m'habille, que je la referme et que je parte. Ma fuite serait simple. Pas un mot, pas une larme, juste moi, le silence et à nouveau la solitude.

Personne n'attend rien de moi, après tout…, me dis-je avant d'être coupé dans mes pensées par de la musique.

Je fronce les sourcils, tends l'oreille pour mieux entendre. C'est tellement faible qu'un instant je me demande si j'ai rêvé. Les notes s'égrènent de nouveau, accompagnées d'un filet de voix doux et mélodieux. Je ferme une seconde les yeux et me laisse transporter dans un étrange univers mélancolique. Je les rouvre et m'approche du mur de la chambre qui communique avec celle de Capucine. Je plaque mon oreille contre la cloison, tel un enfant trop curieux, et ne suis pas satisfait de l'acoustique. On n'entend qu'un vague bruit de guitare et un filet de voix. C'est beau, mais j'en veux plus !

Je jette un coup d'œil dans la chambre, vois ma valise et me dirige vers elle d'un pas décidé. Je me sens l'âme d'un espion tout à coup ! Et j'ai surtout besoin de me changer les idées. Rester dans cette chambre à réfléchir à des choses auxquelles je n'ai aucune envie de penser est une perspective beaucoup moins intéressante que d'apprivoiser la belle demoiselle aux yeux bleus. Et rien ne m'empêche de partir après avoir satisfait ma curiosité.

J'ouvre ma valise, animé d'une énergie nouvelle, en sors un pantalon de jogging et l'enfile directement sans mettre de sous-vêtements. Je ne veux pas prendre le risque que la belle sirène arrête ses vocalises avant d'avoir eu le temps d'en apprendre davantage. Tel un marin prêt à se laisser engloutir avec son navire, je sors de ma chambre et m'arrête devant la sienne. Elle est fermée. D'un autre côté, ce n'est pas illogique. Même si l'inverse aurait été bien plus simple pour pouvoir vaquer à mes activités d'espionnage. Je m'approche malgré tout de la porte et tends de nouveau l'oreille. J'entends la musique qui s'échappe de la pièce close.

I can hear voices whispering me to follow them
That all will be alright, that I will finally be free
I tell them I won't ever leave
But they still keep on doing their litany and whisper to follow them
All my dreams will come true, angels are waiting for me[1]*...*

Bercé par ces paroles, sans m'en rendre compte, je me laisse aller de tout mon poids contre la porte... jusqu'à me retrouver devant Cap tenant sa guitare à la main et qui m'observe, les yeux ronds, des pieds à la tête. Ou plutôt, de mes abdos à mes pieds, puis de la lisière de mon jogging à mon visage... Je souris, flatté, et fais de même : mes yeux caressent ses longues jambes nues, ses cheveux noués à la va-vite dont quelques mèches s'échappent sur sa nuque, ses lèvres en cœur roses... Par contre, ce vilain T-shirt large est vraiment de trop...

— Je crois que vous êtes dans ma chambre, finit-elle par dire, les sourcils froncés, au bout d'un moment.

1. J'entends les voix qui me murmurent de les suivre
Que tout se passera bien, que je serai enfin libre
Je leur dis que je ne partirai jamais
Mais elles reprennent leur même litanie et me susurre de les suivre
Que tous mes rêves se réaliseront, que les anges m'attendent...

— Effectivement, je sors, ne sachant absolument pas quoi dire d'autre.

Bon sang, je rêverais de ses jambes fuselées autour de mes hanches…

Elle continue de m'observer, attendant visiblement une explication que je n'ai pas.

— J'ai entendu de la musique.

— Et ?

— Et je me suis demandé d'où cela venait.

— Vous saviez pertinemment d'où elle provenait puisque vous m'espionniez, reprend-elle avec un léger sourire.

— Je ne vous espionnais pas ! Je descendais manger un morceau et j'ai été intrigué par cette musique.

— La cuisine est en bas des escaliers.

— Vous faites toujours ça ?

Elle secoue la tête, ne comprenant pas où je veux en venir.

— Je viens de perdre mon père et de retrouver mon frère. Je vis des moments difficiles, et plutôt que de m'aider, vous semblez prendre un malin plaisir à me tourmenter, je sors avec un air de chiot battu.

Je m'attends à voir son regard s'attendrir, mais il n'en est rien. Ça semble même l'amuser !

— Vous tourmenter ? Rien que ça ! La vie est dure, c'est ainsi. Vous cajoler et vous dire que les choses vont s'arranger ne sert à rien. Vous avez de la peine, et plutôt que de vous laisser submerger par celle-ci, vous devriez la combattre et voir ce que la vie vous offre. Jacob est un être extraordinaire, vos livres rencontrent du succès, vous avez une belle vie, compliquée, mais belle.

— Me cajoler ? ! Mais vous êtes sans pitié ! je souffle, vexé que mon plan de drague vieux comme le monde ne fonctionne pas.

Pourquoi faut-il que cela soit si compliqué avec elle !

— Il reste du gratin de chou-fleur dans le four, qui se trouve dans la cuisine, qui se situe elle-même en bas des escaliers, lance-t-elle avant de se remettre à gratter sa guitare comme si j'étais déjà parti.

— Je ne sais pas me servir du four, je sors, de plus en plus vexé.

Elle s'arrête et me regarde en souriant avant de me lancer :

— Mon gratin est délicieux même froid.

Je sens tous mes charmes étouffés directement dans l'œuf, et cela m'irrite plus que de raison. Elle est belle, mais elle a un caractère de cochon !

— Je n'ai peut-être pas envie de rester seul ! Je viens de faire une découverte colossale sur mon passé, je ne suis pas chez moi et *seul*..., je tente en insistant bien sur le dernier mot pour éveiller un soupçon de culpabilité chez elle.

— Je ne coucherai pas avec vous, énonce-t-elle calmement en reportant à nouveau son attention sur sa guitare.

Elle n'y va pas par quatre chemins !

Et je crois que ça m'excite encore plus...

— Je n'en ai pas l'intention non plus, mais je vous

remercie d'avoir éclairci ce point ! je mens en observant le carnet noirci à côté d'elle.

Elle ne dit rien et joue quelques notes.

— Vous écrivez vos chansons ? je demande, intrigué.

— Oui, répond-elle, désormais agacée.

Je jette un coup d'œil circulaire et m'interroge sur ma présence dans sa chambre. De toute évidence, je ne suis pas le bienvenu. Et je n'aurai pas ce que je souhaite ce soir… voire jamais.

Je ravale mon « jamais » et décide de ne pas m'avouer vaincu aussi facilement. Si elle veut jouer…

Je lui plais, c'est sûr. Enfin, je n'en suis pas non plus certain, mais j'arriverai peut-être à la faire changer d'avis avec le temps.

— Bon, je vais manger du gratin de chou-fleur, froid et seul, je souffle en quittant la pièce.

Je pars en espérant qu'elle mordra à l'hameçon ce coup-ci. Je descends les marches et arrive à la cuisine. Je tâtonne à la recherche de la lumière, l'allume et soupire. Même dans une maison peuplée de mon frère, d'un lapin et d'une mégère pas encore apprivoisée, je me sens toujours aussi seul ! En plus, je n'ai même pas faim ! Ou en tout cas, pas de gratin de chou-fleur.

— Je vais vous faire chauffer le gratin, me dit une voix douce que je commence à connaître derrière moi.

Victoire !

Je me tourne en ravalant mon sourire satisfait. Elle a enfilé un mini-short de sport et me scrute de son regard azur. Bon sang, que cette fille me rend fou ! Je n'ai d'yeux que pour ses longues jambes et son regard aussi bleu qu'un ciel sans nuage.

En silence, ignorant le feu qui m'habite, elle se dirige vers le four, appuie sur quelques boutons et me fait de nouveau face. Elle est encore plus petite et menue dans cette tenue. Et son short est vraiment très court…

— Je croyais que vous ne souhaitiez pas me « cajoler » ou quelque chose comme ça ! je sors en croisant les bras sur mon torse nu.

Je souris, amusé de voir qu'elle fait visiblement un effort pour ne pas me reluquer. Donc je lui plais aussi… J'en étais sûr !

— Ce n'est toujours pas le cas, mais j'aime trop Jacob pour vous laisser ruminer seul dans ma cuisine, lance-t-elle. Et j'ai peur que vous y mettiez le feu aussi ! ajoute-t-elle en ouvrant une porte de placard.

J'essaie d'être discret en regardant ses jambes se tendre et ses fesses se contracter quand elle se met sur la pointe des pieds pour y attraper des verres. Je pourrais l'aider, mais je ne le ferai pas. Je suis bien trop occupé à la reluquer sans vergogne !

Elle met fin à mon supplice et les dépose sur le comptoir. Ma joie est de courte durée lorsque je la vois se pencher pour attraper une bouteille. Cette femme veut ma peau ! Le minuscule bout de tissu ne couvre pas le dessous arrondi et parfait de ses fesses.

— Whisky ? me demande-t-elle avec un sourire.

Je hoche la tête et tente d'oublier tout ce que je souhaite faire subir à son mini-short beaucoup, beaucoup trop court.

— Ça fait longtemps que vous vivez à San Francisco ? je l'interroge pour tenter de me concentrer sur autre chose que ses longues jambes nues et le fait qu'elle ne porte pas de soutien-gorge sous son T-shirt.

— Un peu plus de deux ans.

— Deux ans ?

— La nuit va être longue si vous répétez tout ce que je dis !

— Je suis simplement surpris. Vous êtes arrivée ici et vous avez emménagé directement avec Jacob ?

— En réalité, mes parents étaient des amis de votre père, et lorsqu'un poste s'est libéré, il a contacté mon père. En plus, cela rassurait ma famille que j'habite ici avec votre frère.

— Vous connaissiez mon père ?

— Mon nom est Capucine Lagarde, je suis la fille d'un des membres du conseil d'administration de la société de votre père. Donc, oui, je le connaissais, et Jacob également, avant d'emménager ici.

— Je n'arrive pas à savoir si c'est une bonne ou une mauvaise chose que tout le monde ici semble connaître mon père davantage que moi, je marmonne.

Je me mords la joue et reprends comme si je n'avais rien dit précédemment :

— Lagarde ? Ce nom ne m'est pas inconnu.

— Nos pères ont fait leurs études ensemble, m'informe-t-elle en ouvrant la bouteille et en prenant bien soin de ne pas rebondir sur ma remarque précédente.

— Christian Lagarde est votre père ! je m'écrie comme si je venais de trouver enfin réponse à une question.

— Oui.

— Je me souviens d'une petite fille blonde… Elle était exécrable. Elle se promenait partout avec un ours en peluche…

— Ma sœur, Violaine.

— Oui, Violaine…, je souffle en me remémorant la fois où elle avait enterré dans le jardin l'une de mes petites voitures. Une vraie teigne ! Qu'est-ce qu'elle est devenue ? je demande, curieux.

— Elle est avocate d'affaires, et toujours blonde et exécrable.

Je ris doucement de sa remarque.

— Et donc, comment cela se passait ? Mon père venait ici une fois par an, et c'est comme ça que vous avez fait la connaissance de Jacob ?

— Non.

Elle regarde les verres, soudain mal à l'aise, et reprend :

— Lorsque votre mère est décédée, votre père a fait une grosse dépression et mes parents ont recueilli Jacob jusqu'à ses six ans. Ensuite… votre père a pris la décision de le placer dans ce centre.

Pourquoi j'ai l'impression qu'elle me cache quelque chose ?… Et qu'est-ce que c'est que cette histoire de dépression ? ! Je n'en ai jamais entendu parler. Est-ce pour ça qu'il m'a placé dans un internat ? Parce qu'il était trop malade pour s'occuper de moi ?

— Et vous n'avez pas revu Jacob par la suite ? je demande en évitant de poser les autres questions qui me taraudent.

— Bien sûr que si, Jacob passait les vacances à la maison et nous venions lui rendre visite souvent.

— Pourquoi mon père l'a fait placer dans ce centre ? je l'interroge en me disant que cela m'éclairera peut-être.

— C'est une maison d'accueil qui a très bonne réputation, élude-t-elle en me tendant un verre.

Ce n'est pas ce que j'espérais comme réponse. Je sens la colère me gagner. Était-il vraiment dépressif ou a-t-il simplement voulu se débarrasser de ce qui l'encombrait, de ses fils ?

Je prends le verre et fais ce que je sais faire de mieux : je reporte ma colère sur une autre personne que mon patriarche absent.

— Si je comprends bien, votre famille a élevé mon frère durant six ans, et ensuite, quand mon père l'a fait placer dans un hôpital psychiatrique à l'autre bout du pays, ils ont sauté sur l'occasion et n'ont pas opposé la moindre résistance ?

Son regard se pose sur moi, et je me demande un instant comment je peux encore respirer tant l'intensité du bleu de ses yeux me saisit.

— Jacob fait partie de la famille. Lorsque nous avons déménagé, et afin qu'il puisse aller à l'école comme un enfant normal, il a été placé dans ce centre.

— Je croyais que votre père était membre du conseil d'administration ? San Francisco, c'est un peu loin de New York, il me semble ! je souffle, toujours en colère.

— Je ne comprends pas ce que vous cherchez à découvrir. Je suis descendue par gentillesse, pas pour subir un interrogatoire ! Jacob n'a jamais manqué de rien, hormis de la présence de votre père et de la vôtre.

Je sais que je m'en prends à la mauvaise personne, mais ma colère ne décroît pas, et ses yeux bleus me rendent fou… Et ses longues jambes…

— Il n'y a pas de doute, Violaine et vous, vous êtes bien de la même famille ! je sors en m'approchant d'elle. Vous avez manqué votre vocation, vous auriez été une sacrée avocate exécrable !

— Je crois simplement que vous avez un problème avec les femmes de caractère, monsieur… Morton ! souffle-t-elle du bout de ses délicieuses lèvres.

— Pas vraiment, ça fait ressortir mon côté dominant. Par contre, j'avoue que j'ai du mal avec les femmes insupportables et hystériques ! je lance, hypnotisé par son regard azur.

Mon torse n'est plus qu'à quelques centimètres d'elle. Une respiration, et je pourrai sentir son corps contre le mien…

— Je ne suis ni insupportable, ni hystérique. Je me mets juste à la hauteur de l'être acariâtre que vous êtes, s'écrie-t-elle avant de se mordre la lèvre.

Elle sent, elle aussi, cette tension qui nous habite et qui ne demande qu'à exploser.

— Je ne voudrais pas être vexant, mais je pense que même en levant les bras, vous n'y arriverez toujours pas ! je chuchote, ma bouche près de la sienne.

Elle sent l'été… Même son odeur est délicieuse !

— C'est tellement facile de s'attaquer au physique des gens ! souffle-t-elle avant de regarder mes lèvres.

— Je ne suis qu'un grand poireau mal rasé, je murmure avant de fondre sur elle.

Je passe ma main derrière sa nuque et presse mes lèvres contre les siennes. Elle tente de me mordre, et j'en profite pour approfondir mon baiser improvisé. Ma langue caresse la sienne. Tout, dans notre baiser, n'est qu'urgence et violence. Jamais je ne me suis senti aussi vivant qu'en cet instant : je sens son corps contre le mien, sa poitrine écrasée contre mon torse, mon membre durci s'enfonçant dans la peau tendre de son ventre… Un gémissement s'échappe de ses lèvres, et je glisse mes mains sur ses fesses en réponse. Elles sont petites, musclées, parfaites pour mes mains expertes…

Le froid me saisit tout à coup. Je rouvre les yeux et vois Capucine qui m'observe, surprise, sous le choc, terrifiée !

Non, pas terrifiée… Quoique… Ses yeux bleus sont grands ouverts, et elle m'observe comme si j'étais un être étrange. Elle ouvre puis ferme la bouche, et finit par chuchoter :

— Votre gratin sera bientôt prêt. Tu… Vous n'avez pas besoin de toucher au four, il s'éteint automatiquement.

— J'avoue que ce n'est pas une réaction à laquelle je suis habitué après un baiser torride ! je sors mi-amusé, mi-intrigué.

— Premièrement, ce baiser n'avait rien de torride et était même plutôt décevant. Deuxièmement, ce qui vient de se passer ne se reproduira plus jamais !

— Ce n'est pas ce que dit ton corps, je susurre en

montrant du doigt ses tétons qui pointent à travers son T-shirt.

— J'ai juste froid ! dit-elle en rougissant et en croisant les bras sur sa poitrine.

— Notre baiser était parfait, avoue-le ! Tu es tout émoustillée !

Je ris presque lorsque, de colère, elle crie « Abruti ! » avant de monter les escaliers en courant.

Bon sang, que cette fille m'excite ! me dis-je en reluquant ses fesses tandis qu'elle gravit les marches.

Elle claque la porte de sa chambre, et le *ding* du four m'informe que le gratin est chaud.

Finalement, j'ai un petit creux ! me dis-je en sortant le plat.

J'ouvre plusieurs tiroirs à la recherche d'une fourchette et m'installe à table. Je me sers un verre bien rempli de whisky et le déguste en même temps que mon repas. Je crois que je ne vais pas partir tout de suite, tout compte fait ! Déjà, ce baiser était quelque chose, alors au lit la belle sirène doit être un ouragan ! Je bois une nouvelle gorgée d'alcool en rêvant de nos prochains corps à corps.

Je crois que mon séjour va être très, très agréable, finalement !

Chapitre 7

Les yeux fermés, l'esprit encore embrumé de rêves érotiques avec la belle Capucine en héroïne principale du film de mes fantasmes, je m'éveille doucement avec le sourire. Ses lèvres étaient si douces et ses fesses si fermes, si…

Ma main parcourt mon ventre, se glisse sous l'élastique de mon jogging, et là, je me fige. Il y a un truc qui bouge dans mon lit ? !

Un autre mouvement.

J'ouvre les yeux et m'attends à trouver une belle brune, les cheveux emmêlés. Pourquoi pas… Enfin, n'importe quoi d'autre qu'une boule de poils mastiquant mes draps !

— Je peux savoir ce que tu fais là, toi ? je demande au lapin vorace, la voix encore ensommeillée.

Je retire ma main stoppée dans sa progression polissonne et tire sur mes draps pour faire fuir l'animal. Je sursaute quand mon frère s'exclame :

— On est venus te réveiller !

Je tourne la tête et le vois qui m'observe, souriant et mangeant ce qui semble être des céréales au bord de mon lit.

Bordel de merde !

— OK ! je lâche, ne sachant pas trop quoi dire d'autre et gardant pour moi mes pensées licencieuses.

Je me passe les mains sur le visage, tente de faire fuir les souvenirs encore présents de mes songes de la nuit dernière, et surtout, de faire baisser la superbe érection qui ne semble pas vouloir me quitter depuis hier soir.

Bordel, la sensation de sa bouche sur la mienne me hante encore !

Selon elle, notre baiser n'avait rien de torride. Qu'est-ce que ça doit être quand c'est le cas !

Je grimace en sentant mon sexe se redresser fièrement à cette idée.

Pense à autre chose… Le lapin ! Je reporte mon attention sur le rongeur, mais je n'arrive pas à penser à autre chose qu'à ses yeux bleus, ses lèvres en cœur roses…

— Tu as bien dormi ? me coupe mon frère, qui a semble-t-il décidé que c'était l'heure de me lever.

— Ça va, je sors, énigmatique, avec un léger sourire.

— C'est la veilleuse et le lapinos, ça aide toujours, déclare-t-il, la bouche pleine.

J'aurais dit que c'était les fesses de la jolie Cap au creux de mes mains, sa peau douce, ses lèvres charnues… mais je crois que je ne vais pas argumenter avec mon frère sur ce sujet.

— Probablement, je réponds en poussant Bugs pour ne pas l'écraser en me levant.

J'ai besoin d'une douche bien fraîche, voire glacée !

Une fois sur mes pieds, j'ouvre ma valise et en sors

de quoi me vêtir. Je jette un coup d'œil à Jacob, qui n'a pas bougé, et me rends compte qu'il ne le fera pas. Je finis par lui dire, amusé de son manque évident de savoir-vivre :

— Je vais prendre ma douche.

— OK, me répond-il en continuant de manger ses céréales sur mon lit.

Bon, il n'a pas compris le sous-entendu.

— Tu descends avec ton petit déjeuner, j'arrive.

— D'accord ! lance-t-il gaiement.

Il s'affale sur le lit avec son bol en équilibre dans une main et attrape son lapin de l'autre. Un instant, j'imagine déjà sa mixture sur mes draps, mais finalement rien ne se passe, et Jacob se lève avec son rongeur sans renverser une seule goutte de son petit déjeuner. Il s'immobilise au niveau de la porte, m'observe et me demande :

— On fait quoi aujourd'hui ?

Surpris par cette question, j'écarquille les yeux. Je n'ai pas pensé à ce que j'aimerais faire aujourd'hui, ni au fait que nous allions passer la journée ensemble.

— Je ne sais pas, tu fais quoi habituellement le dimanche ? je l'interroge, l'air de rien.

Il semble réfléchir un instant et hausse les épaules.

— Tu ne fais rien le dimanche ?

Je suis étonné, je pensais qu'il avait un planning ou un truc dans le genre…

— Capucine n'est pas là le dimanche. Donc je dois suivre ma liste et attendre qu'elle rentre.

Elle n'est pas là le dimanche ? ! Je trouve cette information surprenante et intrigante.

— Tous les dimanches ?

— Oui. Tu veux voir ma liste ?

— Mais elle fait quoi ? Comment ça se fait qu'elle te laisse seul ? je l'interroge avec la volonté d'en savoir toujours plus.

— Elle va faire des trucs de filles, et moi, je suis un garçon, donc je ne peux pas aller avec elle, me répond-il sans comprendre que ce n'est qu'un prétexte qu'elle a dû inventer pour être seule.

Aurait-elle quelqu'un dans sa vie ? Un amant… ?

Cette perspective me trouble autant qu'elle excite mon côté chasseur. Je n'ai envie de la partager avec personne, quitte à devoir me débarrasser de l'éventuel adversaire.

— Tu veux que j'aille chercher ma liste ? Elle est en bas, me demande Jacob.

— Je vais prendre ma douche et on regarde ça après, je lui réponds, l'esprit un peu ailleurs.

— Si tu es là, on peut aller se promener. Moi, j'ai pas le droit tout seul, mais tu es là ! sort-il, plein d'espoir.

— Eh bien, réfléchis à tout ce que tu veux que l'on fasse, et quand je descendrai, on fera un point.

Il sautille avec son bol et son lapin. J'ouvre la bouche pour le stopper dans son élan et éviter d'avoir des céréales sur le parquet, mais comme pour le lit rien ne se passe finalement.

— Je t'attends en bas ! chantonne-t-il en quittant la chambre et en dévalant les escaliers.

— Jacob, fais attention avec ton bol, je finis par lui dire alors qu'il est déjà quasiment en bas des marches.

— Pourquoi ? m'interroge-t-il.

— Attention de ne pas en renverser, j'ajoute.

— Je ramasserai ! me répond-il en haussant de nouveau les épaules.

Certes, s'il en fait tomber, il suffit qu'il nettoie. Je crois qu'on se prend un peu trop la tête lorsque l'on devient adulte. Ce n'est pas un drame de renverser quelque chose. Pourtant, cela semble inscrit comme tel dans mon inconscient. Deviendrait-on con et râleur en même temps qu'adulte ? Je ne sais pas…

Dans le couloir, mes yeux tombent sur la porte de la chambre de Capucine, et une curiosité irrépressible s'empare de moi. Il suffirait que j'appuie sur la poignée, et là, j'en saurais peut-être un peu plus sur elle. Qui sait, une photo du mystérieux petit ami qui se régale de sa présence tous les dimanches trône peut-être fièrement sur sa table de nuit ? Je me sens jaloux de ce type que je ne connais même pas. Je pose doucement ma main sur la poignée et la retire. Tout ceci ne me ressemble pas. Ce que fait ou ne fait pas Capucine ne devrait pas m'importer. Je la désire, je ne peux pas le nier. Mon sexe palpite rien qu'à l'idée de s'enfouir en elle. Mais je ne dois pas confondre ceci avec autre chose. Qu'elle ait un petit ami ou même, ce qu'elle cache dans sa chambre, ne me regarde pas. Je regagne la mienne et ferme la porte derrière moi. D'un pas décidé, je me rends dans la salle de bains et ouvre l'eau. Mon regard croise mon reflet, et je m'interroge sur ce qui se passe dans ma tête depuis quelques jours. Mon père est décédé, et depuis, tout part de travers dans ma cervelle. Je devrais être chez moi à New York, en train d'écrire un nouveau best-seller tout en me remettant d'une énième gueule de bois, et non à imaginer le potentiel petit ami de la colocataire de mon frère, ou à élucubrer des plans foireux pour la mettre dans mon lit, et encore moins être ici à San Francisco. Mes mains se posent sur le bord du lavabo, et tout se mélange dans mon esprit. Je resserre ma prise sur la faïence. Les jointures de mes mains blanchissent, et, en cet instant, j'ai envie de tout envoyer valser dans cette salle de bains — comme dans ma vie, d'ailleurs ! J'ai la fâcheuse impression de ne plus savoir qui je suis ni ce que je dois faire. Je grogne et me redresse. Je jette un coup d'œil à l'eau qui coule dans la cabine de douche, retire mon jogging et m'y faufile. Je ferme les yeux et laisse l'eau m'envelopper de sa chaleur réconfortante.

Je veux arrêter de penser…, je me dis mentalement. Mais rien ne se passe. Mes méninges continuent de me torturer. Les souvenirs de la veille me martèlent avec acharnement. Je donne un coup de poing dans le carrelage et cherche dans mon esprit une échappatoire.

Des lèvres roses en forme de cœur à embrasser, une peau pâle sans défaut que l'on rêve de caresser, de belles boucles brunes qui glisseraient entre mes doigts, de longues jambes à parcourir…

L'image de la jeune femme s'impose à moi… « Capucine… » Comme une douce prière, son nom s'échappe de mes lèvres et meuble le silence de la salle de bains. Je ferme les yeux et, comme si cela était imprimé dans ma mémoire, la sensation de ses lèvres sur les miennes me revient. Mon sexe se durcit, mon bas-ventre se contracte, et des images d'elle emplissent le reste de mes pensées. Je m'imagine caressant sa peau pâle. J'y laisserais des marques de mon passage pour avertir quiconque après moi qu'elle m'appartient.

Je rejette la tête en arrière. Mes mains parcourent mon torse puis se perdent sur mon sexe. Je l'empoigne et imagine ses lèvres charnues l'entourant. Elle me prendrait au plus profond, ses petits doigts m'effleureraient, ils seraient partout, tout comme ses lèvres. Plus rien n'a de sens dans mon fantasme : Capucine me prend dans sa bouche, en elle, entre ses fesses, tout en même temps. Rien ne compte hormis mon plaisir et, dans un râle, je jouis sur mes doigts. Ma semence se noie sous l'eau de la douche, et je me fais la promesse de mettre bientôt à exécution toutes mes envies avec cette petite brune qui m'obsède beaucoup trop. Encore essoufflé, j'attrape le gel douche et me lave rapidement. Stephen dirait qu'elle n'est qu'une échappatoire supplémentaire dont le seul but est de me faire oublier ce qui se passe réellement dans ma vie, m'empêchant de me poser les bonnes questions sur la suite avec mon frère, mes découvertes concernant mon père et des tas d'autres choses. Il n'aurait pas tort. Mais je ne souhaite pas penser au fait que mon frère a besoin de moi et que je ne suis pas en mesure de l'aider. Je ne suis pas ce genre de type, celui sur qui on peut compter. Je finirai par le décevoir, c'est comme ça, c'est dans ma nature. Je devrais certainement partir maintenant, avant qu'il ne soit trop tard, avant qu'il ne s'attache à moi, avant qu'il ne s'aperçoive quel genre de personne je suis en réalité. Mais dans toute ma lâcheté, je ne peux pas. En vingt-quatre heures, j'en ai appris bien plus sur mon père que pendant les trente-trois années de mon existence tout entière. Et je crois que Jacob amène un peu d'humanité dans ma vie. Il ressemble tellement à ma mère…

Je ferme les yeux et fais taire mes souvenirs d'enfance. J'inspire profondément et, lorsque je vide mes poumons, j'éteins l'eau, attrape une serviette et me sèche rapidement.

Ma raison me somme de partir, mais mon cœur me hurle de rester. Et je ne savais même pas que j'en avais un !

— Marius ? me lance la voix de Jacob à travers la porte de ma chambre.

Je m'approche et réponds un « oui » amusé malgré moi.

— Tu veux bien qu'on aille voir *Vaiana* ?

C'est quoi, ça ? Un film, je crois…

— Si tu veux, je lance, sans être sûr de ce dont il s'agit.

Je l'entends crier « yes », et il me sort :

— Je t'attends !

Et là, je comprends que, non, je n'avais pas de cœur jusque-là, mais que celui de mon frère est assez gros pour nous deux. Mon cœur, c'est Jacob. Pitié, pourvu que je ne le brise pas, celui-là aussi…

— On pourra prendre le tramway ? me demande-t-il.

— Euh, oui, je réponds, un peu ailleurs, surpris par ma dernière pensée.

Mon attention se dirige de nouveau vers la porte quand je l'entends faire un bruit qui ressemble à un saut.

— Si on y va avec le tramway, on verra les mouettes et les lions de mer, chantonne-t-il.

Ce serait tellement plus simple si le fait de voir des mouettes et des otaries me rendait aussi heureux ! me dis-je en m'habillant.

— Je ne sais pas, Jacob, nous verrons bien. Je finis de me préparer et j'arrive, je lui lance en enfilant mon jean.

— OK, OK, je vais habiller Bugs ! On t'attend ! crie-t-il.

« Habiller Bugs » ? !

J'ouvre ma porte pour lui demander en quoi consiste « habiller Bugs », mais il n'est déjà plus là. Je soupire, me dis que cela ne doit pas être aussi terrible que ce que j'imagine et vais terminer de me vêtir.

Je ne sais pas si ma journée va être bonne, mais je suis certain d'une chose, c'est qu'elle promet d'être intéressante !

Chapitre 8

Épuisés, les muscles douloureux, nous arrivons les bras chargés de phoques en peluche, d'un poster *Vaiana* et autre boule à neige représentant San Francisco devant la porte de la maison bleu électrique. Je sais qu'il est 20 heures passées depuis bien trente minutes et je suis quasiment sûr de retrouver une Capucine au comble de sa forme. Et je ne sais pas encore si cette perspective m'excite ou m'effraie !

— La lumière est allumée, murmure Jacob qui semble tendu avant d'entrer.

Comme quoi, ce n'est pas la taille qui fait la femme !

— Je vois. Écoute, on se la joue hommes sûrs de nous ! je lui dis, rassurant.

Je garde pour moi le fait que je ne suis pas certain que cela fonctionne avec elle. La belle Cap a une fâcheuse tendance à me surprendre et ne semble pas réfléchir comme les femmes que j'ai fréquentées jusque-là. Et pourtant, il y en a eu ! Mais, elle, elle est surprenante.

— Je ne sais pas ce que ça veut dire, souffle-t-il, les yeux rivés sur la porte.

— Fais-moi confiance, je lance, le torse bombé pour me donner du courage.

Mon esprit est affûté et prêt à esquiver les coups…

Ma main se pose sur la poignée, et j'ouvre doucement la porte, m'attendant à la voir bondir sur nous. Voire tenter de m'étrangler avec ses petites mains…

Rien.

Je jette un regard circulaire dans l'entrée, dans la cuisine, puis dans le salon et finis par l'apercevoir de dos dans la véranda. Elle joue du piano et semble complètement ailleurs.

Surprenante…

Je pensais qu'elle nous attendrait de pied ferme et qu'elle nous sauterait dessus dès que l'on aurait franchi la porte, mais non. Elle joue du piano et ne semble même pas avoir remarqué notre arrivée. Je ne sais pas s'il s'agit d'un nouveau stratagème ou si elle s'en fiche vraiment. Bon sang, cette fille me rend fou !

— Va poser tes affaires et prendre ta douche, je glisse à voix basse à Jacob.

J'arriverai peut-être à amadouer la belle… Et dans le cas contraire, je ne veux pas que mon petit frère assiste à mon meurtre !

Son regard navigue entre sa colocataire et moi, mais il finit par monter avec son lapin et ses jouets. Pour ma part, je suis complètement envoûté par la vision de Capucine. Bordel, la diablesse est magnifique ! Ses cheveux bruns ondulent et retombent en cascade dans son dos, prenant la direction enchanteresse de ses fesses rebondies. Elle ne porte rien d'extravagant, juste un pull noir qui épouse à merveille chaque courbe de son corps et un jean. Ses cheveux ne sont pas coiffés, et je mettrais ma main à couper qu'elle n'est pas maquillée. Pourtant, à cet instant, c'est la plus belle femme que j'ai jamais vue, et ce bien qu'elle soit de dos. Je me laisse porter par les notes qui s'échappent de l'instrument et m'approche avec lenteur. Elles s'assemblent, se suivent, forment une mélodie mélancolique. Ma gorge se serre, et tout mon être vibre, me suppliant de mettre fin à la triste supplique, d'emmener Capucine loin et de ne plus jamais revenir.

— Il est presque 21 heures, dit-elle tout bas en continuant de jouer avec la même intensité.

Donc, c'était un stratagème. Elle nous a vus ou au moins entendus. Par contre, je la trouve étrangement calme. Et ça m'inquiète un peu. Mais je ne lui avouerai pas ! J'ai parlé d'« homme sûr de soi » à Jacob, alors je ne faiblirai pas.

— Nous n'avons pas vu le temps passer, et je n'ai toujours pas ton numéro, à mon plus grand désarroi, je lance en m'adossant à la porte de la véranda et en croisant les bras sur mon torse.

La mélodie s'intensifie. Ses doigts s'envolent au-dessus des touches à une vitesse vertigineuse.

— Tu n'as pas besoin de mon numéro mais de devenir un adulte responsable. Jacob avait des tâches à faire et il n'en a fait aucune. Je sais à quoi tu joues, ton père faisait la même chose. Il s'absentait durant des semaines, des mois, voire plus. Lorsqu'il revenait, il cédait à toutes les volontés de Jacob sans se soucier de ses besoins. Il lui faisait des tas de cadeaux, comme si cela pouvait faire oublier son absence, et repartait le cœur allégé de toute culpabilité, car l'espace d'un instant Jacob était heureux. Le problème, c'est qu'une fois que la porte s'était refermée sur ton père, Jacob se retrouvait à nouveau seul, perdu et triste.

Ma gorge se serre, la rage s'insinue en moi au rythme des notes qui envahissent la pièce. Capucine s'arrête de parler quelques secondes et reprend dans un murmure, toujours concentrée sur son interprétation :

— Tu es comme ton père…

Dernier coup de poignard.

— Je trouve cela incroyable que, depuis mon arrivée, les gens semblent me connaître mieux que je ne me connais moi-même !

Elle enfonce brutalement les touches et se tourne pour me scruter de ses yeux bleus. Son regard est féroce. Elle est une lionne prête à tout pour protéger Jacob, et je crois que ce trait de caractère me plaît bien plus que l'idée de ses longues jambes autour de ma taille.

— Je ne suis pas mon père, même si le contraire semble être une évidence pour tout le monde, je dis doucement en me penchant vers elle pour être à sa hauteur. Le jour même de la mort de ma mère, mon père s'est débarrassé de moi comme on se débarrasse d'un vieux meuble dont on ne veut plus. Je n'étais qu'un enfant, dont la maman venait de mourir et dont le monde s'est écroulé en un claquement de doigts. Ce jour-là, j'ai perdu ma famille. J'ai grandi seul, d'internat en internat, avec l'ombre d'un frère dont je connaissais à peine l'existence. Quel genre de personne fait ça ? Abandonne son enfant comme ça ? je termine en caressant du bout du pouce les lèvres douces de Capucine.

Je retire ma main, et elle se mordille la lèvre avant de murmurer :

— Prouve que tu n'es pas comme lui. Ne reste pas seulement parce que tu veux me mettre dans ton lit. Sois celui que Jacob mérite et que tu mérites.

Je m'accroupis devant elle et caresse avec douceur une mèche rebelle qui lui barre le visage. Je suis complètement hypnotisé par ses yeux. Je me suis livré à elle comme je ne l'avais jamais fait. Pas même à Stephen...

Son parfum m'envahit, et tout mon corps réagit au quart de tour. Je la veux. Je veux ses lèvres, sa bouche, ses seins, son ventre, ses fesses, ses gémissements. Je veux tout. Mais je ne l'embrasse pas. Ne la touche pas, car, elle, elle veut plus. Pas une histoire d'amour, mais celle d'une famille qui se retrouve. Et je ne suis pas cet homme.

— Toi et moi, tu sais comment ça finira, je lui glisse à l'oreille, ignorant volontairement ce qu'elle me demande.

Je la sens se tendre, avaler sa salive, et elle répond :

— Probablement, mais ce ne sera jamais important. Que je sois là ou non, c'est Jacob qui compte.

Je pose mes mains de chaque côté de ses hanches et enfonce légèrement mes doigts dans sa chair.

— Je n'ai jamais dit ni pensé que Jacob ne comptait pas, et tu ne partiras pas tant que je ne serai pas rassasié de chaque partie de ton corps, je lui dis doucement avant de parcourir son cou avec le bout de mon nez.

Délicieuse... Elle sent l'été...

Elle ferme les yeux et laisse échapper du bout des lèvres :

— On ne choisit pas vraiment le moment où l'on doit partir. C'est pour cela qu'il faut vivre chaque jour comme si c'était le dernier.

J'avale difficilement ma salive. Habituellement, je me serais jeté sur ses lèvres et aurais parcouru son corps avec avidité. Mais je ne le fais pas. Quelque chose me retient.

Mon cœur bat vite, trop vite. Tous mes sens sont en alerte. Elle glisse délicatement ses mains dans mes cheveux et ma respiration devient brusque.

Je veux que ça compte...

Mon sang pulse dans mes veines, et lorsqu'elle s'écarte de moi, j'ai l'impression d'être un château de cartes prêt à s'effondrer au moindre coup de vent.

— Je devrais aller préparer le dîner, lâche-t-elle comme si rien ne venait de se passer.

Je la regarde se diriger vers le salon et ne sais pas trop quoi lui dire à part : « Ne me brise pas. » Mais je ne dis rien et me lève à mon tour.

Elle s'arrête sur le seuil de la véranda, et tout ce qui m'entoure se met sur pause tandis que je suis suspendu à ses lèvres.

— Tu prendras la liste de Jacob, et je veux que demain soir elle soit terminée. Vous cocherez ensemble pour qu'il voie que sortir s'amuser, c'est bien, mais que cela n'empêche pas de faire ses corvées.

Et elle s'en va.

Me laissant seul avec mon érection et la fâcheuse impression que quelque chose m'échappe. Et surtout, que je viens de me faire arnaquer. Pas de sexe, des corvées, pas de sexe, et c'est quoi, ces saloperies de corvées ? !

Avec Capucine, l'expression « Quand une femme se venge, même le diable s'assoit et prend des leçons » prend tout son sens !

Sauf que je ne suis pas homme à me laisser amadouer par un joli minois. Je ne compte pas devenir le pantin bien docile de la belle et je vais d'ailleurs lui dire de ce pas ma façon de penser !

J'inspire un grand coup pour laisser mes dernières pensées derrière moi et me dirige vers la cuisine d'un pas décidé. Arrivé à la porte, j'avise Jacob qui descend les escaliers, incertain. Nos regards se croisent, et je vois dans le sien l'expression d'un enfant qui sait qu'il a fait une bêtise et s'apprête à se faire punir. Sauf que je ne compte pas laisser cela se produire. Nous n'avons rien fait de mal. Nous sommes sortis et avons passé une très bonne journée. Je crois même que la dernière fois où je me suis autant amusé, il n'était pas encore né ! Donc, non, la demoiselle aux yeux de biche ne me la gâchera pas !

De plus, où était-elle aujourd'hui ? Cette question m'a taraudé toute la journée, et je veux une réponse !

— Bonjour, Jacob, le salue Capucine, qui semble avoir un radar derrière la tête.

Comment elle fait ça ? Elle est de dos, au-dessus de l'évier, en train de laver une salade !

— Je n'ai pas fait la liste ! lâche mon frère en se triturant les doigts.

— Non, effectivement, nous sommes allés au cinéma, à l'aquarium, et nous avons passé une très bonne journée ! je lance, sûr de moi, à une Capucine toujours de dos et imperturbable.

Je m'attends à une offensive, un regard noir, mais pas à :

— Vous êtes allés voir quoi au cinéma ? demande-t-elle en effeuillant sa laitue dans un saladier.

— *Vaiana* ! s'exclame Jacob, visiblement ravi de ne pas se faire gronder. Et j'ai eu un poster aussi, continue-t-il, tout fier. On a pris le tramway et on a marché un peu parce qu'on s'est trompés d'arrêt. Ensuite, quand on est arrivés, le film avait déjà commencé, donc on est allés manger un hamburger avec des frites. Bugs en a même mangé ! Et au cinéma, Marius a demandé le poster, et le monsieur me l'a donné avec des bonbons. Après, on a repris le tramway pour voir les lions de mer, mais il y avait du vent donc on avait froid. Alors avec Marius, on est allés à l'aquarium, et c'était trop chouette. On a vu un bébé pingouin, et les gens de l'aquarium lui ont donné du poisson, raconte-t-il sans même prendre le temps de respirer.

Capucine nous observe enfin, et je constate qu'elle sourit. Et moi aussi, je souris. Je garde simplement pour moi le regard méprisant des passants sur Jacob et son lapin vêtu d'une espèce de veste, que j'ai dû graisser la patte de l'ouvreur du cinéma pour avoir le fameux poster et les bonbons, et mon sentiment quand j'ai compris que *Vaiana* était un dessin animé de Disney. Il n'y a que mon frère pour m'embarquer dans pareille aventure ! Mais cela m'est égal car, pour une fois, je me suis senti bien et je garderai cette journée en mémoire le restant de mes jours. Ce que j'ai dit à Capucine tout à l'heure, je le pensais : Jacob compte. Il compte plus que tout. À chaque fois que je le regarde, je me rappelle cette part de moi que j'ai perdue, ma mère. Et cela n'a pas de prix.

Je ne suis pas la personne la mieux qualifiée pour m'occuper de lui, mais cela ne me dérange pas. Il a Capucine, et moi, j'aime cette place de grand frère qui le laisse vivre en dehors des règles. Ce matin, je voulais m'en aller, mais maintenant je sais que Jacob fait partie de moi et que je ne me le pardonnerais jamais si je m'enfuyais. Il n'y a rien qui m'importe dans ma vie — enfin, jusque-là, jusqu'à Jacob. Je ne dis pas que je vais m'installer à San Francisco, mais juste que je serai toujours présent pour lui. Ce qui est déjà assez terrifiant comme ça pour moi. Mais tellement gratifiant, car pour une fois je compte, moi aussi.

— Et toi, ta journée « fille » ? je demande à Capucine, qui semble désarçonnée.

Eh oui, ma beauté, on ne me la fait pas à moi !

— Comme un dimanche normal, répond-elle, visiblement gênée.

J'ouvre la bouche avec la ferme intention d'en connaître plus sur son dimanche normal, mais elle me coupe dans mon élan.

— Je fais de la salade et j'ai mis à chauffer les croques que tu aimes, Jacob. En attendant, vous allez mettre la machine au sèche-linge et plier la précédente. Comme ça, tu pourras barrer ça de ta liste et tu auras du linge propre pour demain, dit-elle, étrangement concentrée sur sa salade.

— D'accord ! Et après, je te montrerai mon phoque ! s'écrie Jacob, déjà parti.

— Qu'est-ce que tu fais le dimanche ? je demande, avec la fâcheuse impression que la réponse ne va pas me plaire.

Est-ce qu'elle joue avec d'autres hommes comme elle le fait avec moi ?

— Des choses de…

— De fille ! je la coupe.

Elle soupire et me décime en un regard.

— En quoi ce que je fais le dimanche t'intéresse ? me demande-t-elle durement.

— Mon frère handicapé est seul tous les dimanches et passe sa journée à faire la lessive et à regarder la télé tout en mangeant des restes. Le pauvre est angoissé à l'idée que tu le grondes pour de stupides tâches ménagères qu'il n'aura pas faites ! Et toi, tu fais quoi pendant ce temps ?

— Les choses ne sont pas ce qu'elles semblent être, lâche-t-elle en jetant violemment une feuille de salade dans le plat avec les autres.

— Elles ne ressemblent à rien, puisque tu ne dis rien.

— Jacob doit apprendre à être indépendant. Faire sa lessive, réchauffer un plat, gérer son emploi du temps sont autant d'étapes vers son indépendance.

— Je ne fais pas toutes ces choses, et malgré tout,

je suis indépendant ! je lance avant de songer que je n'aurais peut-être pas dû dire ça.

Elle m'observe, les yeux ronds.

— Comment... Tu veux dire que tu ne sais pas faire de lessive ?

— Ni à manger, et j'ai un téléphone qui gère mon emploi du temps.

— Mais tu ne *sais pas* ou tu ne *veux pas* ?

Je réfléchis à sa question et me rends compte que je n'ai jamais fait de lessive de ma vie.

— Ce ne doit pas être très compliqué, je souffle, sûr de moi.

— Tu devrais passer plus de temps avec Jacob. Lui au moins sait faire sa lessive et à manger !

— Puisqu'il sait le faire, il n'a pas besoin de rester cloîtrer les dimanches !

— Je ne me sens pas rassurée à l'idée qu'il sorte seul, hormis pour aller à l'institut. Tu sais, les gens sont...

— Cruels.

En réponse, elle hoche la tête. Effectivement, j'en ai eu un aperçu aujourd'hui. Les gens le dévisagent, les femmes ont peur pour leur enfant, et certains voient en lui une proie facile.

— Et pourquoi ne vas-tu pas te promener avec lui le dimanche ?

— Et pourquoi mon emploi du temps du dimanche t'intéresse-t-il autant ?

— Je te l'ai dit.

— Moi aussi, donc la discussion est close ! conclut-elle en retournant à sa salade.

Cette femme est diabolique.

— Tu portes quoi sous ton jean ? je l'interroge, les yeux rivés sur ses fesses, bien décidé à ne pas lui laisser le dessus et à la mettre mal à l'aise.

Je souris quand je la vois rouge comme une tomate. Qui a dit qu'il n'y avait que les femmes qui connaissaient les dessous de la vengeance !

— Je… je te demande pardon ? ! bégaie-t-elle.

— Tu as très bien compris ma question : plutôt culotte en coton, tanga rose bonbon ou juste un morceau de ficelle noire ?

Elle m'observe, la bouche grande ouverte, et je reprends en lorgnant ostensiblement la partie de son anatomie en question :

— Dans ma tête, c'est la ficelle noire. Et ce soir, quand je te prendrai sur ton piano, je l'arracherai avant de te goûter. Ça va être exquis…, je susurre avant de lui livrer mon plus beau sourire de connard et de prendre la direction de ma chambre.

Je m'arrête à la moitié des marches et lui lance :

— Je vais prendre une douche avant le dîner.

Je repars fièrement, mon sourire de connard aux lèvres et le sentiment fâcheux que je vais encore devoir me branler sous la douche. Je m'arrête net quand je sens un truc dur me frapper à l'arrière de la tête. Je me retourne, surpris, et vois Capucine les poings serrés le long du corps. Ses yeux semblent avoir la capacité de lancer des éclairs, et je me demande un moment si je ne suis pas allé un peu trop loin. Avant de répondre mentalement par la négative. Je ne vois pas en quoi…

— Non, mais pour qui tu te prends ? ! me demande-t-elle durement, me coupant dans mes réflexions.

J'avise la cuillère en bois qui repose quelques marches plus bas, et la lumière se fait dans mon esprit.

— Tu m'as lancé une cuillère en bois à la tête ?

Avec un petit air victorieux, elle récupère son arme avant de souffler :

— Tu as de la chance que ça n'ait pas été un couteau !

— Tu es vraiment cinglée ! je lance sur le même ton en me baissant pour être à peu près à sa hauteur.

— Et toi, tu es un mufle ! Comment oses-tu…

— Parler de tes culottes ? je la coupe, avant de reprendre en croisant les bras : Si je résume bien la situation, tu as le droit de m'allumer, comme tout à l'heure devant le piano, mais pour ma part, je ne peux pas parler de tes sous-vêtements ?

— Je n'ai pas…

— Si, et tu le sais très bien, je commence en descendant d'une marche.

Elle me regarde, visiblement à moitié en colère, à moitié perdue, et j'en profite pour me rapprocher un peu plus avant de chuchoter :

— Tout ton corps était tendu. Tu me glissais des mots à l'oreille d'une voix langoureuse. Un peu plus et nous aurions fini par nous embrasser, emportés par la passion, comme la veille.

Ses joues deviennent rouges, et j'exulte.

— Tu t'es cru dans un de tes livres !

— Si cela avait été un de mes livres, en ce moment

tu serais nue et comblée. Tu ne m'aurais pas laissé en plan pour aller touiller de la salade !

— Tu vis en plein fantasme, c'est bien ce que je dis !

Elle fait une moue que — j'avoue — je trouve exquise.

— Je suis certain que c'est un petit bout de dentelle noire, je murmure, les yeux rivés sur ses lèvres roses.

— Arrête de parler comme ça de mes culottes ! elle lâche en resserrant sa prise sur sa cuillère en bois.

— Et je parle comment de tes culottes ?

— Tu le sais très bien ! Tu en parles comme si tu… imaginais des choses, elle termine tout bas, gênée.

Je tente de ravaler le sourire qui menace d'apparaître sur mon visage. Comment peut-elle être aussi excitante, m'embrasser avec autant de passion, et la minute d'après, paraître si naïve ? Cette femme me rend dingue.

— Tu veux dire comme si je t'imaginais nue et frissonnante sous mes caresses ?

Ses yeux s'écarquillent, car je viens de nouveau de la choquer.

— Tu ne fais pas ça ? m'interroge-t-elle, incrédule.

— Tu es tellement délicieuse que l'inverse serait un crime ! je sors, moqueur.

Elle me dévisage, semble chercher quoi répondre et finit par me taper sur le haut de la tête avec sa cuillère en bois.

— Tu viens encore de me frapper ? ! je geins, surpris.

— Si tu demandes, c'est que je n'ai pas frappé assez fort ! crie-t-elle en levant le bras pour me taper de nouveau.

— Tu as tapé Marius ? demande Jacob derrière nous avec un regard apeuré.

Silence.

Je regarde Capucine avec insistance, attendant qu'elle lui donne une explication que je n'ai pas.

— Il… Il…, elle bégaie, baisse les yeux et semble honteuse.

— Il ne faut pas taper, Cap, c'est pas bien, tu sais, lui fait-il la leçon.

En réponse, elle émet un grognement frustré avant de chuchoter :

— Je suis désolée, Marius.

Elle me jette un regard noir et regagne la cuisine tête basse. Je ne sais pas si je dois rire ou carrément pleurer de rire !

Histoire d'enfoncer le clou, je prends un air de victime et lui dis :

— Tes trucs de fille sont parfois difficiles à vivre donc… je te pardonne !

— Tu as des trucs de fille ? lui demande Jacob, les sourcils froncés, en caressant son lapin.

Elle ne répond pas et m'observe comme si elle allait venir me tuer dans mon sommeil avec sa cuillère en bois.

Je murmure à Jacob assez fort pour qu'elle entende :

— Elle a ses règles, je crois.

Sa bouche s'ouvre en grand, et je ris presque quand Jacob serre Bugs contre son torse comme pour le protéger d'une terrible maladie.

— Ce n'est pas contagieux, mais ça rend certaines

femmes violentes, je lui explique en secouant légèrement la tête.

Capucine ferme puis ouvre de nouveau la bouche. Visiblement, elle ne sait pas quoi répondre.

— Peut-être que tu ne devrais pas rester dans la cuisine, Cap. Il y a des objets coupants, tu pourrais te blesser, lui dit Jacob, très soucieux de sa sécurité.

— Ne t'inquiète pas, Jacob, ça va. J'ai juste très envie de taper Marius ! lâche-t-elle, la mâchoire crispée.

Je fais semblant d'être blessé par ses paroles et mets ma main sur ma poitrine pour ajouter au mélodrame.

— Pour sa sécurité, il devrait peut-être monter dans sa chambre, ajoute-t-elle.

Le regard de Jacob navigue entre elle et moi. Peiné, il finit par dire :

— Tu devrais peut-être rester dans ta chambre tant que Capucine a ses règles !

— Et pourquoi c'est pas Capucine qui irait dans sa chambre ? je râle.

— Parce que, si je reste enfermée, j'ai peur que toute cette violence qui m'habite devienne incontrôlable ! dit-elle en agitant sa cuillère avec un léger sourire.

Jacob ne semble définitivement pas rassuré à l'idée que Capucine puisse laisser échapper sa fureur armée de sa cuillère en bois, donc j'abdique et lâche :

— Si cela peut aider Capucine, je vais aller dans ma chambre !

J'adresse un petit sourire à la belle, donne une tape fraternelle à Jacob pour lui souhaiter bon courage et monte, hilare.

Chapitre 9

Pourquoi, mais pourquoi a-t-il fallu que je joue au connard ? Je me suis vu beau, sexy, grand dans ma vengeance, et voilà le résultat : je suis seul dans mon lit avec une trique d'enfer !

Je jette un coup d'œil à mon portable : 2 heures du matin. Le souvenir de Capucine et de son piano ne me quitte pas. J'aurais dû l'embrasser et rejouer la mélodie du bonheur en la prenant dessus. Ses petites fesses auraient choqué les touches à chacune de mes poussées en elle. Ç'aurait été délicieusement érotique… Mais non, je n'ai rien fait ! Dans mon esprit, à ce moment-là, il était clair que je devais attendre. Mais maintenant, plus rien n'est clair ! Attendre quoi ? J'avais envie d'elle, elle avait envie de moi… Mais rien ! Les images tournent en boucle dans mon cerveau pervers et semblent ne vouloir qu'une chose : me torturer encore et encore. Je pourrais à nouveau tenter de faire quelque chose pour mon érection, mais je me suis déjà masturbé deux fois, et le résultat n'est pas flagrant. Sous le coup, ça va mieux, mais rapidement mon esprit me tourmente de nouveau à grand renfort d'images plus érotiques les unes que les autres.

Capucine, la tête rejetée en arrière, les yeux mi-clos, susurrant mon prénom… Elle est tellement belle…

Mon sexe se gonfle encore plus à cette pensée, et je jure en silence. J'ai l'impression d'être un ado en rut ! Bordel, c'est quoi mon problème avec cette fille ? Ce n'est pas la première et ce ne sera pas la dernière à se retrouver dans mon lit !

Je me passe les mains sur le visage et me lève en soupirant. J'ai besoin d'un verre !

J'attrape la bouteille de whisky et m'en sers une bonne dose. Je trempe mes lèvres dans l'alcool, ferme les yeux et laisse le liquide brûlant descendre le long de ma gorge avec délectation. Je rouvre les yeux, et mon regard tombe sur le tableau représentant le port de San Francisco. Je n'ai jamais su pourquoi mon père avait cette passion pour les bateaux.

Avec le temps, j'ai compris que l'on pouvait apprendre beaucoup de choses sur une personne en fonction de sa passion. Pour ma part, c'est l'écriture. J'aime étudier le monde qui m'entoure, le tordre et le réinventer. Ce que ma passion dit de moi, c'est que je suis un observateur. Je ne vis pas vraiment, je passe mon temps à regarder les autres le faire à ma place sans jamais y participer. J'aime mon manque d'émotion et ma solitude.

Donc, qu'est-ce que m'apprend la passion de mon père pour les bateaux… ?

Je bois une nouvelle gorgée et me dis que ce qui m'en apprend le plus sur lui, finalement, sont ses actions… ou plutôt, son manque d'actions ! Pourquoi lui était-il aussi difficile de passer du temps avec ses fils ? Et pourquoi ne s'est-il pas présenté lors de mes dédicaces ? A-t-il été vexé que je ne le reconnaisse pas, au point de garder le silence sur son identité ? Ou bien l'a-t-il fait exprès ? Car avec sa casquette de base-ball et sa tenue, il était loin de l'image que j'avais gardée de lui. D'un autre côté, la dernière fois que je l'avais vu, je devais avoir onze ou douze ans, donc il avait eu le temps de changer de style vestimentaire…

Toutes ces questions me tourmenteront sans fin.

Je lève mon verre et lance à qui veut bien l'entendre : « Bien joué, papa ! Même dans la mort, tu restes égal à toi-même ! » Je bois à sa santé, et mes pensées dérivent vers mon meilleur ami. S'il savait ce que ce voyage m'a appris en vingt-quatre heures, il rirait bien. Ou il prendrait son air de psy et boirait en m'écoutant déverser mon ressentiment sans que je dévoile ce que je ressens en profondeur.

Si je ne l'avais pas écouté, je ne serais pas là, à me torturer les méninges pour la belle brune et à propos de mon défunt père ! Mais je n'aurais pas connu Jacob…

Cette idée me perturbe plus que de raison. Une sensation de vide me saisit. J'ai bien fait de prendre en compte les conseils de Stephen. Jacob est… J'aime beaucoup Jacob. Cette constatation devrait m'effrayer, mais non. Je n'ai pas pour habitude de m'attacher à qui que ce soit, mais là, cela semble normal et inéluctable. C'est comme s'il en avait toujours été ainsi. Et je crois que ça a toujours été le cas.

Des souvenirs me reviennent en mémoire, et je souris en me rappelant quand, avec ma mère, nous avions décoré sa chambre. Elle m'avait laissé dessiner sur le mur avec de la peinture. J'avais fait un énorme soleil à côté d'un Winnie l'ourson souriant. Je ravale ma nostalgie en me demandant ce que mon père a fait de cette chambre par la suite. Il ne me semble pas y avoir remis les pieds un jour. Je soupire et me dis que ma mère aurait aimé et été fière de Jacob. Une tristesse et une rancœur bien connues réapparaissent. Il aurait dû la connaître. Je ne sais pas s'il le sait, mais elle était extraordinaire. Il faudrait peut-être que je lui dise et que je l'emmène dans notre maison de famille. Je pense que le jardin lui plairait… Ma mère l'aimait tant… Elle s'y promenait pendant des heures. Parfois, on s'installait dans l'herbe sur une vieille couverture rouge et elle me lisait des histoires jusqu'à ce que je m'assoupisse, à l'ombre du grand chêne. Je me souviens de ces moments que l'on passait tous les trois. Mon père lui caressait les cheveux amoureusement pendant que je m'amusais avec mes petites voitures. Il jouait avec moi au ballon… me faisait voler dans les airs. Il était mon héros. Nous nous aimions tant que je me demande comment il a pu oublier aussi vite. Ou bien il n'a pas oublié et cela l'a rongé, tout comme cela me ronge. En tout cas, rien ne le prédestinait à être le fantôme qu'il est devenu par la suite.

Je bois une nouvelle gorgée d'alcool et décide que cet été, Jacob et moi, nous profiterons de cette grande maison ensemble et nous la redécorerons pour lui redonner vie.

On se débarrassera des peintures, de la moquette, et je laisserai Jacob y distiller sa joie de vivre. Je souris en me disant qu'il semblerait que j'aie pris goût aux murs aux couleurs étranges ! J'inspire une grande bouffée d'air, satisfait à cette idée, et rêve un instant que sa belle colocataire nous accompagne.

Je la prendrais dans toutes les pièces..., me dis-je, avant de jurer quand je me rends compte que je pense de nouveau à elle. C'est plus fort que moi !

— Tout cela passera une fois que j'aurai pu la goûter, je me convaincs à voix basse.

Elle finira par me faire le même effet que les autres et je me lasserai. C'est aussi simple que ça !

En attendant, il faudrait que j'arrive à l'attirer dans mon lit, et ce n'est pas une mince affaire. Stephen me conseillerait certainement d'aller la voir et de m'excuser. L'image de mon ami et de sa femme s'impose à moi. Plus d'une fois, j'ai assisté à cet instant pathétique où il rampe à ses pieds pour lui demander pardon. Ce qui n'est pas près de m'arriver ! Je ne suis pas le genre d'homme à m'écraser pour obtenir des faveurs féminines, et ce même si j'ai complètement tort.

Je fronce les sourcils et braque mon regard en direction de la porte, certain d'avoir entendu un bruit. Je m'avance et continue d'observer dans la même direction quand j'entends de nouveau marmonner.

— Non, je ne m'excuserai pas... Tout ça est ridicule... Non, c'est lui qui est ridicule !

Je pose en silence ma main sur la poignée et ouvre

brutalement la porte afin de surprendre le rôdeur. Mon regard tombe sur Capucine qui blanchit à vue d'œil.

Prise sur le fait ! me dis-je, amusé.

Elle écarquille ses beaux yeux bleus, et je me délecte de son expression surprise et gênée.

— Tu as besoin de quelque chose ? je demande innocemment.

— Tu es en caleçon ! constate-t-elle, les yeux rivés sur mon érection bien visible malgré mon sous-vêtement.

— Je suis dans ma chambre, je lui fais remarquer avant de boire une gorgée de whisky pour dissimuler mon sourire.

— Ta porte est grande ouverte. Tu te trouves désormais dans les parties communes de la maison, dit-elle en remontant les yeux, le feu aux joues.

— Elle était fermée jusqu'à ce que je te surprenne à rôder devant ma chambre. De plus, tu devrais déjà être contente que je porte quelque chose. Habituellement, je dors nu. Mais compte tenu que Jacob aime les visites surprises dans ma chambre, il m'a semblé plus… délicat de porter un caleçon.

— Je te remercie de cette sollicitude ! se moque-t-elle. C'est ce que l'on appelle, il me semble, le savoir-vivre ! Je suis surprise, moi qui pensais que tu en étais dépourvu. Et pour ton information, je ne rôdais pas devant ta porte !

Je bois une nouvelle gorgée et l'observe, un sourcil relevé. Elle porte toujours cet affreux T-shirt trop grand et son short trop court. Ses pieds sont nus, ses cheveux attachés à la va-vite, et elle se tord les doigts, visiblement gênée. Je la trouve incroyablement excitante !

— Capucine, pourquoi tu marmonnais devant la porte de ma chambre ? je lui demande, ignorant complètement sa remarque précédente sur mon manque de savoir-vivre.

Je me moque complètement d'être impoli, être moi-même me semble plus important que les faux-semblants.

— C'est parce que… ça m'aide à réfléchir ! lance-t-elle, pas convaincante pour deux sous.

— À réfléchir ? !

Je répète délibérément pour lui faire comprendre que je ne la crois pas une seconde. Pour moi, elle est là soit pour s'excuser, soit pour que je la débarrasse de son affreux T-shirt. Comme je ne suis pas rancunier, j'espère qu'il s'agit de la deuxième solution. Et ce coup-ci, il est hors de question que je passe à côté de cette opportunité !

— Tout à fait… Je… j'écris une chanson, et tu vois… ce couloir m'aide !

Comme pour donner plus de poids à son argument, elle fait mine de caresser le mur.

Mais bien sûr ! Et moi, je suis mère Teresa !

— Tu es très sexy, mais tu es une sacrée mauvaise menteuse ! je lance en souriant avant de prendre un peu du liquide ambré.

Elle se tourne. Ses yeux bleus me scrutent avec intensité, et elle sort, visiblement agacée :

— Arrête de dire des choses pareilles.

— Que tu es une mauvaise menteuse ?

— Non, que tu me trouves sexy, que tu m'imagines… enfin, tu sais ! elle chuchote, visiblement très mal à l'aise.

Comment fait-elle pour me faire autant craquer ? Je n'ai qu'une envie en cet instant, c'est la prendre dans mes bras, l'embrasser avec douceur et lui montrer de toutes les fibres de mon corps à quel point je la trouve merveilleusement belle et qu'elle n'a pas besoin de s'en cacher. Mais je ne le ferai pas. Je préfère la taquiner et observer toutes ces petites moues sexy dont elle seule a le secret.

— Que je t'imagine quand je me caresse ? je lui demande avec mon sourire de connard arrogant.

— Tu recommences !

Oh oui ! Et je ne compte pas m'arrêter !

— Capucine, tu es bandante, c'est un fait !

— Je ne veux pas que tu dises des choses pareilles, murmure-t-elle en rougissant.

— Pourquoi ? je l'interroge, aussi innocent que le diable en personne.

— Parce que ça me gêne, avoue-t-elle doucement.

— Aucun homme ne t'a jamais dit ce genre de choses ?

Elle avale difficilement sa salive, et je me dis que la réponse ne va pas me plaire. Comment une fille pareille ne peut-elle pas savoir à quel point elle est belle ?

— Je ne vois pas où tu veux en venir ! répond-elle d'une voix haut perchée.

Je me redresse tout à coup et lui demande quelque chose dont j'aurais peut-être dû me soucier avant :

— Quel âge as-tu ?

Ses sourcils se froncent et le bleu de ses yeux s'obscurcit. Je l'ai vexée !

— Ce n'est pas parce que je n'aime pas ta façon de me parler que cela fait de moi une gamine !

Je confirme : elle est vexée !

— Ce n'est pas ce que j'ai dit. Mais j'ai de toute évidence touché un point sensible !

— Tu ne me connais pas !

— Bon sang, tu ne peux pas répondre simplement à une question ? je sors, agacé.

— Et toi, tu ne peux pas enfiler un pantalon ! On dirait que ton machin m'observe !

— Mon « machin » ? je répète, les yeux écarquillés. Ne parle jamais de son pénis à un homme comme d'un « machin » ! *Jamais* ! je reprends.

— Tu n'as qu'à mettre un pantalon et je te répondrai.

— Tu es sérieuse ? Le fait que je sois nu te gêne à ce point-là ?

J'hésite entre être vexé ou, au contraire, me dire que je suis tellement sexy qu'elle n'arrive pas à se concentrer.

— Je n'aurais pas dû…, commence-t-elle en prenant la direction de sa chambre.

— OK, je vais mettre un pantalon ! je la coupe avant qu'elle ne prenne la poudre d'escampette.

Je retourne dans ma chambre et constate qu'elle me suit. Je pose mon verre sur la commode après l'avoir vidé d'un trait et enfile mon jogging pendant qu'elle ferme la porte.

— J'ai vingt-trois ans, dit-elle alors que mon pantalon a enfin recouvert mes fesses.

— Et en vingt-trois ans, aucun homme ne t'a jamais dit à quel point tu es… — j'hésite sur la formulation de ma phrase et opte finalement pour — belle ?

Un léger sourire, a priori involontaire, apparaît sur son visage, puis disparaît aussi vite qu'il est venu.

— Tu as couché avec beaucoup de femmes ? me demande-t-elle en triturant de nouveau ses doigts.

— Capucine, j'ai mis un pantalon, tu dois répondre à mes questions, je lui rappelle en croisant les bras sur mon torse.

— Des garçons m'ont déjà dit que j'étais belle, dit-elle avec un léger sourire.

Elle se fiche de moi !

— Tu joues encore avec moi ! Tu ne réponds pas à ma question.

— J'ai répondu à celle que tu m'as posée. Si tu n'es pas satisfait, c'est peut-être que tu n'as pas posé la bonne question. As-tu couché avec beaucoup de femmes ? redemande-t-elle en s'appuyant à ma commode.

— Il me semblait que je ne devais mettre qu'un pantalon, pas répondre en plus à un interrogatoire ! je me plains.

— Sauf que ce serait injuste, tu ne trouves pas ?

La petite maline…

— Non, pas vraiment ! Un marché est un marché. Tu dois répondre à mes questions et moi porter un pantalon.

Je la scrute des pieds à la tête et reprends :

— Maintenant, si tu le souhaites, nous pouvons changer les termes de notre accord.

— Laisse-moi deviner, tu retires à nouveau ton pantalon et tu réponds à mes questions ? demande-t-elle en prenant un air blasé.

— Non ! Tu enlèves ton T-shirt et je réponds à tes questions.

Elle me jette un regard mi-courroucé, mi-terrifié et lance :

— Et puis quoi, encore !

— Oh ! arrête, je suis certain que tu as des seins magnifiques !

— Tu es vraiment un…

— Connard ? je la coupe.

— Entre autres choses !

— Il serait pourtant tellement simple de découvrir tous mes sombres secrets, je souffle en allant récupérer mon verre.

Silence.

Elle réfléchit, je le vois…

J'attrape le whisky, me ressers et la vois hésiter entre curiosité ou pudeur. J'ai l'impression d'assister au *Choix de Sophie* !

— J'enlève mon short ! lance-t-elle finalement.

Je bois une gorgée en la déshabillant du regard.

— Ce minuscule bout de tissu ne cache pas grand-chose de ton anatomie, donc je ne vois pas en quoi j'y gagne ! je râle.

Un sourire en coin apparaît sur son visage et elle me répond :

— Tu pourras enfin voir ma culotte !

Mon entrejambe s'enflamme autant que mon esprit

à cette idée. Pourvu que ce ne soit qu'un minuscule morceau de dentelle…

Je bois une nouvelle gorgée d'alcool et finis par dire en prenant un air faussement blasé :

— Soit !

Elle passe ses mains de chaque côté du misérable bout de tissu et, alors qu'elle le fait glisser avec lenteur, je tente de rester stoïque. Mais bon sang ! Je bous à l'intérieur et n'ai qu'une envie, lui arracher le reste de ses vêtements ! Je demeure droit et impassible. Finalement, je suis content d'avoir remis un pantalon, sinon elle aurait une vue spectaculaire sur l'enfer qu'elle me fait vivre ! Son short gît enfin devant ses pieds nus, et elle se redresse, m'offrant une vue imprenable sur…

— Mais c'est une blague ? je lâche en avisant son shorty rose fluo.

— J'ai l'impression que tu es déçu ! lance-t-elle, plus machiavélique que jamais.

— Non, mais… tu portes un short sur un autre short !

Elle croise les bras, se mord les lèvres pour ne pas rire devant mon air déconfit et me sort :

— Vraiment, vraiment déçu !

Je bois une autre gorgée, pose mon verre sur la commode et m'approche d'elle, le visage fermé. Pour le coup, son envie de rire semble s'être évanouie. Je me poste à quelques centimètres d'elle. Trop loin pour la toucher, mais assez proche pour être envahi par son odeur. Je plonge dans son regard et lui demande à voix basse :

— Pourquoi étais-tu devant ma porte ?

Sa respiration s'accélère. Elle semble hésiter et finit par répondre :

— Je ne sais pas.

J'avance encore d'un pas. Mon torse touche à peine sa poitrine. Comme une caresse…

Mon sexe se tend vers elle et semble prêt à tout pour arriver à ses fins. Je suis tendu à l'extrême, excité comme jamais. Nos lèvres ne sont qu'à un souffle. Nos regards sont scellés. Je me sens devenir fou…

— Arrête de jouer avec moi, je lui murmure avant de caresser ses lèvres avec les miennes.

Ma main gauche se poste sur sa hanche et l'autre parcourt le bord de l'élastique de son shorty. Ses yeux bleus se ferment, et mes doigts se glissent sous le tissu de la discorde. Ma respiration s'accélère quand ils s'immiscent entre ses poils et trouvent enfin son intimité. Un doigt. Elle est comme je l'imaginais, chaude, humide et bien serrée… Je sens son souffle contre ma bouche devenir chaotique. Je presse mon érection contre son ventre. Je veux qu'elle soit consciente de l'effet qu'elle a sur moi, me dis-je en accélérant le va-et-vient de mon doigt. Avec mon pouce, je trace de légers cercles sur son clitoris, et au moment où je m'apprête à ajouter un deuxième doigt, son intimité se contracte. Comme dans mes rêves, elle rejette la tête en arrière, gémit mon nom et jouit. J'ai l'impression de me perdre un instant, mais me reprends rapidement. Aucune femme ne m'a jamais fait un tel effet ! Je suis un funambule qui marche sur le fil de son désespoir. J'ai besoin qu'elle ressente ce que je ressens… Je retire mes doigts, glisse mes mains sous ses fesses et la soulève. Elle rouvre les yeux et je l'embrasse, plein de fureur. Mon sexe frotte le sien encore trempé du plaisir que je lui ai donné. Elle s'agrippe à mes hanches de ses longues jambes et je la porte jusqu'à sa place, c'est-à-dire dans mon lit. Ma langue enlace la sienne, mes dents s'enfoncent dans la chair délicate de ses lèvres, et je ne me suis jamais senti aussi vivant qu'en cet instant. Je rêve de parcourir et de connaître chaque parcelle de son corps magnifique, mais je crois que si je ne suis pas rapidement en elle je vais jouir sur les draps comme un ado !

Je tends mon bras en direction de la table de chevet, puis je me rappelle que je ne suis pas chez moi et jure. Je me redresse et saute du lit avec rapidité.

— Tout va bien ? me demande-elle en me regardant tout jeter hors de ma valise.

— Tu ne bouges pas ! je hurle, à la limite du désespoir.

Elle se redresse et, au moment où elle ouvre la bouche, je sors :

— Ne t'avise pas de quitter ce lit !

Je tourne sur moi-même et tente de me souvenir d'où j'ai bien pu ranger la boîte de préservatifs.

— La salle de bains ! je crie en y courant.

J'avise ma trousse de toilette et saisis la boîte. Je reprends la direction de la chambre, victorieux, et souris comme un idiot en retrouvant Capucine assise en tailleur au centre de mon lit.

— Tu as bougé, je souffle en m'avançant doucement vers elle.

Elle regarde un instant ses pieds, et mon cœur se

serre quand je comprends qu'elle va certainement me dire qu'elle regrette. Elle ouvre la bouche, mais je décide de ne pas lui laisser le temps de parler et me rue sur ses lèvres. Je me fiche qu'elle soit assise, que j'aie une boîte de capotes dans la main droite, qu'elle pense que tout ceci est une erreur. Je ne suis pas sûr d'être en mesure de la laisser partir, de toute façon. Je pèse de tout mon poids sur son buste pour qu'elle se rallonge et je m'installe au-dessus d'elle en continuant de l'embrasser. Ses doigts se faufilent dans mes boucles, et un grognement de plaisir m'échappe. Elle en profite pour s'écarter de moi. Son regard se voile, et j'ai la fâcheuse impression que je ne vais pas aimer ce qui va se passer.

— Je... je..., elle bégaie, se mord la lèvre.

Sa respiration s'accélère.

Eh merde ! Mon regard navigue entre elle et la boîte de préservatifs. Mais je ne veux pas la presser. J'ai beau être un connard, je ne suis pas ce genre de connard. Si elle a besoin de temps, je lui laisserai. Même si cela me coûte et que mes couilles finissent par bleuir !

— Rien ne t'oblige à faire ce que tu n'as pas envie de faire, je lui souffle en plongeant mon regard dans le sien.

Elle me scrute en silence. Mon cœur tambourine violemment dans ma poitrine, et ce qui m'a retenu tout à l'heure quand elle était au piano me revient. Elle n'est pas qu'une énième fille qui passe dans mon lit, elle a quelque chose en plus.

— Rien de sérieux. C'est pas... enfin..., dit-elle tout bas, me coupant par la même occasion dans mes pensées, qui prennent un tour inattendu.

Je me redresse, aux aguets. Est-ce qu'elle vient bien d'exprimer ce que je crois ? !

— Rassure-toi, je ne compte pas te demander en mariage, t'acheter des fleurs et t'écrire des poèmes ! je sors en retirant vivement mon pantalon et mon caleçon, ce qui la fait rire.

Est-ce que j'ai le droit de dire qu'elle me décime en un sourire ? Que son rire est le plus beau son que j'aie entendu ?

— Retire ton T-shirt, je lui dis en enfilant un préservatif.

Comme elle ne bouge pas, je lui jette un coup d'œil et la vois qui observe mon sexe avec appréhension. Je passe avec douceur mon pouce le long de sa mâchoire et lui soulève le menton pour que ses yeux rencontrent les miens.

— Tout va bien ? je lui demande, inquiet de son manque de réaction et sentant monter une volonté farouche de la protéger de tout… même, voire surtout, de moi.

— Je… je ne veux pas enlever mon T-shirt, murmure-t-elle.

Je secoue légèrement la tête comme si je comprenais, mais en fait je m'en fiche qu'elle ne veuille pas enlever son T-shirt. Je veux voir ses seins ! Je saisis le bord de son hideux vêtement et lui retire d'un coup sec. Sous le coup de la surprise, elle se cache la poitrine de ses bras, et je comprends pourquoi elle ne voulait pas…

— Oh ! non, putain, je veux les voir ! je geins en

caressant un morceau bien rond qui dépasse et en prenant soin de ne pas toucher à sa cicatrice.

Son regard se fait hésitant, elle semble tendue mais je ne lâcherai pas l'affaire ! Je caresse son cou du bout de mon nez et lui chuchote :

— Juste un ?

J'entends finalement ce qui ressemble à un rire, et elle retire ses bras, visiblement anxieuse. J'évite la cicatrice qui traverse son tronc du haut de sa poitrine au bas de sa cage thoracique et admire du bout des doigts les deux petits globes blancs surmontés d'un superbe téton bien rose.

— Ils sont magnifiques, je sors sans les quitter du regard. Encore mieux que ce que je pensais, j'ajoute avec un sourire en coin.

Je lève finalement les yeux et vois Capucine qui m'observe avec ce qui semble être de la gratitude dans le regard.

— Maintenant, on va passer au short ! je lâche, victorieux.

Elle se met carrément à pouffer quand je le lui retire, se calme lorsque je commence à lui mordiller les hanches et ne rit plus du tout au moment où je m'installe entre ses jambes. Je l'embrasse encore une fois, mais cette fois avec lenteur et tendresse, place mon sexe à l'entrée de son intimité et au moment où je la pénètre, je me rends compte que si je ne veux pas lui faire mal je vais devoir faire preuve de douceur et de patience.

— Bordel, que tu es serrée, je lui murmure, tendu, combattant mon envie de la prendre sauvagement.

Elle se fige et me demande avec un petit brin de voix :

— Tu… tu n'aimes pas ?

En réponse, je saisis encore ses lèvres et l'embrasse à perdre haleine tout en continuant de m'enfoncer en elle. À bout de souffle, je lui annonce :

— Je suis désolé, mais on va devoir recommencer plusieurs fois.

Elle m'observe, ne semblant pas comprendre.

— Une fois ne va pas me suffire.

Un sourire timide éclaire son visage. Elle pose ses mains de chaque côté de mon visage et m'embrasse à son tour. Je commence à aller et venir doucement, me freine de peur de lui faire mal, mais chacun de ses gémissements devient douloureux. Mon sexe pulse en elle et réclame d'être libéré. C'en est trop quand ses mains se perdent sur mes fesses et qu'elle me mordille le lobe de l'oreille.

— Cap, arrête, je vais…

Je ne termine pas ma phrase et, lorsqu'elle enfonce ses dents dans mon épaule, c'en est fini de moi. Je perds pied et me déverse en elle. Je passe ma main sur sa nuque et l'embrasse avec fureur et désespoir. Je veux qu'elle ne se rappelle que de moi, je veux effacer tous les autres hommes qu'elle a pu connaître jusque-là. Je veux qu'elle ressente ce que je ressens et qu'elle me désire comme je la désire.

Bordel, je suis foutu…

Chapitre 10

Je regarde ma belle sirène alanguie allongée sur le ventre. Du bout des doigts, je parcours l'arrière de ses cuisses jusqu'à ses fesses magnifiquement rebondies. Elle est d'une beauté étourdissante…

Ses boucles reposent, éparses, sur les draps blancs. Elle tourne la tête, me scrute de ses yeux azur et sourit avant de se mordre la lèvre.

Je sens que je m'éveille doucement, mais tente de rester encore un moment dans ce rêve teinté de souvenir.

Tout dans cet instant était parfait.

Les yeux encore fermés, mon sexe fièrement dressé, les sens en éveil, je souris au souvenir de la nuit dernière. Capucine, ses gémissements quand j'étais en elle, sa chaleur, ses morsures délicates…

Je tends la main à la recherche de la responsable de mon état d'excitation matinal mais ne rencontre qu'un oreiller froid, et surtout, une place vide. J'ouvre finalement les yeux et constate, déçu, que je suis seul.

Pas de petit déjeuner crapuleux, de morsures coquines, rien que moi et mon sexe palpitant de désir. Je soulève le drap et ai de la peine pour mon pauvre pénis qui devra attendre pour que l'on s'occupe de lui. Il ne mollit pas face à cette triste constatation et encaisse le choc avec beaucoup de dignité. Je me passe les mains sur le visage pour me réveiller et remarque les préservatifs souillés sur la table de nuit. Cette nuit était…

Je ne termine pas la phrase, incertain de vouloir m'engager dans cette direction. Je crois qu'il vaut mieux que je me leurre en prétendant que rien de tout cela ne compte.

Je me rassure en me disant que, si la belle Cap n'est pas dans mon lit au réveil, c'est qu'elle devait avoir des choses à faire. Après tout, nous sommes lundi, et elle doit certainement travailler. Il est vrai que je n'ai pas l'habitude de me retrouver abandonné à mon triste sort après une nuit de sexe torride. Mais Capucine ne fait rien comme les autres, et c'est ce que j'aime chez elle.

Cette dernière pensée résonne dans mon cerveau, et je secoue la tête pour me remettre les idées en place. Rectification : c'est ce que *j'apprécie* chez elle !

Je ne suis pas un petit ami romantique qui offre des fleurs et des chocolats, ni même un petit ami tout court ! Je suis un connard qui baise et ne vit que pour lui, et ce n'est pas près de changer. Certes, elle était largement à la hauteur de mes rêves lubriques, mais pas au point de me faire perdre la tête non plus !

D'ailleurs, c'est une bonne chose qu'elle ait pris la poudre d'escampette ce matin. Cela prouve qu'elle ne m'a pas menti et ne recherche rien de sérieux. Sûr que j'aurais aimé prolonger la nuit, mais je me sens également soulagé de voir que les choses sont claires dans les deux sens et qu'elle n'attend rien de plus de moi que du plaisir.

Du sexe, pour du sexe…

La sonnerie de mon portable me coupe dans mes pensées. Je me lève rapidement et le saisis.

— Il n'est pas un peu tôt pour harceler les gens ? je demande en guise de bonjour.

— Tu sais que, pour le commun des mortels, 11 heures est la fin de la matinée ? me répond Stephen avec un sourire dans la voix.

Je souris à mon tour, heureux de parler à mon ami. Même si je ne lui avouerai jamais, il est ma seule famille, mon seul point d'ancrage sur cette terre. Et avec tout ce qui m'est arrivé ces derniers jours, il est agréable d'être en territoire connu. Mais ça, il ne le saura jamais !

— Je suis toujours à l'heure de New York ! je rétorque en attrapant de quoi me vêtir dans ma valise.

— Et quand tu es à New York, tu es sur quel fuseau horaire ?

Je prends une seconde de réflexion et réponds :

— Celui de l'inspiration, évidemment !

— J'aurais plutôt dit celui de l'inconscience et de l'immaturité.

Ce qui n'est pas faux ! J'ai conscience de profiter de ma vie et d'en jouir avec beaucoup trop d'enthousiasme. Mais là non plus je ne l'avouerai pas, et surtout, je ne compte rien changer.

— Que me vaut l'honneur de l'appel d'un éminent psychiatre à cette heure, donc, si matinale ?

— Je suis ravi que tu reconnaisses enfin mon éminence. Et mon appel est purement amical.

— Mais encore ? je l'interroge innocemment.

Je sais qu'il appelle pour savoir comment se passe ma retraite à San Francisco, mais j'aime faire durer le suspense. Déformation professionnelle, certainement.

— Comment se déroule ton séjour ? As-tu enfin pu rencontrer ton frère ?

— Bien, et oui.

« Bien » est un euphémisme par rapport à la nuit dernière ! Je n'aurais jamais cru que le sexe pouvait être aussi… Bordel, je n'ai même pas de mot pour décrire l'alchimie entre nos deux corps !

— Décidément, j'aurais dû t'appeler à une heure plus tardive.

— Tu reconnais donc qu'il est tôt ?

— Non, mais je constate qu'à jeun tu es moins bavard. Ce qui n'est pas peu dire, tant tu es avare de détails, même alcoolisé !

— Je sens comme un reproche dans cette remarque, je lance en me laissant tomber sur mon lit encore nu et mes vêtements dans la main.

Je suis quasi certain qu'il n'a pas digéré le fait de n'avoir découvert que récemment que j'avais un frère. Il ne le dit pas clairement, mais je connais Stephen. Nous nous sommes rencontrés sur les bancs de l'université, et depuis, nous sommes inséparables. Pourtant, lorsqu'il s'est mis en couple, puis qu'il a eu des enfants, cela aurait dû sonner le glas de notre relation. Mais non, il est ce qui se rapproche le plus d'un frère pour moi.

Même si Jacob tient dorénavant une place importante dans ma vie, ce n'est pas pareil. Je peux compter sur Stephen, et lui peut compter sur moi. En plus, il tient à la perfection le rôle de mère poule !

— Je réitère mon offre : souhaites-tu que je vienne à San Francisco ?

Qu'est-ce que je disais ! Une vraie mère poule...

— Je trouve ton insistance suspecte ! Ta femme te torturerait-elle ? Aurais-tu besoin d'un break avec des stripteaseuses ?

En réponse, il soupire et, au bout de quelques secondes, je reprends :

— Ça va, je te remercie. Je pense l'emmener cet été dans la demeure familiale pour que nous puissions profiter de vacances ensemble.

— Je ne sais pas si le manque d'ironie dans ta voix doit m'inquiéter.

— Jacob est...

Je réfléchis à la meilleure formulation et finis par dire ce qui me semble être une évidence.

— Il est handicapé, c'est mon frère et il a besoin de moi.

— Tu sais que tu as le droit d'apprécier, voire d'aimer un autre être humain que toi ?

— J'en prends note.

J'entends une porte s'ouvrir à l'autre bout du fil et sais que notre conversation touche à sa fin. Sa secrétaire vient certainement l'avertir que son rendez-vous est arrivé, Stephen va entrer en consultation. Ce qui n'est pas plus mal. J'apprécie de l'avoir au téléphone, mais pas de m'épancher sur ma vie privée. Et là, en l'espace de quarante-huit heures, il s'est passé trop de choses. J'ai besoin de faire le point et de digérer toutes mes découvertes avant de les partager éventuellement avec mon ami. Je dis « éventuellement » car je ne sais pas si, à l'avenir, je ressentirai le besoin ou même l'envie de le faire. Il y a des choses qu'il est préférable de garder pour soi, et les récentes révélations sur mon père en font partie.

— M, n'hésite pas à m'appeler. Pour une raison étrange, je tiens à toi. Un peu comme si tu étais le vieux chien de la famille, à moitié aveugle, qui boite et souffre de fuite urinaire. On ne sait pas trop quoi faire de toi tant ton cas est désespéré, mais on s'attache malgré tout à ta présence.

— Je te remercie pour la comparaison.

— De rien, ce fut un plaisir ! lance-t-il avant de raccrocher.

J'observe mon téléphone et le repose sur la commode. Je regarde les vêtements que je tiens toujours à la main et prends la direction de la salle de bains. Je les pose sur le meuble, observe une seconde mon reflet et allume l'eau sans plus faire attention à mon apparence. Je me glisse sous l'eau chaude, ferme les yeux un instant et les rouvre quand mon estomac émet un son étrange. Je saisis le gel douche et me rends à l'évidence : j'ai terriblement besoin d'un café !

Hier au soir, Jacob m'a monté le dîner, puisque j'avais été assigné à résidence par peur de représailles de la part de la petite brune et de sa cuillère en bois. Mais je n'ai fait que grignoter, à son grand désespoir. Je dois dire qu'ici la nourriture n'est pas leur point fort. D'après ce que j'ai compris, tout est fait maison, végétarien, bio et je ne sais encore quelle connerie. Du steak aux graines et de la salade verte, on a connu meilleur ! Le bon côté, c'est que lorsque je rentrerai à New York, Maggie me gavera de lasagnes tant j'aurai maigri !

Je me rince en repensant à mon affreuse discussion avec Jacob. Je crois que j'aurais donné tout ce que je possède pour l'éviter ! J'éteins l'eau et grimace au souvenir du moment où j'ai dû expliquer ce qu'étaient les règles à mon jeune frère handicapé qui possède autant voire plus d'innocence qu'un enfant de dix ans. C'était gênant, embarrassant et particulièrement pathétique. Il a tout de même conclu que Capucine avait le droit d'être contrariée que j'en fasse état, et j'ai dû lui avouer que j'avais un peu honte d'en avoir parlé.

Je m'empare d'une serviette de bain dans le meuble et souris au souvenir de ma promesse de m'excuser auprès de l'intéressée. Je me sèche vivement et estime que cette nuit était une très bonne demande de pardon. Maintenant, je suis content que Capucine ait le sens de l'humour, parce que c'était un brin sexiste comme remarque, tout de même. Mon côté connard n'est jamais bien loin, il faut croire !

Je m'habille rapidement, jean, pull et baskets, et jette un coup d'œil circulaire à la chambre et à la salle de bains. Des serviettes et des vêtements jonchent le sol, mon lit est défait, des capotes trônent sur la table de nuit, et plusieurs verres avec des résidus d'alcool sont dispersés. Je me fige quand je prends conscience que c'est moi qui vais devoir faire le ménage. Puis mes paroles de la veille sur les corvées me reviennent à l'esprit.

Je vais trouver une femme de ménage, me dis-je en sortant de ma chambre.

Je n'ai jamais eu à faire ce genre de choses, et ce n'est pas aujourd'hui que cela va commencer !

Je fronce les sourcils et constate que la maison est incroyablement silencieuse. Je descends les marches et me rends dans la cuisine. J'y vois une assiette recouverte d'une cloche en plastique, une tasse et un mot.

Nous ne rentrons pas avant ce soir, fais comme chez toi,

Cap et Jacob

Bien. Et je fais quoi, moi, jusqu'à ce soir ?

Je soulève la cloche et reconnais immédiatement les affreux biscuits au goût de nourriture pour bovins que Jacob m'avait servis à mon arrivée. Qui aurait cru, à ce moment-là, que Jacob et moi deviendrions si proches… En tout cas, pour le moment, mon abominable femme de ménage, Lucia, et son petit déjeuner me manquent. J'ai faim de vraie nourriture, envie d'un café, et je n'ai ni l'un ni l'autre ! J'attrape un gâteau, le renifle et grimace.

Une seule solution s'offre à moi, fuir ! je me dis avant de jeter le biscuit dans l'assiette et de remettre en place la cloche.

J'analyse mes possibilités et décide de viser le calme du bord de mer. Je remonte dans ma chambre, récupère mon ordinateur, ma veste et pars à la recherche d'un endroit où l'on sert de la nourriture digne de ce nom, du café et où je disposerai d'un réseau Wifi pour pouvoir lire mes mails et écrire en paix. Je suis certain que cette dernière perspective va faire plaisir à mon éditrice, qui attend avec plus ou moins de patience mon dernier roman. Je n'ai pas eu le cœur de lui révéler que je n'avais pour le moment écrit qu'une malheureuse dizaine de lignes sans grand intérêt. Et surtout, que je n'ai même pas une ébauche d'idée de roman ! Je crois que ces derniers temps, écrire m'ennuie terriblement. Ce qui est problématique puisque c'est mon travail.

Je quitte la maison colorée en me disant que je peux peut-être tirer quelque chose de cette aventure à San Francisco et en faire le lieu de mon prochain roman. Je sors de mes habitudes, donc pourquoi ne pas écrire quelque chose de différent…

J'interromps mes pensées quand je vois un peu plus loin une silhouette féminine que je connais bien discuter avec un homme.

Capucine…

Poussé par la curiosité — et aussi un peu la folie — je me cache derrière un muret en brique rouge criard.

Bien, analysons la situation… Je suis un homme adulte, diplômé de Harvard, donc plutôt intelligent, voire très intelligent, et j'espionne une femme avec qui je n'ai passé qu'une nuit et qui discute avec un autre homme à cent mètres de moi. Il faut que je me rende à l'évidence : cette situation est excessivement ridicule.

Et le fait qu'elle lui touche l'épaule, qu'elle rie avec lui et… qu'elle le serre dans ses bras m'exaspère au-delà du raisonnable !

Je me redresse en décidant de mettre un terme au ridicule de la situation et de faire quelque chose d'encore plus idiot, c'est-à-dire d'aller les voir.

Capucine m'aperçoit quasiment au moment où je me redresse et continue de m'observer, surprise, alors que je m'avance vers eux.

Je rêve ou le type porte un jean troué ? !

— Eh bien, quelle surprise ! je lâche, l'air faussement innocent.

L'homme se retourne, et je confirme : il a autant de style qu'un ado en pleine crise existentielle. Il porte un T-shirt trop large, un pantalon trop grand et troué, et le pire, c'est qu'il ne doit pas avoir plus de vingt-cinq ans !

— C'est effectivement une surprise ! finit par rétorquer Capucine qui semble avoir compris mon manège.

J'espère qu'elle ne m'a pas vu me cacher derrière le muret !

Bon sang, comme je peux être ridicule depuis que je suis ici !

— Je sortais boire un café et profiter de l'air du large pour écrire, je dis avec un léger sourire.

— Je vois, souffle-t-elle en me scrutant.

— M, le frère de Jacob, je me présente en tendant la main au gamin prépubère.

— Oh ! le frère de Jacob ? Top ! s'extasie-t-il en me serrant mollement la main.

Sérieusement ? « Top » ? Mais il a quel âge, ce type ? !

— Oui, M est là pour quelques jours, explique Capucine en insistant sur les derniers mots.

— Peut-être plus que quelques jours ! Donc vous connaissez Jacob ?

— Ouais, c'est un sacré batteur. Personne ne fait des percus comme lui ! lance-t-il en joignant le geste à la parole.

Bordel, c'est douloureux de me dire qu'elle couche avec lui aussi ! je me dis avant que ses paroles n'atteignent complètement mon cerveau.

Jacob joue de la batterie ? !

Je tente d'imaginer mon frère en train de jouer et je dois avouer que je suis assez perplexe. Moins qu'à l'idée que Capucine puisse faire des galipettes avec un type au jean troué, mais perplexe malgré tout.

— On allait en répète, tu te joins à nous ? m'invite-t-il, à la grande surprise de Capucine.

— Oh… Euh… je suis certaine que M a autre chose à faire, tente-t-elle, visiblement mal à l'aise.

Mais voilà qui est intéressant… Elle ne veut pas que je vienne ? Pourquoi ? Elle a peur que je lâche quelque chose qu'il ne faut pas devant son abruti de petit copain ?

— Je n'avais rien de prévu ! je sors, un peu trop joyeusement.

Je la reluque de ses Converse blanches au bleu de ses yeux et lui adresse mon plus beau sourire de connard.

— C'est super, alors ! souffle Cap, crispée, en me jetant un regard meurtrier.

— Et donc, vous, vous jouez ? j'interroge l'ado.

— Moi, c'est la guitare. L'électrique. Je suis à fond vieux rock, genre ACDC, les trucs dans le style bien vintage.

Depuis quand ACDC est considéré comme vieux ? !

Est-ce que Capucine me trouve vieux ?

Je décide de garder ces questions pour moi et les suis en matant sans aucune discrétion la belle brune.

Ce jean lui fait vraiment un cul d'enfer ! me dis-je au moment même où l'on me saute dessus.

Je ris en comprenant immédiatement qui est mon plaqueur fou.

— Jacob, je suis heureux de te voir aussi, je le salue, au bord de l'asphyxie.

Il va falloir que l'on fasse un point sur cette manie de me sauter dans les bras comme ça ! C'est sympa, mais très brutal !

— Tu es venu me voir répéter ? me demande-t-il en s'écartant de moi en sautillant.

— Figure-toi que j'ai appris que tu « faisais des percus comme personne », donc je veux voir ça, je lui sors en jetant un coup d'œil à Capucine qui nous observe, gênée.

Je ne sais pas trop quoi penser de son attitude. Elle nous regarde, ses joues sont rouges, elle se tord les doigts…

Est-ce qu'elle a peur que je dise à Jacob ce qu'il s'est passé entre nous ?

— Je joue de la batterie ! me coupe Jacob qui semble ravi de ma présence.

— J'ai vraiment hâte de t'entendre, je lui dis alors que nous entrons dans une grande salle où il règne un mélange d'odeurs de renfermé et de chaussettes sales.

— Installe-toi là et… ne dis rien ! me lance Capucine, qui part presque en courant en direction de la scène.

— Je crois qu'elle te boude encore, souffle Jacob, les sourcils froncés.

— Pourtant, je me suis excusé ! je sors en gardant pour moi la façon dont je m'y suis pris.

— Il va falloir que tu le refasses plus fort, me suggère-t-il avant de partir avec les autres.

Je souris à cette remarque et lui jette un « Promis ! » très convaincant.

Oh ! oui, je vais m'excuser *plus fort*, et ce dès que possible…

Chapitre 11

Je ferme les yeux et me demande si ma boîte crânienne va survivre à leur répétition pour — paraît-il — le spectacle de fin d'année. Ils n'auront pas trop des trois mois qui restent pour y arriver !

Pour le moment, je n'ai assisté qu'à une cacophonie pas vraiment glorieuse. Jacob semble frétiller d'impatience à l'idée que je le regarde jouer. Il s'installe derrière sa batterie, tapote, me fait coucou et se relève pour mieux recommencer. Les autres musiciens, ou tout du moins les autres participants à cette vaste mascarade musicale, semblent excessivement préoccupés par une histoire de lumière.

J'ai très envie de leur dire que, lorsque l'on va à un concert, l'éclairage est essentiel ! Voire *primordial* ! C'est même la première chose que relève le *New York Times* lorsqu'ils font un article dans la rubrique « Musique ».

« Le groupe *Jacob et son lapin* nous a offert ce soir un spectacle musical riche en lumière. Dès que le néon jaune a illuminé la scène, nous avons pu découvrir l'étendue de leurs talents ! »

Je me pince l'arête du nez et me demande pour la

millième fois ce que je fiche ici. Certes, mon ironie semble intacte, mais ma patience, elle, s'étiole au fur et à mesure que les minutes défilent. Les sièges sont inconfortables, Capucine m'évite du regard et fait comme si je n'existais pas. À chaque fois qu'elle s'approche de trop près de son petit ami qui n'a certainement même pas l'âge de boire de l'alcool, je dois me battre contre une irrépressible envie de sauter sur la scène pour les séparer. Je tente de définir à quel moment je suis devenu cet être pathétiquement jaloux et en arrive à la conclusion que la mort de mon père a provoqué chez moi un vaste désordre émotionnel. Je ne vois que cette explication. Maintenant que je me suis auto-diagnostiqué, je dois trouver comment y mettre fin avant de devenir complètement ridicule.

Je me reconcentre sur les musiciens qui installent leurs instruments, règlent les derniers détails, discutent encore et toujours des lumières, mais décidément je ne vois qu'elle. Elle et son jean qui moule à la perfection son postérieur. Ses gestes délicats et la douceur qu'elle dégage. Les quelques mèches qui glissent de son chignon fait à la va-vite et retombent sur sa nuque. Je me fiche complètement de leur musique, de connaître tous ces gens qui doivent jouer un rôle quelconque dans la vie de mon frère et de sa colocataire. Je ne pense qu'à une chose : faire l'amour à Capucine sur cette saleté de scène avec pour seuls témoins les fauteuils en velours rouge vieillis et les projecteurs. Un léger sourire s'étire sur mes lèvres malgré moi quand j'imagine sa belle peau laiteuse prendre une teinte rouge sous mes caresses. Car, oui, Capucine rougit délicieusement pendant l'assaut de mon corps sur le sien. D'abord ses lèvres sous mes baisers et, comme si le feu s'imprégnait en elle, sa gorge, sa poitrine, son ventre…

— Lance, il faudra positionner le projecteur à ce niveau-là ! hurle l'un des musiciens à un type qui trifouille je ne sais quoi en contrebas de la scène.

Il m'a coupé dans mes pensées, ce con ! me dis-je en tentant de me rappeler où j'en étais.

J'aperçois Capucine qui me jette un léger coup d'œil et qui regarde ses pieds dans la foulée. Tiens, finalement, on ne m'évite plus…

Je secoue légèrement la tête et me demande pourquoi elle prend tant de soin à m'ignorer depuis tout à l'heure. Elle m'observe à la dérobée, de façon pas vraiment discrète, mais semble prendre beaucoup trop soin à faire comme si je n'existais pas. Serait-elle gênée par ce qui s'est passé entre nous la nuit dernière ?

Je soupire, agacé, quand je suis de nouveau interrompu dans mes pensées, mais cette fois par mon téléphone.

— Hey ! mon gars, t'as pas vu la pancarte ? crie une nouvelle fois le musicien gueulard en me montrant du doigt un vieux papier où est marqué « Merci d'éteindre votre téléphone ».

Je lui fais un signe de la main qui oscille entre un « je suis désolé » et un « je n'en ai rien à foutre ! », et décroche avec humeur.

— Tiens, je pensais justement à toi ! je m'exclame en guise de salutation.

— Tu n'es qu'un fieffé menteur, lâche mon éditrice, absolument pas convaincue.

— Je t'assure que si. Je suis en train d'écrire mentalement une scène d'amour torride pour mon prochain roman et je me disais dans la foulée que tout ceci te plairait.

— Mentalement ? !

— Il faut bien un début à l'écriture d'une scène ou même d'un roman, et celui-ci se déroule souvent dans l'esprit de son créateur.

— Dois-je en conclure que tu en es encore à l'ébauche de ton roman ?

— Tu sais comment sont les écrivains, Diane ! Un roman n'est jamais qu'une ébauche, et ce même lorsque le mot « fin » figure au bas de la dernière page !

— M, si cela ne tenait qu'à moi, je te laisserais le temps qu'il te faut pour affûter chacune de tes phrases. Malheureusement, je ne suis pas la seule décisionnaire et j'ai des comptes à rendre. Donc, où en es-tu ?

— Je viens d'enterrer mon père. Ça devrait te donner un ordre d'idée de l'endroit où je me situe dans mon prochain roman.

— Je te présente de nouveau mes condoléances, mais…

— Mais la compassion n'a pas sa place dans le monde de l'édition, je la coupe durement.

Silence.

— Le fait est que nous avons des obligations et que ton livre devrait être sur mon bureau depuis deux mois déjà. Je peux demander un délai supplémentaire, mais tu dois me rendre quelque chose et tu le sais.

Je ne réponds rien. La vérité, c'est que cela fait déjà plusieurs mois que je cours après une chose qui me fait cruellement défaut ces derniers temps : l'inspiration. Je n'ai que des ébauches d'idées de romans, mais rien ne me transcende. J'écris comme je vis, c'est-à-dire sans émotion. Et un livre sans émotion n'est rien de plus qu'un amas de mots couchés sur du papier.

— M, écris-moi quelque chose ! conclut-elle avant de raccrocher.

Je scrute mon téléphone et murmure :

— Plus facile à dire qu'à faire !

S'il suffisait de s'installer devant un écran d'ordinateur pour écrire un roman, cela se saurait ! J'ai l'impression que mon inspiration s'est fait la malle en même temps que mon envie de vivre. Je ne dis pas que je suis suicidaire, mais j'ai la sensation d'avancer dans la vie comme si j'étais anesthésié. Je ne ressens plus aucun sentiment, je n'ai plus aucune volonté et je crois que c'est ce qui me fascine chez Capucine. Elle m'intrigue, me fait ressentir des choses et me pousse à faire des choix que je n'aurais jamais faits jusque-là, comme assister à cette répétition, par exemple. Elle est peut-être la personne qu'il me faut pour écrire mon roman. Celle qui, le temps de quelques mots couchés sur le papier, me redonnera goût à l'écriture. Je me prends à imaginer ma belle brune en héroïne et me dis qu'elle serait parfaite dans ce rôle. Une femme forte, mais qui ne cherche à écraser personne sur son passage. Une tigresse lorsqu'il s'agit de défendre les autres…

Elle s'installe enfin derrière le micro, et les musiciens à leurs instruments. Je ne sais vraiment pas à quoi m'attendre. Avant que les premières notes résonnent dans la salle, j'appréhende la suite. Puis, sa voix s'élève, emplissant la salle, s'insinuant dans chaque pore de ma peau, dans chaque fibre de mon corps.

I'm walking into the spotless corridors
I'm so cold and I'm so exhausted
I wonder when you'll come to fetch me
What are you waiting for to get me back
But you're not coming[1]*…*

Il n'y a qu'elle qui existe en cet instant. Elle suppliant que l'on vienne la chercher. Elle semble si triste, mais résignée à la fois, que je me demande à qui s'adressent ces paroles. Pour ma part, je ne compte laisser personne l'emmener loin de moi.

Les instruments s'éveillent enfin, mais même si le rythme s'accélère et donne un ton enjoué au morceau, le malaise subsiste. Suis-je le seul à me rendre compte que rien ne va ? À ne pas vouloir la laisser partir ?

I'm still smiling but you're lingering around me

1. J'avance dans les couloirs immaculés
J'ai si froid et je suis tellement fatiguée
Je me demande quand tu viendras me chercher
Qu'est-ce que tu attends pour me récupérer
Mais tu ne viens pas…

I feel you, you stay here spying on me into the darkness
When will you let me be free ?
Come, I've been waiting for you for such a long time now[1]*...*

Est-ce elle qui a écrit cette chanson ? je me demande en me rappelant le carnet à côté d'elle lorsqu'elle jouait de la guitare l'autre soir.

Un frisson me parcourt. Mes doigts s'enfoncent dans les accoudoirs et, quand la chanson est terminée, je peux presque lire des excuses dans les yeux de Capucine. Est-ce que cette chanson est un message me prévenant qu'elle court un danger imminent ?

Je ne sais pas trop quoi en penser. Un scénario de thriller se met doucement en place dans mon esprit, mais je ne suis pas certain de vouloir y penser ou le mettre sur papier. Mon héroïne est Capucine. Elle mérite une belle histoire d'amour, pas de se faire poursuivre par un psychopathe. Je me fais la promesse silencieuse de trouver une idée de roman à sa hauteur. Quelque chose de grandiose qui fera vibrer les lecteurs autant qu'elle me fait vibrer. Je pourrais de nouveau me mentir et passer sous silence cette dernière pensée, me forcer à oublier qu'elle me fait vibrer, mais je ne le ferai pas. Si je souhaite lui donner une place intégrante dans mon art, cela doit être le cas dans ma vie le temps de ce roman.

1. Je continue de sourire mais tu planes autour de moi
Je te sens, tu restes là à m'épier dans l'obscurité
Quand me laisseras-tu ma liberté ?
Viens, je t'attends depuis trop longtemps maintenant...

Elle m'intrigue et m'attise, donc autant me servir de ces sentiments, mais pas n'importe comment. Je m'autorise à ressentir pleinement chacune des émotions qu'elle me procurera tout en gardant en tête que le mot « fin » mettra un terme à tout cela. Une fois terminé, je rentrerai à New York et retrouverai ma vie. Je viendrai rendre visite à Jacob régulièrement et nous nous retrouverons durant les vacances. C'est aussi simple que ça.

Mon torse se bombe à l'idée que je fais le bon choix, et je souris quand je vois mon frère me rejoindre en courant. Il déboule devant moi et me demande, avec ce qui semble être de l'appréhension :

— Alors, tu m'as trouvé comment ?

À cet instant, j'ai un peu mauvaise conscience car je n'ai absolument pas prêté attention à la performance de mon frère. J'ai été totalement hypnotisé par Capucine et sa voix mélodieuse. Je me lève et décide donc de faire quelque chose que je maîtrise à la perfection : je mens.

— Incroyable ! Cela fait longtemps que tu joues ?

— C'est papa Chris qui m'a appris, m'explique-t-il avec un grand sourire.

C'est qui, celui-là, encore ?

— « Papa Chris » ? je répète afin d'avoir un peu plus d'informations sur cet homme.

— Oui, papa Chris joue de la batterie.

— Je ne sais pas qui est papa Chris, Jacob, je précise, me rappelant que mon frère ne comprend pas les questions indirectes.

— Tu ne connais pas papa Chris ? me demande Jacob, surpris.

— Pas que je sache !

— Papa Chris est le papa de Capucine et de Violaine. Et maman Tina est la maman de Capucine et de Violaine. Elle est gentille, elle a le visage tout doux et fait de très bons gâteaux. Tu la connais ?

— Non… je ne connais pas… Tina, je termine avec un goût amer dans la bouche.

Je me sens gêné en comprenant que, pour Jacob, ces gens sont sa famille. Je me souviens que Capucine m'a dit qu'il avait grandi chez eux jusqu'à ses six ans. De toute évidence, pour lui, il a une maman et un papa de substitution. Ça me fait mal, car notre mère ne mérite pas d'avoir été reléguée au second plan. Elle nous aimait et était la meilleure mère que l'on puisse souhaiter. Mais Jacob ne le sait pas. Notre père n'aurait jamais dû laisser une chose pareille se produire. Je tente de ravaler mon amertume, mais elle ne semble pas vouloir s'enfuir. Tout ça est encore de la faute de notre paternel qui n'a pas été fichu de tenir son rôle. Certes, mes récentes découvertes sur son compte m'ont touché, mais rien ne l'excuse totalement. Et là, il ne s'agit pas de moi, mais de la mémoire de ma mère. Tina, elle, n'est qu'une étrangère qui, dès qu'elle en a eu l'occasion, a envoyé mon frère en institut. Elle ne mérite pas que Jacob l'appelle « maman ». J'avale avec lenteur ma salive et décide de garder le fond de ma pensée pour moi. Je ne veux pas lui briser le cœur. Jacob ne mérite pas la souffrance que ce genre de vérité engendre.

— Et Violaine, tu la connais ? C'est la sœur de Capucine, me dit-il, de toute sa belle innocence.

En réponse, je secoue la tête. Je ne préfère pas commencer à lui expliquer que je les ai rencontrés mais que c'était il y a une éternité et que je ne garde qu'un vague souvenir de ce moment. Sans compter que je ne porte pas tout ce petit monde dans mon cœur. Ils se sont occupés de lui alors qu'ils n'y étaient pas obligés mais je les déteste. Pourquoi, je ne sais pas. Peut-être parce que mon frère les considère comme sa famille et que moi je n'en ai pas. Ou bien parce qu'ils ont pris une place dans le cœur de mon frère qui me revenait à moi… Le résultat est le même : je les connais à peine, mais je ne les aime pas.

— Le mardi soir, on va manger chez papa Chris et maman Tina avec Cap et Bugs. Tu viendras ?

Nouveau coup de poignard. Quel genre de personnes invitent leur soi-disant fils adoptif une fois par semaine après l'avoir fait enfermer dans un hôpital psychiatrique ? OK, c'est mon père qui a décidé de placer Jacob dans ce centre, mais s'ils l'avaient vraiment aimé, n'auraient-ils pas tout fait pour l'en empêcher ? Aiment-ils vraiment Jacob ou est-ce que ce sont encore des riches qui cherchent à se donner bonne conscience ? Je ne connais que trop bien les gens comme eux.

— Mais ils ne vivent pas à New York ?

— Non, ils vivent pas loin, dans une maison avec une piscine. Je te montrerai ma chambre ! s'exclame-t-il, enthousiaste.

Parce que, en plus, ils poussent le vice jusque-là ! je m'exclame mentalement avant de me demander quel est mon foutu problème. Je devrais au contraire les remercier de prendre soin de Jacob alors que notre propre père n'en a jamais fait l'effort. Mais, inlassablement, une petite voix dans ma tête me rappelle que dans la vie rien n'est gratuit. J'ai hâte de les rencontrer, mais pas pour les mêmes raisons que Jacob. Je ne crois pas en la bonté d'âme et j'ai besoin de vérifier que l'on n'abuse pas de la gentillesse et de l'innocence de mon jeune frère.

— Avec plaisir, je lâche, crispé.

— Qu'est-ce qui est avec plaisir ? nous interroge Capucine, soupçonneuse.

J'avoue que je n'avais pas pensé à en profiter pour en apprendre un peu plus sur celle qui a tant de mal à se confier.

— Jacob vient de m'inviter à rencontrer ta charmante famille, je sors en haussant les sourcils pour signaler ma menace à peine voilée.

Je compte découvrir tous tes petits secrets, ma belle sirène…

— Je… ne pense pas que cela soit une bonne idée, souffle-t-elle, avec ce qui semble être de la panique dans le regard.

— Vraiment ? Moi qui espérais apprendre à connaître ceux qui ont si bien pris soin de Jacob durant toutes ces années.

Son visage se durcit, et j'ajoute :

— Je veux tout savoir !

— Jacob, il est l'heure que tu retournes à l'institut, tes cours vont reprendre, dit-elle à mon frère sans me quitter des yeux.

— Déjà ? râle-t-il avant de soupirer.

— Ne t'en fais pas, on se voit ce soir, je lui murmure en lui souriant.

Il semble satisfait et part en gambadant joyeusement pour dire au revoir aux autres musiciens.

— Pourquoi je sens comme une odeur d'ironie dans tes paroles ?

— Et pourquoi je sens comme une odeur de peur emplir l'atmosphère ? je demande dans un murmure.

Je me rapproche d'elle comme un tigre prêt à fondre sur sa proie.

— Je ne vois pas de quoi tu parles, miaule-t-elle.

— Aurais-tu peur que j'en apprenne davantage sur toi ? Que je découvre un ou deux de tes secrets inavouables ? je continue en m'arrêtant à un souffle d'elle.

Elle tourne la tête à droite puis à gauche, comme un animal sans défense qui cherche une échappatoire.

— Je ne vois pas l'intérêt de cette démarche, murmure-t-elle avant de mordiller sa délicieuse lèvre charnue.

— Tu es une énigme, et l'écrivain qui est en moi ne rêve que d'une chose : lever le voile sur le mystère, je lui susurre en parcourant sa joue du bout du pouce.

Elle sursaute et reprend, à bout de souffle :

— Ta venue n'a rien à voir avec une quelconque rancœur envers ma famille ?

Je retire ma main et me redresse instantanément. Elle sait refroidir l'ambiance !

— Effectivement, il y a certains points que je souhaiterais éclaircir à propos de ce qu'il s'est réellement passé avec mon frère. Mais je n'ai pas de raison de me montrer désagréable s'il n'y a pas lieu de l'être.

— « Certains points » ? répète-t-elle, prête à défendre sa famille bec et ongles.

— Je ne connais pas tes parents et je trouve étrange qu'après avoir été considéré durant six ans comme un membre à part entière de la famille Lagarde mon frère ait été placé dans un centre. Mon père avait peut-être des raisons ?

— Des raisons ?

— Est-ce que tes parents le lui auraient demandé ? Le handicap d'un enfant peut être parfois vécu comme un fardeau, je tente.

Je ne m'excuserai pas de ne pas croire en la bonté et la gentillesse. Je ne suis pas naïf.

— Jacob fait partie de la famille au même titre que Violaine et moi.

— Donc vous avez toutes les deux été placées à l'âge de six ans dans un internat.

— Je ne pense pas que ce genre d'information sur ma famille te regarde.

— Pourtant, tu viens d'y répondre.

— Tu ne sais rien, mais tu t'obstines à croire en ta version. Une version qui n'existe que dans ta tête. Jacob n'a manqué de rien, et s'il est allé dans cet institut, c'est parce que cela a été décidé par ton père, pas par nous.

— Eh bien, j'en aurai le cœur net demain soir, dans ce cas, je lâche avec un léger sourire.

— Je ne sais pas ce que tu cherches, mais cela ne me semble pas une bonne idée que tu viennes dîner avec nous demain soir.

— Pourtant, si ce que tu dis est vrai, je ne vois pas où est le mal.

Elle pâlit un instant, et cela me conforte dans mon idée. Aurait-elle quelque chose à cacher, ou bien est-ce simplement qu'elle ne souhaite pas que ce qui s'est passé entre nous se sache ?

— Jacob est mon frère. Et si, comme tu le dis, vous êtes sa famille, je pense qu'il est important d'apprendre à connaître tes parents.

Silence.

Elle est tendue. Il est maintenant évident qu'elle cache quelque chose. Et je compte bien découvrir quoi.

— De quoi as-tu peur, Capucine ?

— Tu te permets de juger ma famille, mais nous avons été là pour Jacob, et ce depuis sa naissance. Je ne veux pas que tu viennes à ce dîner avec des a priori. Alors sache que, si tu fais le choix de venir, il faudra te comporter convenablement. Jacob ne supporte pas les conflits, donc je t'interdis de mettre les pieds chez mes parents si c'est pour faire un scandale. Maintenant, si tu viens, tu pourras constater par toi-même à quel point Jacob est aimé.

— Je te l'ai dit, je viendrai. Et si ce que tu m'as dit est vrai, il n'y aura pas de scandale.

Silence.

— À moins que ce qui t'effraie soit tout autre, je souffle, les yeux rivés sur ses lèvres.

— Arrête de faire ça.

— De faire quoi ? je l'interroge innocemment en la détaillant avec envie.

— De me regarder comme si tu allais me dévorer.

— Je compte te dévorer.

— Tu es un connard arrogant, murmure-t-elle.

Je croise les bras et sors, amusé :

— Je sais, et avant ce soir, tu seras de nouveau à moi. Ça aussi, c'est une certitude.

Elle rougit tout à coup, ouvre et ferme la bouche, puis se dirige vers la scène en jurant. Je ravale mon rire au moment où Jacob revient.

— Je te raccompagne ? Je vais aller boire un café, je lui propose, à son plus grand plaisir.

Je salue tout le monde et souris, amusé, quand j'aperçois la mine renfrognée de Capucine.

— Cap, on se voit plus tard, je lui lance, histoire de la faire rougir un peu plus.

Et le pire, c'est que ça fonctionne !

Je quitte la salle satisfait, ravi de pouvoir profiter quelques minutes de plus de la présence de Jacob.

Décidément, ma vie prend un étrange tournant, pas si désagréable.

Chapitre 12

Je bois mon café tout en relisant les dernières lignes que je viens d'écrire. C'est cliché, romantique, incroyablement mielleux…

Un instant, l'effroi s'empare de moi à l'idée que c'est Capucine qui est l'origine de mes mots. Mais je me renfrogne en me rappelant qu'il ne s'agit que d'un roman, et non de ce que je ressens réellement. Elle m'envoûte, mais je garde à l'esprit que, lorsque j'aurai terminé ce livre, je repartirai à New York. Sauf que, pour le moment, je n'ai pas envie d'y songer. Je ne veux rêver que d'elle.

Je me passe les mains sur le visage, soupire et jette un coup d'œil à l'heure. Il est presque 20 heures, je devrais rentrer, et surtout, me sortir la tête de ce roman.

— Ce n'est que de la fiction et non la réalité ! je lance en rangeant mon ordinateur portable et en sortant quelques billets que je dépose sur la table.

Je me lève, enfile ma veste et récupère la sacoche contenant mon ordinateur. Je salue la serveuse, qui me remercie pour mon pourboire généreux. Sur le parking, je retrouve ma Smart jaune canari, l'ouvre et m'installe au volant, l'esprit encore accaparé par mon roman. Cette femme m'obsède...

Je profite de cet agréable début de soirée pour rouler à mon allure sans gêner les autres conducteurs. L'air est chargé d'humidité, mais la température me semble plus élevée qu'à New York. Le printemps va peut-être finir par s'installer... Après tout, le mois de mars est terminé. La pluie va bientôt céder la place au beau temps. Il en sera peut-être de même dans ma vie. Le mois dernier, j'ai appris le décès de mon père, que Jacob était handicapé, et j'ai fait la connaissance de sa belle colocataire.

J'arrive dans la rue de Capucine et Jacob et me gare rapidement devant la maison bleue. Je sors du véhicule, reste immobile un temps à observer le bâtiment et me demande pourquoi j'ai poussé le souci du détail jusqu'à reproduire cette saleté de maison dans mon roman ! Finalement, je ne suis pas certain que cette histoire soit une bonne idée. Il y a trop de réalité dans cette fiction. J'ignore si je vais pouvoir le terminer sans me perdre en chemin.

Soudain, la porte d'entrée s'ouvre sur une Capucine furibonde. La démarche volontaire, les poings serrés le long du corps, elle se positionne devant moi, et je frissonne presque devant son regard azur qui semble abriter une tempête.

— Non, mais dites-moi que je rêve ? ! Tu te permets de rentrer à une heure pas possible, et en plus, tu poireautes comme un idiot devant la porte ? Jacob t'attend depuis plus de trois heures. Il était mort d'inquiétude ! hurle-t-elle.

Bon sang, elle est incroyablement belle, même quand elle est en colère !

Et, si tout ce que je disais dans mon roman, je le ressentais réellement ? Et si, pour une fois, je m'autorisais à ressentir quelque chose ?

— C'est quoi, cette fois-ci, ton excuse ? C'est pour avoir mon numéro de téléphone ? M'embarquer dans ton lit ? Ou bien juste pour me rappeler que tu es l'être le plus égocentrique que je connaisse ?

Je ne dis rien, comble les quelques centimètres qui me séparent d'elle, passe ma main sur sa nuque et pose mes lèvres sur les siennes sans aucune délicatesse. Je l'embrasse sauvagement, à en perdre la tête. Je veux qu'elle ressente tout ce que je tente de refouler mais qui ne cesse de réapparaître sans arrêt. Elle me rend fou, m'obsède jusque dans mon livre. Je veux que tout cela s'arrête, mais elle est toujours là dans ma tête. Elle me torture !

À bout de souffle, je mets fin à ce baiser et lui murmure, les yeux encore fermés, le cœur battant à tout rompre :

— Pourquoi tu ne sors pas de ma tête, Capucine ?

Je rouvre les yeux, et mon regard tombe sur ses lèvres rougies par mon baiser. Je dépose une dernière fois mes lèvres sur les siennes, les caresse avec lenteur et rentre dans la maison, la laissant pantelante dans la rue. À peine ai-je posé un pied à l'intérieur que je vois Jacob assis sur les marches tenant Bugs dans ses bras. Il m'observe comme s'il était face à un mirage.

— Je suis désolé de rentrer si tard, je ne savais pas…

Je ne termine pas ma phrase car il me saute dans les

bras. Encore… Je devrais commencer à m'habituer, mais non ! Cela me semble toujours étrange que l'on puisse être à ce point heureux de me voir.

— Je suis vraiment désolé, Jacob. Je n'ai pas l'habitude que quelqu'un m'attende, je lui avoue doucement.

— Je sais mais, moi, je t'attends. Donc tu dois faire plus attention maintenant.

— Promis, dis-je en le serrant dans mes bras à mon tour, touché par ses mots.

Je m'écarte et lâche, la voix enrouée :

— Je vais prendre ma douche.

Je monte les escaliers en courant et adresse un signe de main à Jacob sans me retourner quand il me dit qu'il a préparé des courgettes pour ce soir. J'ouvre la porte de ma chambre, la referme quasiment instantanément et m'y adosse en me demandant ce qu'il vient de se passer. J'avais envie d'embrasser Capucine — et j'ai même envie de faire plus que l'embrasser. Mais ce n'est que du désir ! Écrire sur elle est décidément une mauvaise idée. Je me pose des questions qui n'ont pas lieu d'être. J'extrapole entre mon livre et la réalité, et ce n'est pas bon… Enfin, je ne crois pas !

Je me redresse, pose ma sacoche et ma veste sur le lit. Je me sens plus perdu que jamais. Je retire mes chaussures et m'assieds sur le bord du matelas pour reprendre mes esprits. Surpris, je regarde la porte de ma chambre s'ouvrir pour découvrir Capucine sur le seuil. Elle referme derrière elle mais garde une main sur la poignée comme pour se laisser l'opportunité de fuir à tout moment.

— Qu'est-ce que…

Elle ne finit pas sa phrase et semble chercher ses mots. Je décide de couper court à toutes questions gênantes sur d'éventuels sentiments qui n'existent pas et me lève. Je m'avance lentement vers elle et ne m'arrête que lorsque mon torse frôle son menton, l'obligeant à relever la tête pour me regarder. Je positionne mes mains contre le battant, de chaque côté de son visage, et baisse la tête. Je plonge mes yeux marron dans le bleu azur de son regard.

— Qu'est-ce que quoi, Capucine ? je lui demande dans un murmure.

— Je… je…

— Tu quoi ? je l'interroge en plaquant mon érection contre elle.

Ses yeux bleus s'électrisent, elle ne semble plus savoir quoi dire, et ça me fait sourire. Il est tellement facile de la décontenancer !

— Tu as dit que…

— Que tu ne sortais pas de ma tête, je souffle en frôlant son cou de mes lèvres.

— On a dit… Enfin, tu sais…

— Rien de sérieux, je réponds en ôtant ma main droite de la porte.

Je la fais glisser le long de sa poitrine jusqu'à la ceinture de son jean et la glisse sous son T-shirt. Je dessine de légers cercles sur son ventre et souris de satisfaction quand je la sens frissonner.

— Oui, articule-t-elle tant bien que mal.

— Où est le problème, Capucine ?

Je dépose mes lèvres dans son cou avec douceur et me laisse enivrer par son parfum. Ma main remonte dangereusement sur sa poitrine, et je frémis quand je sens de la dentelle sous mes doigts.

— Quelle couleur ?

Elle hoquette et me sort, avant de se mordre la lèvre, aguicheuse :

— Je ne pense pas que tu le mérites !

— Tu sais à quel point ça me rend fou quand tu parles comme ça, je souffle avant de l'embrasser tout en torturant la dentelle de son soutien-gorge.

Je recueille son petit sein au creux de ma main, m'écarte brutalement de ses lèvres et mords son téton dressé. Elle se cambre, et je souris avant de passer ma langue sur l'aréole rose et de dire, satisfait :

— Noir.

Ma main quitte son sein pour laisser la place à ma bouche en train de le dévorer. Mais elle ne perd pas le nord et prend la direction du sud afin de répondre à cette question existentielle :

— Le bas est assorti ?

Je défais les boutons de son jean tout en gobant en entier son sein dans ma bouche, et ma main continue son exploration.

— Dentelle aussi, je souffle sans regarder.

— Marius, on ne devrait pas…, hoquette Capucine, qui me transperce de son regard bleu.

Je faufile mes doigts dans sa culotte et murmure :

— On n'a même pas commencé.

J'insère un doigt en elle et, en réponse, elle émet des

sons connus d'elle seule, qui — je dois avouer — me font un effet fou !

Je deviens incontrôlable, l'embrasse, la mords, la baise avec mes doigts, frotte mon érection contre elle et ne deviens que tension sexuelle. La seule partie de mon corps qui semble encore irriguée, c'est mon sexe ! Capucine me mord l'épaule et jouit dans un souffle. Je prends une seconde pour admirer ses lèvres écarlates, ses joues rouges et sa poitrine qui se lève et s'abaisse rapidement. Je m'écarte, défais mon pantalon à la hâte et libère mon sexe devant son regard écarquillé.

Une seconde.

Elle ne bouge pas et continue de m'observer.

Deux secondes. Toujours aucun mouvement.

Trois…

— Tu ne me fais pas de gâterie ? je finis par lui demander, surpris par son manque de réaction.

Silence.

— Je… n'ai jamais…, commence-t-elle.

J'ouvre puis ferme la bouche. Je ne sais pas quoi dire !

Elle m'observe, moi, puis mon pénis, puis moi. Je finis par remonter mon pantalon en tentant de masquer du mieux possible ma déception.

— Je suis désolée, murmure-t-elle, visiblement gênée.

Elle garde les yeux baissés, et je me sens mal à l'aise quand je prends conscience que c'est moi qui l'ai mise dans cet état.

— Ce n'est pas grave, je lui souffle en passant avec douceur une main sous son menton pour la forcer à lever les yeux.

— Tu dois me prendre pour une gamine, dit-elle avec de la tristesse dans le regard.

— Non. Et ce n'est pas parce qu'un homme te donne du plaisir que tu dois te sentir obligée de faire quelque chose que tu n'as pas envie de faire, je lui explique.

Elle lâche enfin la poignée de la porte et se rhabille sans me regarder. Je sens qu'elle m'échappe, et ça me brise…

— Capucine, je t'assure que ce n'est rien. Tu n'es pas obligée de faire ce genre de choses, j'insiste.

Mais cela n'a aucun effet. Je me retrouve face à un mur et je ne sais pas comment le franchir.

— Cap…

— Il faut que je redescende. Jacob doit se demander ce qu'il se passe, me coupe-t-elle, à nouveau maîtresse d'elle-même.

Elle ne me laisse pas le temps d'ajouter quoi que ce soit et quitte ma chambre sans un regard. Je reste pantois sur le seuil en me disant que je suis vraiment le plus gros connard que la terre ait jamais porté. Si j'avais encore des doutes, ce qui vient de se passer y met complètement fin ! Je me passe une main sur le visage et me maudis intérieurement. Capucine n'est pas comme les autres, alors pourquoi je l'ai traitée comme n'importe laquelle de mes conquêtes ? ! Jusque-là, demander une fellation à une fille que l'on vient de doigter ne me semblait pas être un crime. Mais maintenant, je me rends compte de la grossièreté de ma démarche. Je lâche un juron et claque la porte de ma chambre. Cette fille va finir par me rendre fou, si ce n'est pas déjà le cas !

Je réajuste mon sexe en érection dans mon boxer et me fais une raison : il ne me reste plus qu'à prendre une douche froide et à trouver des excuses béton !

J'allume l'eau, toujours en colère contre moi-même, et me dis que des fleurs et des chocolats seraient un bon début.

Je ne me suis jamais autant pris la tête avec une femme et je n'arrive pas à savoir pourquoi je perds mon temps.

Je me déshabille et file sous l'eau. Mon corps est parcouru de frissons, mais j'ignore le froid et me lave en vitesse en ressassant la scène qui s'est jouée il y a quelques minutes.

Lorsque j'éteins l'eau, j'ai la certitude que quelque chose m'échappe chez Capucine. Certes, ma démarche était déplacée, mais de là à réagir de manière aussi excessive… Ou bien suis-je en tort ? Je ne suis pas le type le plus sain de la terre, donc je ne sais pas si sa réaction est démesurée. J'attrape une serviette propre et me rends compte que c'est la dernière dans le meuble. Les autres sont toutes en boule dans ma chambre. Il faut que je m'occupe demain de cette histoire de femme de ménage avant de me faire attaquer par des rats durant mon sommeil.

— Marius, le dîner est prêt ! s'écrie Jacob depuis l'entrée de ma chambre.

— J'arrive, je lui réponds avant de grimacer en me rappelant qu'au menu, ce soir, c'est courgettes.

Je retourne dans ma chambre, attrape un jogging et un T-shirt, et m'habille en vitesse. J'ouvre la porte et tombe sur Jacob et Bugs.

— Tu as déguisé ton lapin en Batman ? ! je l'interroge en scrutant le rongeur qui porte un petit masque et une cape.

— Il aime bien, et des fois, il faut lui enlever le collier rose. À force, j'ai peur qu'il croie qu'il est une fille ! m'explique-t-il avec une moue.

Ne ris pas, M, ne ris pas…

— Je vois… Je…

Je n'ajoute rien finalement. Je ne sais pas quoi dire, pour le coup.

— J'en ai un à moi aussi, de déguisement. Mais Cap dit qu'il ne faut pas que je dorme avec, sinon je vais l'abîmer.

J'imagine un instant la scène, mon frère et son lapin déguisés en justiciers masqués, et dois faire un effort surhumain pour ne pas exploser de rire.

— Elle a raison, je finis par dire.

— Je te le prêterai si tu veux ! me lance-t-il en partant en courant avec son lapin dont la petite cape vole au vent.

Je ferme les yeux, secoue la tête et le suis du regard, amusé.

— Jacob, je t'ai dit que le soir, pour aller au lit, il n'y a pas de déguisement ! lui dit durement Capucine en se dirigeant vers la table de la cuisine avec une spatule.

Dès qu'elle m'aperçoit, elle se fige et rougit.

« Je n'ai jamais… », elle a dit ces trois mots tout à l'heure.

Et si c'était cela, le problème ? Si elle manquait d'expérience avec les hommes ? Après tout, elle n'a que vingt-trois ans, ça n'est donc pas improbable…

Mon bas-ventre se contracte, et mon sexe se dresse à l'idée que je pourrais l'initier aux plaisirs de la chair. Je m'installe à table sans la quitter des yeux, et elle se remet en mouvement sans me rendre mon regard.

— Cap, promis, je lui enlèverai le déguisement après manger, lui répond doucement Jacob avant de me regarder avec un grand sourire et me demander : Tu aimes les courgettes ?

J'hésite à mentir et dire « oui » pour lui faire plaisir. Mais c'est des courgettes !

— Désolé, Jacob, mais je n'aime pas ça.

Il soupire et tire une mine déconfite.

— Mais je vais goûter pour te faire plaisir et parce que je sais que tu as passé du temps à les préparer, je reprends, pas du tout convaincu par l'espèce de gratin verdâtre.

Il sourit de nouveau et me sert, visiblement impatient de découvrir si j'aime ses courgettes. J'attends que tout le monde soit servi et commence à manger, mais je me rends vite compte que je suis l'objet de toute l'attention.

— Bon appétit ! je tente, mais sans grand succès puisqu'ils continuent de m'observer.

— Vous ne mangerez pas tant que je n'ai pas goûté, c'est ça ? je les interroge.

Capucine se force à ne pas rire, et Jacob continue de me scruter avec ses grands yeux verts.

Bon, je me fais une raison et plonge ma fourchette dans les légumes. J'en remue une ou deux rondelles et finis par choisir celle que je vais goûter, sans conviction.

J'inspire et la mets rapidement dans ma bouche. Je tente de ne pas faire la grimace et dis à Jacob :

— C'est très bon.

Mon frère et sa colocataire explosent littéralement de rire. Et je me demande même un instant si le lapin Batman ne se moque pas de moi lui aussi.

— Tu n'aimes vraiment pas les courgettes ! s'exclame Capucine, à bout de souffle.

Je soupire et abdique.

— Non, je n'aime vraiment pas les courgettes !

Capucine pouffe une dernière fois et se lève pour aller chercher un reste de gratin de chou-fleur dans le frigo.

— Merci d'avoir goûté, dit Jacob en engloutissant ses légumes.

Je souris et jette un regard à la belle brune qui me sonde de ses yeux azur.

J'adorerais savoir ce qu'elle pense en ce moment…

Elle se rassied, et je dois me faire une raison : elle restera un mystère.

Ma muse, mon mystère…

Jacob me raconte sa journée avec entrain, et je déguste mon chou-fleur en souriant. La fin du repas arrive plus vite que je ne l'aurais pensé, et, quand mon frère monte se coucher avec son lapin, je n'arrive plus à quitter Capucine des yeux.

Elle tente de s'occuper en débarrassant et en faisant la vaisselle, mais son malaise est palpable.

J'ouvre la bouche pour m'excuser et, finalement, je suis surpris quand c'est elle qui fait le premier pas.

— Je suis désolée pour tout à l'heure, dit-elle tellement bas qu'au départ je ne suis pas certain d'avoir bien entendu.

Elle se remet à faire la vaisselle, et je me lève en silence. Je plaque mon torse contre son dos, chasse de sa nuque les boucles brunes et y dépose un léger baiser.

— Ne t'excuse jamais d'avoir refusé quelque chose que tu ne voulais pas faire, je lui murmure.

Je suis surpris quand elle se retourne et que ses yeux bleus se fichent dans les miens. L'espace d'un instant, plus rien n'existe que le merveilleux ballet de sa poitrine à chaque respiration, son regard habité par beaucoup trop de choses pour une femme de son âge et son odeur qui me submerge…

— Marius, je n'ai jamais fait… ce genre de choses, avoue-t-elle finalement en rougissant.

Je souris, attendri, lui caresse la joue avec le pouce et lui chuchote à l'oreille :

— Je n'ai jamais fait que dormir avec une femme avant toi, et encore moins eu envie de le faire.

Je recule légèrement pour observer sa réaction et constate qu'elle sourit à son tour. Je passe une main sur sa nuque et l'embrasse avec douceur. Un râle m'échappe quand elle se met à tirer sur mes boucles, et je dois me retenir de toutes mes forces pour ne pas la jeter sur mon épaule et la porter jusqu'à mon lit à l'étage.

Je finis par m'écarter d'elle, de peur qu'elle ne remarque les battements saccadés de mon cœur, et lui dis :

— On ne fera rien que tu ne veux pas faire.

Elle se mord la lèvre et se tourne de nouveau pour continuer la vaisselle. Je pose mon nez sur sa nuque, aspire une bouffée de son parfum et commence à quitter la cuisine quand elle me lance :

— Marius, range ta chambre et aère-la, ça sent mauvais !

Je ris, car je ne m'attendais vraiment pas à cette remarque, et plutôt que de lui dire que je vais prendre une femme de ménage, je lui sors un « OK ».

Et c'est une fois arrivé dans ma chambre face à mon bordel que je me rends compte de mon erreur !

Je me motive en me disant que ça ne doit pas être très compliqué non plus…

Mon regard tombe sur la fenêtre, et je me dirige vers elle d'un pas décidé pour l'ouvrir. Puis je décide de cacher le linge qui traîne par terre dans un coin de la salle de bains et de jeter les cadavres de préservatifs à la poubelle. Une fois cela terminé, je scrute la pièce, qui reste sale mais dans laquelle semble régner moins de bordel.

— Je ne laverai pas ton linge ! lance Capucine sur le pas de la porte, qui s'amuse visiblement de la situation.

— Je n'avais pas prévu de te le demander, je sors en la déshabillant du regard.

— Bonne nuit, Marius, dit-elle, d'un ton pas convaincu.

Je reste immobile, un peu idiot, et lui demande :

— Comment ça « bonne nuit » ? !

Elle m'observe, ne comprenant pas où je veux en venir.

— J'ai aéré et j'ai rangé ! je me plains.

— Et ? rétorque-t-elle en secouant la tête.

— Et je veux que tu dormes avec moi ! j'avoue sérieusement.

Son sourire s'efface. Lorsque je lui ai dit dans la cuisine que je n'avais encore jamais dormi aux côtés d'une femme à part elle, je pensais que mes intentions étaient claires.

Elle hésite, et je prie mentalement qu'elle ne m'oblige pas à la supplier. En silence, elle referme la porte de ma chambre et au bout de ce qui me semble être une éternité, elle dit tout bas :

— Ferme la fenêtre, je ne veux pas attraper une pneumonie.

Ma respiration reprend son cours normal, et je ferme la fenêtre pendant qu'elle retire son pantalon et s'installe dans mon lit. Je me déshabille et crois la voir rougir quand je me retrouve en boxer. Je soulève le drap, m'installe sur le dos à côté d'elle et éteins la lumière. Ma main trouve la sienne dans la pénombre, la saisis, et j'y dépose un léger baiser avant de placer nos mains jointes entre nous. Je reste un instant dans cette position en me demandant s'il y a moyen qu'à un moment, dans la nuit, elle se retrouve par hasard sans sa culotte.

Je la sens se tourner sur le côté, s'approcher de moi et enfouir son nez dans mon cou. Nos mains se retrouvent sous sa hanche, donc je lâche la sienne et frissonne quand elle pose ses doigts sur mon torse.

Elle veut me tuer !

J'ai tellement envie d'elle que c'en est douloureux. Mon sexe est de plus en plus dur. Vu comme c'est parti, je ne vais pas dormir de la nuit !

J'inspire une grande bouffée d'air, ce qui fait légèrement

glisser sa main. Qu'est-ce qu'il m'a pris de lui demander de dormir avec moi ?

En fait, je connais la réponse. Je voulais sentir son corps près de moi cette nuit. M'endormir avec son odeur. Fermer les yeux tout en sachant que Capucine se trouvait juste à côté. Je n'avais jamais souhaité ce genre de chose jusque-là. Je me tends quand je sens la petite main de Capucine s'orienter plus au sud jusqu'à mon pénis. Sa respiration s'accélère, la mienne devient chaotique. Sa main se glisse dans mon boxer et se resserre autour de mon sexe. Mes muscles se contractent. Je la laisse mener, comme une revanche pour tout à l'heure. C'est à elle de faire face à ses désirs et non à moi de lui dicter ce que je souhaite, même si ses va-et-vient sont une torture. Je ferme les yeux et me laisse submerger par la sensation. Ce n'est pas possible, je ne peux pas jouir dans sa main comme un adolescent ! Si elle continue, je ne vais pas pouvoir résister. Je me cambre et me concentre pour tenir bon. Je jure quand la belle me grimpe dessus. Mes mains se posent sur ses fesses, et je sens la folie me gagner quand je constate qu'elle ne porte pas de culotte. J'attrape rapidement un préservatif, arrache l'emballage avec les dents et prie pour ne pas jouir avant d'être en elle. J'ôte vivement sa main qui s'active encore sur mon membre durci, retire mon boxer et enfile le morceau de latex avant de la faire basculer sur le dos. Je m'installe entre ses cuisses et la pénètre avec lenteur. Je veux qu'elle sente chaque centimètre de mon sexe entrer en elle et qu'elle sache à quel point je la désire. Je grimace sous l'effort que cela me demande de ne pas la baiser à fond. Elle est tellement serrée autour de moi, tellement humide, tellement douce, tellement…

Ses doigts se faufilent dans mes boucles, et lorsqu'elle souffle mon prénom, je perds le contrôle. Je m'enfonce toujours plus loin, toujours plus fort, jusqu'à me laisser aller sans la moindre retenue. À bout de souffle, je repose ma tête sur ses cheveux étalés et reste en elle en frôlant des doigts les quelques mèches égarées.

— C'est toujours comme ça pour toi ? me demande-t-elle faiblement.

Je secoue la tête et finis par dire :

— Non, c'est comme ça qu'avec toi.

Je me rends compte trop tard de ce que je viens de lui avouer, mais mon cœur bat de toute façon trop fort pour songer à retirer ce que j'ai dit.

Chapitre 13

Je scrute d'un œil lugubre l'allée pavée, la Porsche garée devant le garage, la porte d'entrée en bois massif et les buissons impeccablement taillés en boules. Tout ici respire l'argent et le mal-être ! Car oui, avec le temps, j'ai appris que ce genre d'environnement n'abrite que très rarement des gens heureux. D'ailleurs, pendant très longtemps et à force d'évoluer dans ce milieu, je pensais que c'était la norme. Mais non, au fil des années, j'ai pu rencontrer des gens avec peu de choses, juste une allée encombrée de vélos de toutes tailles et en bazar, et pourtant, ils étaient heureux. Plus le buisson est bien taillé, plus la tristesse semble profondément ancrée…

Je jette un coup d'œil à Capucine qui discute avec le chauffeur de taxi et j'avoue que j'ai du mal à l'imaginer évoluer dans ce monde. Elle m'a pourtant bien dit être la fille de Christian Lagarde, ami de mon défunt paternel et actionnaire dans sa société, donc je savais qu'elle ne venait pas d'une famille de smicards. Mais plus j'observe les buissons ronds et moins je l'imagine ici. Capucine, c'est un brin de fille aussi belle que pénible. Elle est professeur de musiques dans un centre psychiatrique.

Elle vit dans une petite maison beaucoup trop colorée avec un smiley assorti au canapé sur le mur et une table verte, et a une passion pour la nourriture *healthy* immangeable. C'est le genre de personne qui a du bazar et des buissons imparfaits ou taillés en formes étranges dans son allée. Pourtant, à cet instant, j'ai la preuve concrète qu'elle fait partie de ce cercle de gens que je côtoie tout en les haïssant.

Mon esprit d'analyse se met en branle et en déduit qu'elle doit être le mouton noir de la famille, phénomène qu'on retrouve assez souvent dans ce genre d'environnement. Il y a toujours une ado rebelle qui veut se soustraire à l'emprise de sa riche famille et vivre à mille lieues du luxe pour faire chier ses parents. Elles deviennent assistantes sociales, tentent de sauver les baleines ou font un autre truc qui leur donne l'impression de se révolter contre la société capitaliste.

Je dois dire que cette découverte sur le compte de Capucine me déçoit légèrement. Je l'imaginais plus... moins banale, en tout cas ! La Capucine de mon roman est beaucoup plus exotique, et ça me rassure de me dire que, finalement, je n'ai pas fait une copie conforme de l'originale.

Par contre, fort de ma grande expérience en moutons noirs, je m'étonne qu'elle ne soit pas plus dévergondée... Habituellement, les bourgeoises émancipées sont très cochonnes et pas du genre à se choquer à la demande d'une pipe ! Je me rappelle tout à coup qu'elle s'est énervée quand je lui ai demandé son âge. Mon cerveau mouline à toute vitesse, et j'en conclus que, certes, elle est peut-être le mouton noir, mais que ses parents doivent la couver encore comme un bébé, à son grand dam. Donc sa rébellion consiste à vivre avec un handicapé, à donner des cours de musique et, accessoirement, à vivre le grand frisson en couchant avec un homme plus âgé qu'elle, avec qui elle n'a aucun avenir, autrement dit, moi. Derrière chaque jeune bourgeoise en manque de reconnaissance parentale, il y a un mauvais garçon qui sert d'exutoire à sa vie toute tracée ! *Est-ce que c'est pour ça qu'elle couche avec moi ?* Je me demande, vexé malgré moi après cette analyse.

Je me renfrogne tout en me disant que, si j'ai raison, à la fin du dîner papa et maman l'auront tellement agacée qu'elle sera chaude comme la braise, ce qui n'est pas pour me déplaire ! Encore une fois, elle n'était pas là ce matin à mon réveil, et depuis, elle m'ignore ostensiblement.

Bon sang, que cette fille est agaçante, bandante et frustrante !

Je l'observe et perds le fil de mes pensées quand je m'interroge sur ce qu'elle porte sous son tutu noir. De la dentelle assortie ? Ou quelque chose de coloré qui casse son image de ballerine sombre ?

Je ne m'intéresse pas particulièrement aux styles vestimentaires d'habitude, mais sur elle et avec ses jambes galbées par ses escarpins rouges, j'avoue que l'image me plaît beaucoup trop, au grand désarroi de mon entrejambe. Elle se redresse, me jette un regard noir et dit quelque chose à Jacob qui sautille, plus excité que jamais. Pour ma part, mes yeux caressent ses jambes nues du bout de ses escarpins jusqu'à la lisière du tulle noir. Elle surprend mon regard et rougit délicieusement. Eh bien, belle Capucine, ce n'est pas ce que tu attends du mauvais garçon avec qui tu couches pour emmerder tes parents ? En tout cas, vu mon passif, je ne juge pas ! J'ai fait bien pire avec mon père. En tout cas, la soirée promet d'être intéressante.

J'adresse à ma belle brune un sourire en coin. Elle ferme les poings, et son regard se transforme en arme contondante. Elle suit Jacob qui me passe devant en sautillant encore et toujours, mais ne dit pas un mot. Je m'avance à mon tour et reste pantois lorsque mon frère ouvre la porte d'entrée sans sonner ni frapper, comme s'il était chez lui. Je jette un coup d'œil à Capucine qui ne semble pas choquée par cette attitude et qui continue à le suivre, me passant devant par la même occasion.

Pourquoi ai-je soudain le pressentiment que la soirée ne va pas se passer comme je m'y attendais ?

Je ne dis rien et ferme la porte derrière moi puisque tout le monde a déjà déserté l'entrée.

— Oh ! mon Dieu, vous êtes déjà là ? ! Je n'avais pas vu l'heure, dit plus loin une voix féminine.

Je suis les éclats de voix et atterri dans un grand salon où de larges baies vitrées donnent sur la baie du Golden Gate et son fameux pont. Un petit bout de bonne femme pas bien plus grande que Capucine se trouve au milieu, tenant Jacob dans ses bras. Il garde les yeux fermés et semble savourer ce contact comme un enfant qui se fait câliner par sa mère. Mon visage se contracte, et ma pomme d'Adam monte et descend.

Cette image me fait mal. J'ai comme l'impression d'être un intrus et d'assister à des retrouvailles familiales. Encore une fois, je n'ai pas ma place ici, et tout cela ne fait que douloureusement me rappeler que je n'ai pas de famille... contrairement à Jacob. Je me maudis un instant d'être jaloux. Lui n'a pas connu ce sentiment terrible qu'est la solitude. Mais Jacob n'est pas comme moi. Les gens l'aiment, lui. Il mérite leur amour plus que moi. Il est une bien meilleure personne que je ne le serai jamais. Il est mon inverse. Les gens ont raison, dans le fond : il est le portrait craché de ma mère, et moi, de mon père. Je ravale la boule qui s'est formée dans ma gorge et jette un coup d'œil à Capucine qui grignote une mini-carotte en souriant. Parfois, moi aussi, je voudrais que l'on m'aime comme Jacob...

— Oh ! là là, décidément, je manque à tous mes devoirs aujourd'hui ! s'exclame enfin Tina en me voyant.

Elle s'écarte un peu de Jacob sans rompre totalement le contact et m'observe avec un regard mêlant compassion, tristesse et curiosité. Pour ma part, je reste figé, je ne sais pas comment me comporter. Ce n'est pas ma famille. Ni celle de Jacob...

Une volonté farouche de leur rappeler que c'est mon frère et qu'il est de *ma* famille se fait ressentir. Mais je la tais, l'enfouis. Le bonheur de Jacob prime, et je sais que je ne suis pas le parent qu'il lui faut. Tout comme l'homme qu'il faut à Capucine... Je ne suis bon pour personne, c'est un fait.

Je me concentre de nouveau sur ce qu'il se passe et tente de me souvenir de Tina. Je me rappelle qu'elle venait à la maison avec son mari et sa fille lorsque j'étais tout petit, mais j'ai beau fouiller dans ma mémoire, je ne me souviens pas vraiment d'elle. La dernière fois que je l'ai vue, c'était il y a des années, voire dans une autre vie ! Je ne suis même pas certain que ma mère était enceinte de Jacob.

Elle lui demande de nous présenter, et il s'exécute avec plaisir.

— C'est Marius, mon grand frère. Il veut qu'on l'appelle M, et quand il est arrivé, il était tout triste. Mais on a mangé de la glace et vu les mouettes, alors ça va mieux. Il se chamaille avec Capucine parce qu'il s'est moqué de ses règles. Mais ne t'en fais pas, je les ai à l'œil, et Cap a promis de plus le taper avec la cuillère en bois !

Je me retiens de rire quand je vois Capucine avaler une carotte de travers et devenir toute rouge. Si seulement ils savaient ce qu'elle me fait subir ! Me taper à coups de cuillère n'est que la partie émergée de l'iceberg. Aucune femme ne m'a jamais autant torturé qu'elle, même au cours de mes premiers émois. Est-ce parce qu'elle est arrivée dans ma vie à une période où je suis plus vulnérable ? J'aimerais dire que la mort de mon père n'a pas eu d'impact sur moi, mais ce serait mentir.

— En voilà une présentation… intéressante, lâche la mère de Capucine en l'observant, les sourcils froncés.

Je ne saurais dire si elle est surprise ou fâchée du comportement de sa fille. En tout cas, pour ma part, ses joues rouges et la lueur de gêne qui ne semble pas vouloir quitter son visage m'amusent franchement.

Tina lâche enfin mon frère, s'approche de moi et, pour mon plus grand malheur, me prend dans ses bras.

— En tout cas, je suis ravie de vous avoir parmi nous, me murmure-t-elle en me serrant fort contre elle.

Mais c'est quoi, cette foutue manie qu'ils ont de me faire des câlins surprises ! Je freine mon envie de la repousser et reste le plus rigide possible pour lui faire comprendre que ce contact ne m'est absolument pas agréable. Elle finit par s'écarter, chagrinée de mon manque de… Bordel, je ne sais pas ce qu'elle voulait avec son étreinte, mais qu'elle ne compte pas sur moi pour donner le change en tout cas ! Je ne fais ni dans les câlins ni dans les sentiments !

— Je trouvais important de rencontrer les personnes que Jacob considère comme sa famille, je lâche, crispé, en plongeant dans son regard si semblable à celui de sa fille.

— Jacob fait partie de la famille, me répond-elle sans se départir de son sourire.

— Je trouve intéressant de voir que vos notions en la matière sont les mêmes que celles de mon défunt père.

Elle se redresse, m'observe comme si je venais de la gifler, et je me maudis d'avoir parlé plus vite que je n'aurais dû. Je ne sais pas pourquoi j'ai dit ça. Je ne les connais pas et ne sais rien de ce qui s'est passé lorsque Jacob avait six ans. Elle ouvre la bouche pour me répondre mais est coupée dans son élan par une voix masculine qui s'exclame :

— Il me semblait bien avoir entendu du bruit ! Alors, on ne vient pas m'embrasser ? !

Je me tourne et me retrouve face à un homme souriant d'une cinquantaine d'années, chauve, un gros ventre, et surtout, un tablier arborant le slogan « Inclinez-vous devant The King of BBC ». Je creuse tant et plus dans mes souvenirs, mais aucun des deux parents de Capucine ne veut en émerger !

Capucine et Jacob sautent de concert dans les bras du roi du barbecue, et je me demande si je ne me serais pas trompé dans mes analyses sur les relations entre ma belle brune et sa famille. Elle semble bien s'entendre avec ses parents, mais je sais qu'il ne faut pas non plus se fier aux faux-semblants. Le père admire sa fille et mon frère avec tendresse, comme s'il attendait cet instant depuis bien trop longtemps. Il caresse enfin le lapin de Jacob et se tourne vers moi avec un sourire chaleureux. Pourvu qu'il ne me serre pas dans ses bras lui aussi !

— M, je me présente en tendant la main pour couper court à tout élan d'affection malvenu.

— M ? me demande-t-il, surpris.

— C'est comme Capucine qu'on appelle Cap, lui explique mon frère en se jetant sur les bâtonnets de carottes disposés sur le comptoir de la cuisine.

Le père de Capucine regarde sa femme et change d'expression quand il perçoit son malaise.

— Bien… C'est court, au moins ! lance Christian en me scrutant, visiblement méfiant.

Il finit par me serrer la main, mais un regard dur a pris la place de son sourire.

— Tu as bien grandi ! ajoute-t-il en jetant de nouveau un regard à sa femme avant de revenir sur moi.

Je comprends qu'il y a un sens caché derrière cette remarque mais je ne le saisis pas.

— Il ressemble à son père mais a le même éclat dans le regard que sa mère, conclut sa femme en me scrutant, visiblement peinée.

Ils m'observent tous les deux d'une étrange façon, comme s'ils étudiaient un animal rare. Pour ma part, je reste stoïque et leur rends leurs œillades curieuses.

« J'ai bien grandi », effectivement !

Je sursaute lorsque je sens quelqu'un m'attraper la main et reste coi en constatant que c'est mon frère. Je plonge dans ses yeux verts si semblables à ceux de ma mère, et un poids déserte tout à coup ma poitrine. Je n'avais même pas conscience que j'étais aussi opprimé avant qu'il ne me libère.

— On va dans ma chambre ? me murmure-t-il en me tirant dans un couloir.

Je jette un dernier coup d'œil aux parents de Capucine comme pour m'excuser de mon attitude et suis Jacob.

— Pas longtemps, les garçons. Je vais mettre les burgers sur le gril, nous avertit Christian, la voix enrouée, alors que nous sommes déjà partis.

Jacob lâche un « Promis ! » alors que nous arrivons devant une porte en bois décorée de lettres colorées qui signale l'entrée de son royaume. Il la pousse, et dès qu'il entre, il pose Bugs dans une étrange maison qui ressemble à celle d'une poupée mais qui a la forme d'une énorme tête de lapin.

— Bugs a une maison ? je demande, subjugué.

— Oui, c'est papa Chris, Cap et un peu Violaine

qui l'ont fabriquée, m'explique-t-il alors que le lapin s'installe sur un lit tel un pacha.

— Un peu Violaine ?

Dans mes souvenirs, elle était sacrément peste… J'espère qu'elle n'a pas malmené mon petit frère.

— Oui, elle est pas douée pour construire des choses, mais bon, faut pas lui dire, me sort-il tandis que j'observe un dinosaure en peluche. Une fois, elle a voulu se teindre les cheveux, et ils étaient tout rose bizarre après ! continue-t-il comme si cet épisode l'avait profondément marqué.

Je ne relève pas et continue de détailler la pièce. J'y vois des posters d'animaux, une veilleuse, un canapé, une télévision à écran plat, une console de jeux, des peluches et des tas de petites voitures. Sa chambre est un savant mélange d'ado et d'enfant. Est-ce que Tina et Christian sont comme mon père, ils achètent l'amour ?

Cette triste image me renvoie à celle de ma propre enfance, et mon cœur se brise à nouveau. J'espère que sa famille d'adoption est bien plus sincère que ne l'était notre père. Je secoue la tête et me jure mentalement de l'éloigner de cet environnement au moindre doute. Je ne suis pas la personne idéale, je le sais, mais Jacob mérite mieux qu'un simulacre de famille. Il mérite d'être heureux et aimé.

— Tu veux jouer à la console ? me demande-t-il avec un grand sourire, loin d'imaginer mes tristes pensées.

— Avec plaisir. Je te laisse mettre en place, si tu veux bien. Je dois aller aux toilettes, je lui réponds sur le ton le plus enjoué qu'il m'est possible d'employer.

C'est la tempête dans mon cerveau, et j'ai besoin de souffler un instant. Je ne pensais pas que cette soirée serait si riche en émotions pour moi. Je ne m'attendais pas à ressentir tant de colère et de jalousie pour des gens que je ne connais pas. Je me sens complètement bouleversé.

— Tu veux que je vienne avec toi ? me demande-t-il, ne percevant pas une fois de plus le non-dit.

— Non, je peux y aller tout seul. Mais je veux bien que tu m'indiques où c'est.

— Tu es sûr ?

— Certain, Jacob.

— C'est pas loin ! Tu vas au bout du couloir, et c'est la porte... à gauche, m'explique-t-il en regardant sa main droite, les sourcils froncés.

— Je reviens, je lâche, en gardant pour moi que j'émets des doutes sur la véracité de ses indications.

— J'installe tout ! s'écrie-t-il en se précipitant pour allumer la télévision.

Jc ris et quitte sa chambre à la recherche des W.-C. J'atteins le bout du couloir, ouvre la porte de gauche, puis celle de droite, et me rends à l'évidence que ce n'est pas là. Je prends la direction du salon en me disant qu'il ne s'agit peut-être pas du bon bout de couloir. Je suis presque arrivé dans la grande pièce quand je surprends la voix de Capucine, visiblement énervée.

— Il ne sait rien et n'a pas besoin de savoir quoi que ce soit.

— Ma puce, tu te laisses ronger par tout ça, et ce n'est pas bon pour toi, lui dit doucement sa mère.

— Il ne compte pas rester, et je ne suis pas certaine qu'il prenne la situation de Jacob au sérieux, s'énerve un peu plus Cap.

Je me colle contre le mur pour que l'on ne me remarque pas et continue d'écouter la conversation.

— Ce n'est pas l'impression que j'ai, Capucine, et je crois que tu le sous-estimes. Marius est peut-être bourru au premier abord, mais je suis certaine qu'il serait moins en colère et bien plus compréhensif s'il savait.

— Il n'est pas bourru. Il est égoïste et imbu de sa personne.

— C'est le frère de Jacob, et...

Silence.

— Et quand je ne serai plus là, il faudra bien quelqu'un pour veiller sur lui ? finit Cap sèchement.

— Ma puce, ce sujet est...

Silence à nouveau.

— Je sais que tu ne veux pas en parler, mais je t'assure, Jacob sera bien mieux ici, auprès de sa famille, qu'avec un auteur égocentrique !

Je n'entends plus un bruit, hormis l'écho de la voix de Capucine.

Elle va partir, laisser Jacob... moi...

Moi, elle m'exècre !

Rien de sérieux, je me répète, comme des coups de poignard en plein cœur.

Je savais que... Non, en fait, je ne savais pas ! La nuit dernière, les mots que je lui ai dits revêtaient de l'importance pour moi. Mais visiblement, cela n'était pas réciproque. Je comprends mieux la distance qu'elle nous impose. Je ne compte pas pour elle. Pire, je ne suis que son jouet. Et cette pensée me fait encore plus souffrir que la première.

Elle ne devrait pas. Les choses étaient claires depuis le début, Cap n'attendait rien d'autre de moi que du sexe. Mais cette pensée rationnelle ne m'empêche pas d'être saisi de haut-le-cœur quand je songe que chaque caresse, chaque baiser, chaque moment que j'ai volé avec délectation à son corps n'était pour elle que la satisfaction d'un besoin primaire. Je n'ai rien vu, à part le reflet de ce que je ressentais à ce moment-là. Si je me demandais pouvoir mériter plus, que l'on puisse m'aimer ou même m'apprécier, elle vient de ruiner cet espoir en quelques phrases.

Je suis seul, c'est ainsi. Je devrais y être habitué, et pourtant, la douleur est toujours aussi poignante. Je ferme un instant les yeux pour tenter de l'atténuer, mais rien n'y fait. Je les rouvre, et mon regard tombe quasi immédiatement sur la porte de Jacob. J'hésite, me dis que je devrais partir et rentrer à New York. Après tout, personne n'attend rien de moi ! Tout le monde semble penser que mon frère serait mieux loin de moi, qui ne suis que le digne fils de mon père. Ils n'ont pas tort, et pourtant, je ne peux me résoudre à abandonner la seule personne pour qui j'ai l'impression de compter.

Finalement, je retourne d'un pas lourd en direction de la chambre.

Personne n'attend rien de moi, mais je n'attends rien de personne non plus. Si Capucine veut que je la baise, je la baise, ce n'est que du sexe. Après tout, c'est ce que j'ai toujours fait, donc pourquoi je changerais ?

Et pour Jacob, je tiendrai bon. Je ne suis pas meilleur que ces gens, mais je ne suis pas pire non plus. Capucine a tort de penser que je l'abandonnerai. Je ferai en sorte que, pour lui, chaque jour soit meilleur que le précédent.

— Mario Kart ! s'écrie Jacob au moment où j'entre dans sa chambre.

En réponse, je souris et m'installe sur le canapé. Je l'écoute attentivement me détailler les personnages, les véhicules et m'expliquer comment me servir de la manette. Je lui jette un coup d'œil alors qu'il est concentré sur sa course et je me dis qu'il est trop tard. Je ne peux plus le laisser maintenant. Il est la bouée qui me raccroche à tout ce que j'ai perdu, ma famille. Maintenant que je l'ai retrouvé, je ne pourrai me résoudre à être de nouveau seul.

— J'ai gagné ! s'exclame-t-il quand son bonhomme champignon passe la ligne d'arrivée.

Je grimace lorsque mon dinosaure tombe dans le trou, encore ! Bon sang, que je suis nul aux jeux vidéo !

Jacob se marre quand je fonce dans un mur. Je tente de me ressaisir, mais tombe à nouveau dans le trou. Je suis sauvé par des coups frappés à la porte. La mère de Capucine passe la tête dans l'entrebâillement et nous dit en souriant :

— Les garçons, à table.

Nous posons les manettes, et Jacob lui demande si nous pourrons jouer à nouveau après manger. Tina lui répond que l'on verra à ce moment-là, ce qui ne semble pas gêner Jacob plus que ça car il part en courant en nous laissant seuls. Nous nous observons un moment en chiens de faïence, et elle finit par me dire doucement :

— Capucine m'a dit que vous pensiez que nous étions ravis de nous débarrasser de Jacob quand votre père a décidé de le placer dans ce centre.

Telle mère, telle fille ! Elle ne mâche pas ses mots, je pense, étonné par sa franchise.

— Je ne sais pas trop quoi penser, je dois vous avouer. Je ne connaissais pas mon père et je ne vous connais pas non plus. Pourquoi Jacob a été placé dans un centre est la seule question que je me pose, à vrai dire, je lui réponds, crispé et surpris par mon aveu.

— Jacob a toujours été remarquable. Il est notre joie de vivre, et ce même en pleine tempête. Ça a été un véritable crève-cœur pour nous quand votre père a décidé de le mettre dans ce centre. Malgré tout, il avait raison. Jacob méritait d'aller à l'école et d'avoir des amis comme les autres enfants.

— J'ai surpris votre conversation tout à l'heure, je rétorque, attendant qu'elle aussi me dise ce qu'il en est réellement.

Elle semble mal à l'aise tout à coup.

— Jacob est ma famille, j'affirme sans laisser planer le moindre doute sur mes intentions.

— Je sais. Il l'est pour nous aussi, ce qui veut dire que vous avez également votre place au sein de la nôtre, au même titre que votre frère et votre père.

— Mon père ?

— Le décès de votre mère a été pour lui… terrible. Il

ne s'en est jamais remis, murmure-t-elle comme si elle ressentait une profonde tristesse à cette idée.

— Moi non plus, mais je n'en délaisserai pas ma famille pour autant.

— Il n'était pas parfait, mais il vous aimait.

— J'ai passé l'âge où l'on doit enjoliver la vie, madame Lagarde.

— Parfois, perdre un être proche, c'est remettre un pan entier de sa vie en question. Je n'enjolive rien. Effectivement, vous avez passé l'âge, et ce n'est pas dans votre caractère de céder à ce genre de facilités. Votre père était éperdument amoureux de votre mère, et le jour où elle a disparu, il a disparu lui-même. Il a bien tenté de surmonter sa peine mais il n'y est jamais parvenu. Je suis sincèrement désolée que vous ayez dû grandir seul, contrairement à Jacob. Votre père était conscient de son absence et de ne pas être à la hauteur, mais il n'y arrivait tout simplement pas. Sa seule solution a été de vous regarder grandir de loin. Il a lu tous vos livres et a suivi à distance les grands événements de votre carrière. Cela n'a pas remplacé sa présence ni atténué le manque que vous avez ressenti, mais ça a pourtant été sa manière à lui de vous exprimer son amour.

Elle n'ajoute rien de plus et part rejoindre le reste de la famille, me laissant seul face à ces révélations.

Mon père a perdu l'amour de sa vie, c'était donc ça, son excuse, pour délaisser ses enfants ? Dois-je simplement me contenter de cela et passer à autre chose ? Tina dit peut-être qu'il m'aimait mais, moi, je n'ai jamais rien vu de cet amour.

Je sors de ma torpeur et finis par quitter la chambre de Jacob. Je dois arrêter de me laisser dominer par les émotions. Capucine, mon père, la famille Lagarde… tout cela est toxique. Capucine et sa famille ne sont que de passage dans ma vie, et mon père est décédé. Pourtant, les trois réunis forment un cataclysme qui ravage tout dans ma tête.

Arrivé dans le salon, j'aperçois toute la famille sur la terrasse qui discute joyeusement. Je n'arrive pas à me résoudre à les rejoindre. Je ne veux qu'une chose, c'est fuir cet endroit. Partir, retrouver ma solitude et mes repères. Mon regard tombe sur une photo de trois enfants qui rient. Je saisis le cadre et trouve sans mal qui ils sont. La grande blonde en fée rose, c'est Violaine. La petite brune en tomate… ou bien en citrouille, c'est Capucine. Et je termine avec un grand sourire : Jacob est déguisé en Superman. Il a les poings sur les hanches, le regard au loin et semble inatteignable.

— C'est une jolie photo, n'est-ce pas ? me lance Christian, la main droite supportant une assiette pleine de steaks.

— Jacob a l'air heureux, je souffle en reposant la photo sur le meuble.

— Il l'était et l'est toujours ! Jacob est un rayon de soleil. Il suffit de se tenir quelques minutes à côté de lui, et on oublie tous nos soucis.

— J'ai constaté ça. Il dégage beaucoup de force et rayonne de bonne humeur. Il est incroyable.

Christian n'ajoute rien, me tapote l'épaule et retourne auprès des siens.

— Papa, je ne suis pas sûre que toute cette viande rouge soit bonne pour ton cholestérol ! lance sa fille quand il sort sur la terrasse.

— Ma chérie, c'est un barbecue ! s'exclame son père, visiblement imperméable à ses recommandations.

— Ce n'est pas gentil de manger un animal, renchérit mon frère.

Je secoue la tête, amusé malgré moi par le manège des deux végétariens et de ce pauvre Christian amateur de viande rouge.

Mes yeux tombent sur une photo de Capucine qui joue du piano. On ne voit pas son visage puisqu'elle est de dos, mais j'imagine sans mal son regard azur concentré, sa bouche pulpeuse légèrement entrouverte.

— Marius, vous mangez de la viande ? me coupe dans mes pensées Christian depuis la terrasse.

Ma mâchoire se crispe, mais je ne relève pas le fait qu'il ait choisi de m'appeler par mon prénom et non M, comme je lui avais demandé. Je ne dis rien et décide de rejoindre enfin tout le monde. Christian est encadré de Jacob et de sa fille, qui scrutent le barbecue. Tina, quant à elle, finit de mettre la table en leur jetant de tendres regards. Un tableau idyllique dans un cadre idyllique. Ils ont raison sur un point, c'est une famille… Ou en tout cas, ils en ont l'air.

— Oui, je mange de la viande, je réponds d'une voix morne en regardant Capucine, qui baisse immédiatement les yeux lorsqu'elle croise mon regard.

— Je vous la fais comment ? me demande-t-il en se concentrant sur son barbecue.

— Bien cuite, merci.

— Marius n'aime pas les courgettes, dit mon frère en poussant du bout du doigt le légume en question qui est en train de dorer.

Christian a raison : Jacob est un soleil…

— Il y a de la salade, mais si vous le souhaitez je peux vous faire quelques pâtes ? m'interroge Tina, qui semble prête à courir dans la cuisine dans la seconde pour répondre à n'importe laquelle de mes demandes culinaires.

— La salade m'ira très bien, je lui réponds en tentant de me rappeler ce que je fais là.

Mon frère me tend un bol de mini-carottes avec un grand sourire et je décline. Par contre, j'accepte bien volontiers la bière que me propose Christian. Il me fait la conversation, me parle de New York, mais je n'écoute que d'une oreille. Mon attention revient sans cesse à la même brune qui se tient à l'écart et qui a oublié mon existence le temps de cette soirée.

Vingt-trois ans… Elle est jeune et elle a la vie devant elle. Un jour, elle voudra tout ce qu'elle ne souhaite pas aujourd'hui (ou en tout cas, pas avec moi), et son attachement à Jacob n'arrêtera pas le processus. Dans quelques années, elle sera la femme de quelqu'un et une mère. C'est ainsi, je dois me faire à l'idée, arrêter d'y penser et revenir en territoire connu. Pour ma part, je le sais, je ne voudrai jamais de tout ça, mon père m'ayant vacciné à jamais contre l'envie d'avoir une famille. Donc les propos de Capucine ne devraient pas m'atteindre, ni qu'elle ait décidé de partir faire sa vie ailleurs. Pourtant, c'est le cas. Peut-être que j'aurais voulu, dans le fond, que ce soit avec moi qu'elle envisage son avenir…

Je lui jette un nouveau coup d'œil à la dérobée, me dis qu'il serait tellement facile d'en apprendre plus sur elle et sur ses projets en questionnant poliment sa famille, feindre un intérêt de surface alors qu'il en va tout autrement. Mais je décide de parler de la pluie et du beau temps.

Ma famille, c'est Jacob, et cette perspective ne m'effraie pas. Bien au contraire. C'est à cela que je dois me raccrocher, pas à une pseudo amourette.

Chapitre 14

Assis dans le taxi à côté de mon frère, le regard perdu dans la nuit calme de San Francisco, je tente de faire taire les démons qui m'habitent et de me rappeler comme il est plus facile de ne rien ressentir. Ce repas fut riche en steaks et en émotions. J'ai décidé d'ignorer Capucine, comme elle le faisait si bien elle-même, et de ne m'intéresser qu'à Jacob, pour son plus grand plaisir et le mien également. Je souris au souvenir des anecdotes que j'ai entendues ce soir et espère pouvoir un jour en raconter moi-même. Mon rythme cardiaque s'accélère à cette idée, et l'angoisse que je tente de refréner depuis le repas me gagne de nouveau. Je réfléchis à la suite des événements depuis le début du dîner, depuis que je connais la volonté de sa colocataire de partir. Je ne veux pas qu'il retourne dans cet institut, et vivre seul est pour lui inenvisageable. Nerveux, j'observe mes mains en formulant de nouveau cette pensée : je veux que Jacob vienne vivre avec moi à New York. Le problème est que je ne sais pas si cette volonté sera partagée, et la possibilité qu'il refuse me tord les boyaux. Je pourrais ne pas lui donner le choix, puisque je suis son tuteur, mais je veux qu'il me choisisse.

Pour une fois, je veux que l'on me choisisse et j'ai peur que ce ne soit pas le cas.

Je jette un coup d'œil à Jacob et me demande s'il sait que sa colocataire a pour le futur des plans qui ne l'incluent pas. Cette question me taraude et me brise bien plus le cœur que les paroles de Capucine. Pour ma part, je n'espérais rien d'elle. Ma fierté a été blessée, mais elle s'en remettra. En revanche, Jacob…

Je me passe les mains sur le visage et tente de penser à autre chose qu'à cette soirée et au sentiment de n'être qu'un étranger dans la famille de mon frère. Je veux que cela change, mais mes vieux démons et mes craintes semblent vouloir m'en empêcher. Je n'entends que cette voix qui murmure dans ma tête : *Un jour, il découvrira que je ne vaux pas grand-chose. J'en ai la certitude, maintenant. J'espère simplement que ce sera le plus tard possible.*

Ma mâchoire se crispe lorsque j'aperçois la maison bleue par la vitre. Je sors de ma poche de quoi payer le taxi et tends les billets sans un mot au chauffeur. Jacob et Capucine descendent en silence. Cap ouvre la porte d'entrée et me jette un étrange regard avant d'entrer.

Est-ce que sa mère lui a mentionné notre conversation ?

— Je suis désolé, dit doucement Jacob, arrêté sur le pas de la porte en train de fixer le sol.

Je secoue la tête, ne comprenant pas pourquoi il s'excuse.

— Je ne savais pas que perdre à Mario Kart te ferait de la peine, me sort-il avec une grimace.

Je suis partagé entre l'envie de rire ou de pleurer. Bon sang, Jacob, comment ai-je fait sans toi jusque-là ! Dans toute son innocence, il pense que mon changement d'humeur est dû aux nombreuses défaites à son jeu vidéo ! Certes, je suis très mauvais et lui incroyablement bon au lancer de carapaces tout en conduisant un kart, mais je me vois mal bouder parce que j'ai perdu à chaque fois.

— Je ne fais pas la tête à cause du jeu, Jacob, je lui explique en souriant.

Il se redresse et me regarde, les sourcils froncés.

— Ah bon ? Alors pourquoi tu es triste ?

J'hésite et, finalement, je lui explique, parce que je n'aime pas l'idée de mentir à Jacob et que j'ai besoin de savoir, d'avoir au moins une certitude.

— J'ai entendu que Capucine allait partir.

Il me scrute d'un air peiné, passe doucement sa main sur mon bras pour me réconforter et me glisse :

— Je comprends. Moi aussi, ça me rend très triste à chaque fois que j'y pense.

— Donc tu es au courant ? je lui demande, surpris.

— Oui, mais il ne faut pas en parler parce que ça rend tout le monde très malheureux, chuchote-t-il comme s'il craignait que l'on nous surprenne en train d'évoquer le sujet.

Il jette un coup d'œil en direction de l'escalier et finit par m'avouer, désolé :

— Je n'aime pas en parler moi non plus.

— Je vois.

Si ce n'est pas un secret, pourquoi ne m'en a-t-elle pas parlé ?

Ses paroles me reviennent en mémoire.

Parce que je ne suis qu'un auteur égoïste et qu'entre nous il n'y a rien de sérieux. Elle partira, je ne resterai pas, et nous continuerons à vivre comme si nous ne nous étions jamais rencontrés, comme s'il ne s'était jamais rien passé...

Sauf que je compte partir, mais pas seul.

J'inspire et reprends :

— Quand Capucine sera partie, si tu veux venir à New York... avec moi, pour vivre, je termine, mal à l'aise.

Mon cœur bat vite, très vite, et j'attends sa réponse avec beaucoup trop d'impatience.

Il me fait un grand sourire et me dit simplement :

— D'accord !

D'accord...

Juste un mot que je répète mentalement, comme une délivrance.

Je souris à mon tour et le regarde grimper les escaliers en courant pour aller se coucher.

Je dodeline de la tête, me répète ce « d'accord » en boucle, et, pour la première fois depuis très longtemps, je me sens heureux. Grâce à ce simple mot. Il m'a choisi...

Je monte enfin à mon tour et m'arrête devant la porte de Capucine. Mon sourire s'efface, et les questions que je tente de repousser reviennent me tarauder.

Pourquoi tous ces mystères ? Il y a tant de choses qui m'échappent !

Je m'apprête à prendre la direction de ma chambre

quand Capucine ouvre sa porte. Elle m'observe en silence et, l'espace d'une seconde, je ne vois plus que ses yeux azur.

Elle va me briser en mille morceaux… J'aurai beau lutter, ça ne sert à rien. Elle m'obsède.

— Tu as fini de bouder ? m'interroge-t-elle au bout de ce qui me semble une éternité.

Je ne réponds rien et entre dans sa chambre.

— Je t'en prie, fais comme chez toi ! lance-t-elle, ironique, en levant les mains au ciel.

Je me poste devant elle et claque sa porte d'un geste sec. Elle sursaute, jette un coup d'œil à la porte, puis à moi.

— Qu'est-ce qui te prend ? demande-t-elle d'un ton mal assuré.

Sa respiration s'accélère, et je sais à cet instant pourquoi, malgré tous les sentiments qu'elle ressent à mon égard, elle couche avec moi ; cette attraction incontrôlable qui nous lie. Je la sens et elle aussi. Il n'y a rien de plus entre nous que cette inexorable attraction sexuelle. J'ai envie d'elle, c'est aussi simple que ça.

— Je sais tout, je lâche simplement.

Le mouvement lent de sa gorge m'apprend qu'elle avale difficilement sa salive. Elle ne s'attendait visiblement pas à cet aveu.

— Je ne vois pas…

— J'ai tout entendu lorsque tu parlais à ta mère, je la coupe.

Un voile de douleur et de tristesse estompe tout à coup son regard, et je reprends :

— Je sais ce que tu penses de moi et je m'en fous. Tu as raison, je suis un auteur égocentrique et irresponsable. Mais lorsque tu partiras, Jacob viendra avec moi. C'est ma famille, je finis en me rapprochant d'elle.

Mon torse frôle sa poitrine, et je me demande si j'arriverai vraiment à oublier cette sensation qui précède l'instant où je vais poser mes mains sur elle. Je peux toujours chercher à me convaincre que tout cela n'a pas d'importance, il n'empêche que tout est parfait quand je suis avec elle. Elle est d'une beauté étourdissante et, surtout, la seule femme capable de me faire douter de moi.

— Quand je partirai, répète-t-elle en baissant la tête.

Je passe mon pouce et mon index sous son menton et la force à me regarder dans les yeux.

— Je te laisserai partir, si c'est ce qui t'inquiète, je murmure contre ses lèvres.

Son souffle devient de plus en plus court, et je me redresse lorsque je sens une goutte d'eau chaude et salée sur mes lèvres. Je la cueille du bout du pouce et l'observe avec curiosité. Jamais une larme ne m'avait semblé si étrange et belle à la fois.

— Promets-le-moi ! me demande-t-elle avec force.

Je reporte mon attention sur ses lèvres roses, sa peau pâle, ses yeux bleus baignés de larmes, et ne comprends pas ce qu'elle me demande au juste. Même quand je crois avoir percé ses secrets, je me rends compte que, finalement, il n'en est rien. L'énigme faite femme…

— Quoi qu'il arrive entre nous, quoi qu'il se passe,

je veux que tu me promettes de me laisser partir sans me poser de questions, reprend-elle.

— Alors, je veux que tu passes toutes tes nuits avec moi en échange.

— En échange ? C'est tout ce que tu souhaites ?

— Et je te laisserai partir et ne poserai aucune question, je rétorque, l'air sûr de moi, trop fier pour admettre que je ne suis pas certain de tenir ma promesse.

— Alors je partagerai mes nuits avec toi.

À ces mots, un petit sourire satisfait s'affiche sur mon visage. J'ai l'impression d'avoir accompli un exploit, mais en même temps cette victoire a un goût amer que je ne saurais expliquer.

— Et il n'y aura pas d'autres hommes, je sors brusquement.

Elle sourit à son tour, et je ne sais quoi penser de son air moqueur. Est-ce qu'elle s'amuse de ma jalousie ? Est-elle si évidente ?

— Personne d'autre, j'ajoute pour être bien clair.

Elle se mord la lèvre et me dit avant de m'embrasser délicatement dans le cou :

— Promis.

La victoire me semble trop facile, mais je décide de ne pas insister. Ou en tout cas, pas tout de suite…

— C'est là que tu me demandes la couleur de mes sous-vêtements ? m'interroge-t-elle avec un regard mutin.

Je ne réponds pas et pose avec délicatesse le bout de mes doigts sur ses cuisses. J'en retire une grande satisfaction lorsque je sens qu'elles se couvrent de frissons et que Capucine en oublie de sourire. Je remonte lentement ma main jusqu'à la glisser sous son jupon en tulle noir. Mes yeux marron perdus dans le ciel azur de son regard, je me faufile sous sa culotte et l'abaisse brusquement. Elle hoquette lorsque je me mets à genoux. Je lorgne le morceau de coton rose bonbon avec satisfaction et grave dans ma mémoire l'image de sa culotte ceignant ses fines chevilles surmontant ses escarpins noirs. Je caresse ses mollets, fasciné par son grain de peau, et me dis que c'est pour ça que cette femme est l'héroïne énigmatique de mon prochain roman. Elle me fascine par sa grâce, sa beauté et surtout son mystère.

Je me redresse, mords sa lèvre et la retourne brusquement.

— Qu'est-ce que tu fais ? me demande-t-elle tandis que je lui plaque les mains sur la porte en bois de chaque côté de sa tête.

Je sors un préservatif de la poche de mon jean et le glisse entre mes dents le temps de déboutonner mon pantalon. Je libère vivement mon sexe et ouvre l'emballage sans attendre. Je déroule le préservatif sur mon pénis dur et remonte brutalement son jupon. J'admire ses fesses blanches et nues, ses jambes fines, la culotte enroulée autour de ses chevilles, ses mollets galbés…

— Bon sang, tu me rends dingue ! je souffle en caressant du bout des doigts les deux globes blancs qui s'offrent à mes yeux avides d'explorer chaque parcelle de son corps.

Je les écarte, mon sexe en érection les frôle.

Je pourrais m'y engouffrer et me laisser engloutir…

— Je ne… veux pas. Pas comme ça, murmure Capucine.

Je me rends compte qu'elle s'est raidie et dois me faire une raison : je ne passerai pas par là ce soir !

Je me penche vers son oreille et lui souffle, taquin :

— Tu es sûre ?

Elle hoche la tête, et je profite d'un moment d'inattention pour glisser mon petit doigt sur l'orifice interdit. Je ne fais que le frôler. Elle émet un petit cri, et je conclus en le retirant :

— Tu as raison, il faut garder ceci pour plus tard !

Je ne lui laisse pas le temps de répondre, la soulève légèrement et la pénètre d'un coup sec. Je ferme les yeux, savourant cet instant parfait. Nos corps s'emboîtent à merveille…

— Là, c'est bien mieux, je souffle en me retirant pour mieux la pénétrer de nouveau.

Je bloque ses mains sous les miennes et ondule pour mieux m'enfoncer en elle. Chacun de ses gémissements me tue et me transporte à la fois. Plus rien n'existe que mon sexe qui va et vient en elle. J'en veux plus. Je glisse une main sur son bas-ventre et attire son bassin vers moi pour m'engouffrer encore plus loin. Je transpire, j'ai chaud, je suis en bout de course mais je ne veux pas jouir tant que je ne l'aurai pas sentie se serrer autour de moi.

— Putain, Capucine ! je la supplie.

Il faut qu'elle jouisse avant que je ne perde tout contrôle !

— Marius ! murmure-t-elle comme pour me délivrer.

Son sexe se contracte enfin autour du mien, et, lorsque je la sens pantelante, je me déverse, laissant échapper ma colère, mes inquiétudes... tout... Plus rien ne subsiste que nous, mon torse contre son dos, nos souffles saccadés, moi en elle...

À bout de souffle, je glisse mon nez dans ses boucles brunes et me laisse transporter par leur parfum.

Je ne veux pas qu'elle parte...

Chapitre 15

J'ouvre les yeux et émerge peu à peu des bras de Morphée. Par habitude, je jette un regard à côté de moi et constate que la place est vide. Cela fait plus de deux semaines que Capucine et moi avons passé cet étrange pacte, et finalement, rien n'a changé. Le soir, elle me rejoint dans ma chambre, me laisse la toucher, la prendre au gré de mes désirs, mais au matin, elle n'est plus là. Parfois, je me demande si je n'ai pas rêvé, fantasmé son corps et la sensation de me perdre en elle, mais non. Chaque matin, un détail me ramène à cette nuit écoulée : son odeur sur l'oreiller, les préservatifs usagés sur la table de nuit ou même, encore, un sous-vêtement oublié. Pourtant, elle n'est jamais là. Elle tient sa promesse et moi la mienne. Je ne pose aucune question, ne réclame rien de plus que du sexe et sa présence dans mes draps pour quelques heures. Je devrais être satisfait, ma vie a retrouvé un semblant de familiarité. La journée, j'avance sur mon roman et passe du temps avec Jacob. Capucine et moi nous voyons mais elle m'évite lorsque nous risquerions d'être seuls. Je la croise lors de ses répétitions ou dans la maison. Le mardi, je dîne chez ses parents — là-bas, je n'existe plus du tout ! Heureusement, je passe mes nuits à admirer la cambrure de ses reins. Pourtant, chaque matin, j'ai la sensation qu'il me manque quelque chose, sans savoir ce que c'est. Je ravale l'amertume qui ne semble pas vouloir quitter mes tripes et saisis mon portable pour voir quelle heure il est. Je constate, surpris, qu'il n'est que 4 heures du matin et que ma belle a déjà déserté ! Je ne m'étais jamais demandé à quelle heure elle prenait la poudre d'escampette, je pensais que c'était juste avant que Jacob ne se réveille. Sauf que je sais maintenant que mon petit frère est du genre marmotte, à rester au lit jusqu'au dernier moment, donc cette théorie ne tient pas la route. Je tente de me remémorer si je l'ai déjà vue dormir et me rends compte que non. Donc elle ne dort pas avec moi ! Ce n'est pas le terme de notre accord ! Alors que je brûle d'envie de lui poser des tas de questions, je ne le fais pas, car *moi* je le respecte, cet idiot de pacte ! Je ne lui demande pas pourquoi elle a une cicatrice sur la poitrine, quand elle doit partir, combien de temps, où, à quoi elle occupe ses dimanches…

Je ronge mon frein, même si cela me consume de l'intérieur. Je me contente de la prendre nuit après nuit et de lui dire tout ce que je ne lui dis pas en un baiser, un coup de reins, une caresse…

Je sens quelque chose se fissurer en moi quand je prends conscience qu'elle ne vient vraiment me voir que pour le sexe ! Cette constatation m'énerve encore plus, et le fait que cela m'énerve me met carrément hors de moi. Depuis quand je suis devenu un type qui râle parce qu'il n'est considéré que comme un jouet sexuel ? !

Je rabats le drap et me lève. J'hésite à enfiler mon bas de jogging et finalement m'habille. Je râle contre moi-même en songeant que j'en mets un simplement parce que Capucine n'aime pas que je me promène en caleçon. Super, et je fais quoi maintenant ? Je l'enlève juste pour lui montrer que je me fiche de son avis ? Bon sang, que je suis pathétique quand il s'agit d'elle !

J'inspire, je souffle, lève les yeux au ciel et tente de réfléchir posément. Premièrement, je vais garder mon jogging. Pas parce que Capucine n'aime pas que je me promène nu, mais parce que si je croise Jacob je conviens que ça n'est pas un bon exemple pour lui. Et je tiens à ce que mon petit frère se sente bien et ne souffre d'aucun problème de comportement qui serait dû à mes agissements. Deuxièmement, je vais aller voir Capucine dans sa chambre et lui demander pourquoi elle n'est pas dans mon lit.

J'avance d'un pas décidé et m'immobilise avant même d'avoir ouvert ma porte. Je ne suis pas certain que cette deuxième idée soit bonne. Soyons honnêtes, elle a un caractère de chiotte. Donc si j'y vais et que je joue au macho, ça va mal se terminer. Je grimace et tente de trouver une autre façon de présenter les choses. Je saisis mon téléphone portable et pense à mon meilleur ami.

Que ferait Stephen si…

Agacé, je soupire en me remémorant ses débuts en couple. C'était une lavette ! Il s'écrasait sans arrêt — et s'écrase encore aujourd'hui !

Je ne veux pas finir comme ça. En plus, ma relation avec Capucine n'a rien à voir avec la leur. Dès le début, mon ami savait qu'il voulait épouser Maggie. Pour ma part, je ne veux rien de tout ça avec Cap. Je veux simplement qu'elle respecte notre accord !

Résolu à en découdre, je sors de ma chambre et entre dans la sienne sans frapper. Notre pacte, c'est toute la nuit, et nous sommes encore la nuit !

Déconcerté, je reste un instant immobile dans la pénombre et finis par allumer la lumière. Je dois me rendre à l'évidence : elle n'est pas dans son lit non plus. Une terreur soudaine me prend aux tripes. Et si elle était dans le lit de quelqu'un d'autre ?…

Je me laisse tomber sur la chaise de son bureau et ferme les yeux. Je me sens mal, tout à coup… Je me passe les mains sur le visage et tente d'apaiser mon cœur qui cogne bien trop fort dans ma poitrine. Je me sens trahi et idiot.

Je me fige, essaye de me détendre et me rends compte que je suis effectivement UN IDIOT ! Et sourd comme un pot, en plus ! Je me lève d'un bond, cours presque dans les escaliers et maudis l'insonorisation de la véranda. Je traverse le salon et me fige devant le spectacle qui s'offre à moi. Capucine, assise derrière son piano, appuyant sur les touches tantôt avec douceur, tantôt avec rapidité. Elle ne porte qu'un débardeur trop grand, et pourtant, c'est la plus belle femme que j'ai jamais vue. Les muscles de son dos roulent à chacun de ses mouvements. Le tissu trop lâche laisse parfois apparaître l'arrondi parfait d'un sein. Ses longues jambes sont nues, pour mon plus grand plaisir, et je ne peux que me demander si elle a mis une culotte ou un de ses shorties que je déteste et qui pourtant lui font un cul d'enfer. Bon sang, que cette femme est belle… Elle est belle à damner un saint !

Mon cœur bat encore à tout rompre, mais je ne suis pas certain que ce soit un effet de ma course dans les escaliers. Cette femme fait de moi ce qu'elle veut. Je ne suis qu'une marionnette entre ses mains expertes.

Ma respiration s'apaise, et mes yeux profitent de ce spectacle. J'esquisse un sourire quand elle ralentit et s'arrête de jouer.

— Je crois que j'ai été pris en flagrant délit d'espionnage ! je lance, amusé.

— Effectivement, et tu ferais un très mauvais espion ! rétorque-t-elle en appuyant distraitement sur une touche sans me regarder.

— Ça, c'est toi qui le dis !

— Tu fais un vacarme pas possible à chaque fois que tu te déplaces. Tu as même sauté dans les escaliers ! Donc si ton but était de me surprendre, je crois qu'il n'est pas atteint.

— Je me déplace… rapidement, je me défends, mal.

Elle rit doucement et reprend son morceau en sourdine.

— Tu fais ça souvent ? Descendre en pleine nuit et jouer du piano ? je lui demande au lieu de poser la véritable question qui me taraude.

Est-ce que tu dors avec moi ? Est-ce que le soir tu me rejoins pour honorer ce stupide pacte ou parce que tu as envie d'être avec moi ?

Je souris toujours, mais n'importe quel spectateur présent dans la pièce verrait que mon attitude est hypocrite. Mais comment puis-je espérer la laisser partir un jour ?

— J'avoue que c'est difficile de dormir avec toi.

Je ravale mon sourire forcé et fronce les sourcils. Encore une chose que je fais mal !

— Tu ronfles ! ajoute-t-elle avant de pouffer.

Mon sourire revient face à cet aveu qui semble bien l'amuser.

— Je ne ronfle pas !

Je me demande si quelqu'un a déjà fait référence à cela dans mon passé, mais la vérité c'est que je n'ai dormi avec aucune autre femme que Capucine. Ou en tout cas, à jeun ! Elle se tourne, m'observe avec ce regard que je n'arrive pas à définir mais qui me plaît beaucoup trop et me dit :

— Oh ! que si, et c'est une horreur ! C'est un mélange entre un grincement et un grognement. C'est très perturbant comme bruit. Au départ, je croyais qu'il y avait un animal agonisant dans la chambre !

Je m'approche d'elle, la soulève comme une poupée de chiffon et pose ses belles fesses sur le piano. Spontanément, elle entoure mes hanches de ses jambes et glisse son nez dans mon cou. C'est dans ce genre de moments que l'expression « soupirer d'aise » que j'utilise dans mes romans prend tout son sens.

J'inspire une bouffée d'air et me laisse happer par son odeur d'été. Je ne sais pas quel est le nom de son parfum, mais j'adore cette odeur ! Le bout de mes doigts parcourt ses cuisses, et je me dis que je resterais bien jusqu'à la fin de mes jours dans cette position.

Le problème avec ladite position, c'est que j'ai très vite une trique d'enfer !

Je soulève son T-shirt, effleure distraitement son ventre et ses seins. Mes doigts caressent sa cicatrice et elle frissonne. Elle n'aime pas que j'y touche. Elle ne me l'a jamais dit, mais tout dans son attitude le montre. J'avale ma salive et ouvre la bouche pour poser la question qui me brûle les lèvres depuis bien longtemps. Mais finalement, je ne demande rien et lui dis en lui donnant une tape sur la cuisse :

— Allez, viens te coucher. J'attendrai que tu t'endormes avant de me mettre à ronfler !

— Tu trouves ma cicatrice affreuse, n'est-ce pas ? me demande-t-elle en plongeant son regard azur dans le mien.

— Non, et tu le sais. C'est juste que je m'interroge sur son origine, j'avoue finalement.

— Je ne veux pas en parler, souffle-t-elle en retirant ses jambes d'autour de mes hanches.

— Je sais et je le respecte autant que possible, mais tu ne peux pas m'empêcher de me poser des questions.

— Je ne vois pas ce qu'une réponse de ma part t'apporterait.

Je soupire et me demande pourquoi la seule femme à qui je m'intéresse ne semble pas partager mon intérêt.

— Ce serait si terrible que ça de me donner l'opportunité de te connaître un peu plus ?

La vérité est dure à accepter, mais je sais désormais

vouloir plus que juste des nuits de sexe avec elle. Je veux la connaître, elle et toutes ces facettes qu'elle veut tant me cacher. J'ai mis du temps à me l'avouer, mais il ne sert plus à rien de me mentir. Au fil des semaines, elle est devenue mon héroïne, dans la vraie vie comme dans mes romans. Pour elle, j'accepte même de manger chez ses parents tous les mardis ; et je ne parle pas des répétitions auxquelles j'assiste en vue du super spectacle dont Jacob me rebat les oreilles ! Je fais tout ça pour elle, mais elle ne me voit toujours pas…

— Vraiment, en quoi te raconter comment je me suis fait cette cicatrice te donnera « l'opportunité de me connaître un peu plus » ? Tu es juste curieux. Si tu souhaitais me connaître, comme tu le dis si bien, tu me demanderais quel est mon plat préféré, quelle saison je préfère, ce genre de choses. Pas pourquoi j'ai une cicatrice de dix centimètres sur la poitrine.

— La quiche aux poireaux et l'automne, parce qu'il ne fait ni trop chaud ni trop froid et que tu aimes voir les feuilles devenir rousses.

Elle me regarde, interloquée, et alors que j'ouvre la bouche pour ajouter que je me fiche vraiment de sa cicatrice, elle pose ses lèvres sur les miennes et m'embrasse tendrement. Je ferme les yeux et profite de cet instant, car c'est une première. Habituellement, c'est toujours moi qui fais le premier pas, mais pas là. Cela ne me dérange pas de prendre les choses en main, j'aime dominer. Mais ce baiser à quelque chose de magique et d'inattendu qui le rend particulier. Sa langue enlace la mienne avec délicatesse, ses mains se perdent dans mes boucles brunes, et son bassin se frotte contre le mien. Je passe de nouveau mes mains sous son débardeur et caresse la peau douce de son dos, puis descends sur ses fesses et les presse comme deux petits fruits bien juteux.

Elle est tellement parfaite…

Du bout des doigts, elle parcourt mon dos puis, contre toute attente, essaie même de me retirer mon jogging. Je grogne et m'écarte à contrecœur. Si je ne m'arrête pas maintenant, je ne pourrai plus le faire après…

— Tu ne veux pas ? me demande-t-elle, surprise.

J'ai l'impression que je viens de courir un marathon. Je suis à bout de souffle.

— Ça fait plus de deux semaines que tu me dis que tu fantasmes sur le fait de « tu sais quoi » sur mon piano ! lance-t-elle, ne comprenant visiblement pas où se situe le problème.

— Capucine, je n'ai jamais été aussi excité de ma vie ! je gronde, en colère. Les préservatifs sont à l'étage, et si je… Bon sang, jusqu'où tu comptais aller ? ! je me lamente carrément.

La prendre sur son piano… j'en rêve ! Est-ce qu'elle se rend compte de la volonté de fou qu'il m'a fallu pour arrêter ? !

— Jusqu'au bout, dit-elle en caressant mon torse.

— De quoi ?

Je suis perdu… C'était quoi, ma question ?

— Tu m'as demandé jusqu'où je comptais aller. Je te réponds jusqu'au bout, murmure-t-elle en passant ses mains de chaque côté de l'élastique de mon jogging.

— Capucine, qu'est-ce que tu fais ? je l'interroge faiblement alors qu'elle baisse mon pantalon.

— Je te l'ai dit.

— Non, pas sans…

Elle m'interrompt d'un baiser.

Je ne vais pas y arriver… Cette femme est le diable en personne. Elle a fait de ma vie un enfer.

— Je ne peux pas…, je tente à nouveau, de plus en plus faiblement.

Sauf qu'au moment où ses doigts se posent sur mon pénis en érection plus aucune pensée cohérente ne traverse mon cerveau. Je ne sens plus que le mouvement de sa main le long de mon sexe érigé, ses lèvres sur ma peau, la chaleur de son corps contre le mien.

Elle se soulève un peu pour enlever sa culotte et, lorsqu'elle saisit mon sexe pour le guider en elle, je lui glisse :

— Après ça, je ne te laisserai pas partir.

Elle avance son bassin à ma rencontre, et j'entre en elle avec lenteur. Mon souffle se fait court, et je crois que mon cœur vient d'arrêter de battre dans ma poitrine. Elle plonge son regard azur dans le mien et murmure :

— Tu n'auras pas le choix, et au fond de toi, tu le sais.

Je me retire, la pénètre à nouveau.

— Laisse-moi vivre chaque instant, me supplie-t-elle tristement avant de m'embrasser à nouveau, cette fois-ci avec passion.

Ses mots résonnent à chacun de mes coups de reins. « Tu n'auras pas le choix… » Elle ne le sait pas, mais pour moi, c'est trop tard. Trop tard depuis le jour où je me suis présenté sur le perron de la maison bleue et qu'elle a plongé son regard azur dans le mien. Elle a enfoncé ses griffes dans mon cœur à cet instant précis, et plus le temps passe, plus la catastrophe est imminente… Je tombe amoureux. Alors, même si elle ne m'a rien promis et que je sais que tout cela est éphémère, je ferai tout pour la garder. Même les pires folies, comme en cet instant où rien d'autre n'existe que la sensation de son corps chaud autour de moi.

Je ne pourrai plus revenir en arrière et je ne le veux pas. Elle sera la seule femme avec qui je connaîtrai tout ça. De toute façon, elle est la seule avec qui je veuille partager mes nuits et mes jours. Capucine est à moi, qu'elle le veuille ou non.

Je la sens se serrer autour de mon membre et, quand elle murmure mon prénom, je me déverse en elle. Je la serre fort contre moi et me demande si, pour elle, cette expérience était aussi intense que pour moi. Est-ce que tout cela compte autant pour elle ? Est-ce qu'elle me choisira, moi, l'odieux connard ?

Je ferme les yeux, inspire son parfum et décide de laisser toutes ces questions de côté et de profiter de cet instant parfait. Car si tout cela est éphémère, je veux graver dans ma mémoire chaque moment de nous.

Quand je les ouvre, je surprends ses yeux bleus qui me dévisagent comme si elle me voyait pour la première fois. Parfois, je donnerais tout pour connaître ses pensées. Elle passe son temps libre à griffonner dans son carnet bleu. Est-ce qu'elle pense en musique ? Est-ce une sorte de journal intime ? L'esprit embrumé par toutes ces interrogations, je parcours sa mâchoire avec mon pouce. Je pose mes lèvres sur les siennes avec douceur pour lui donner un baiser tout en tendresse. Je ne saurai jamais ce qui se trame dans sa tête, mais je crois que ce que je partage avec elle est bien plus important finalement. Elle s'écarte de moi, et la magie de l'instant s'évanouit. J'espère juste qu'elle ne se cache pas très loin. Elle arrange son T-shirt, mal à l'aise, et dit doucement, comme dans un murmure :

— Tu n'as pas à… t'en faire pour… Tu sais…

— Je sais ? je demande, me moquant de sa gêne.

Elle se mord les lèvres et vire carrément au rouge. Je caresse sa joue du bout des doigts et me repais de ce délicieux spectacle. J'aime son naturel. Elle arrive à cacher ses secrets mais pas ses sentiments. Elle est belle avec ses joues colorées…

— Une éventuelle grossesse ? Une MST ? je reprends, histoire d'enfoncer le clou.

— De… Oui… Ça…

— Je n'ai jamais couché avec une femme sans me protéger et je fais des tests assez souvent. Et j'imagine que tu as un autre moyen de contraception, sinon tu n'aurais pas franchi le pas alors que tu ne souhaites qu'une relation éphémère avec moi.

— Ce n'est pas ce que je souhaite, dit-elle tellement bas que je ne suis pas certain d'avoir entendu.

Elle se dégage de mon étreinte, et je la regarde descendre du piano puis remettre sa culotte.

— Comment ça, ce n'est pas ce que tu souhaites ? je l'interroge, le cœur battant à tout rompre.

Un espoir fou… C'est fugace, inattendu…

Elle se fige comme si elle regrettait déjà ses paroles, et je crois même lire de la panique dans son regard.

— Ce n'est pas…

Elle ne termine pas sa phrase, fixe le sol du regard et, au bout de ce qui me semble être une éternité, passée sûrement à élaborer des tas de scénarios, elle reprend :

— Nous devrions aller nous coucher, si je veux pouvoir me lever tout à l'heure.

Silence.

— Tu as le droit de ne pas te sentir prête, Capucine, et… j'attendrai que tu le sois, je termine en posant un baiser sur ses lèvres.

Je n'ajoute rien, mets ma main dans la sienne et la conduis à l'étage sans un mot. Elle se laisse faire et, au moment où nous arrivons dans ma chambre, je constate qu'elle pleure. Mon cœur se serre, et une irrépressible envie de la protéger de tout, y compris de moi-même, me saisit.

— Capucine, je ne voulais pas…

Elle pose deux doigts sur ma bouche pour me faire taire et me dit :

— Je ne veux plus que l'on parle de ça. Plus jamais. Nous, c'est le présent, et parfois, ce que l'on souhaite n'a pas de place dans la réalité.

— Che ne chuis pas d'accord ! je sors, ses doigts toujours sur mes lèvres.

Elle m'embrasse délicatement sur la joue et me murmure :

— Je me fiche de ton avis !

Je ris, l'attrape par la taille et la jette sur le lit. Elle se met à pouffer, et je lance d'une voix grave :

— Mademoiselle Lagarde, je vous trouve horriblement autoritaire pour un si petit bout de femme !

Elle rit à gorge déployée, et moi, je suis sous le charme. Je ne me lasserai jamais de la voir rire, rougir, gronder, froncer les sourcils, taper du pied ou avoir le regard perdu dans ses pensées… Je ne veux pas qu'elle parte et je ferai en sorte que mon souhait devienne réalité.

Chapitre 16

Il y a des instants dans la vie qui sont faits pour rester en mémoire éternellement. Celui-ci en est un. Je frôle de mes doigts ses boucles brunes reposant sur l'oreiller, admire ses lèvres roses entrouvertes, son nez légèrement retroussé et sa poitrine qui monte et descend lentement. Sa peau paraît encore plus pâle à la clarté du jour.

Mes sens sont en éveil, mais je me retiens de la toucher, de la serrer contre moi, de humer son parfum. Je ne veux pas gâcher ce moment. C'est la première fois en presque un mois que je vois Capucine endormie. Elle se moque même de moi en disant que je suis comme Jacob et qu'il suffit que je me couche pour m'endormir — et ronfler, par la même occasion. Elle n'a pas franchement tort concernant mon endormissement. Par contre, à propos des ronflements, j'attends encore des preuves. Je souris à cette pensée. Je saisis finalement avec délicatesse une mèche de cheveux et respire son parfum. Je la repose comme si de rien n'était et reprends mon exploration silencieuse. Mes yeux tombent sur son carnet bleu roi, son crayon à papier au bout mâchouillé, sa guitare posée de travers contre la table de nuit, ses vêtements éparpillés sur le sol, et je dois avouer que j'aime voir ses affaires dispersées dans ma chambre. Chambre où il a fallu que je fasse le ménage moi-même sous peine qu'elle n'y mette plus les pieds ! En un mois, j'ai accompli bien plus qu'en trente ans. Je lave même mon linge en compagnie de Jacob, une activité qui plaît énormément à mon frère ! Je crois que le moment qu'il préfère, c'est lorsqu'il mesure la quantité de lessive.

Je songe de nouveau à ma théorie de l'allée encombrée et décide à cet instant qu'elle est juste. Un jour, nous aussi nous aurons une allée avec des vélos et des trottinettes posés n'importe comment, des arbustes aux formes étranges et une maison colorée. Elle n'est pas au courant mais, moi, je le sais !

Depuis l'épisode du piano, les choses ne sont plus les mêmes. Pour moi, et pour elle aussi… Enfin, je pense… Nous n'avons pas eu de grandes discussions quant à un éventuel futur commun, mais nous ne parlons plus non plus de son départ pour je ne sais où. Comme j'évite les questions qui fâchent, elle semble me laisser entrer petit à petit dans sa vie.

« Ce n'est pas ce que je souhaite… » Ses paroles résonnent encore en moi. L'espoir de partager notre avenir ne s'est pas évanoui…

Souvent, le soir, je me poste derrière mon ordinateur pour écrire, et elle derrière sa guitare et son calepin. La tranquillité ne m'a jamais semblé aussi bienvenue. Mes journées sont douces, je passe le plus de temps possible avec Jacob (j'ai même fait des progrès à Mario Kart !), et mes nuits sont dédiées à ma belle Capucine. Je soupire, comblé par cette existence paisible.

Je grimace quand je me dis qu'aujourd'hui je dois me jeter à l'eau. Je me sens moins paisible tout à coup !

Dans deux jours, Jacob sera en vacances, et nous avons décidé de les passer dans la maison familiale. Nous prendrons l'avion après son fameux concert et nous y séjournerons deux semaines, le temps pour moi de régler certains détails et, accessoirement, de voir mon éditrice, à qui j'ai envoyé la première partie de mon manuscrit sur Capucine. Mon frère est excité comme une puce à l'idée de prendre l'avion pour New York. Pour ma part, je suis plus mitigé. Je suis heureux de faire ce voyage avec Jacob, mais je veux que Capucine vienne avec nous. Je n'envisage pas de passer les deux prochaines semaines sans elle. Dormir sans elle, passer une journée entière sans plonger dans son regard, sans caresser sa peau ou sentir ses lèvres contre les miennes… Et si je lui disais que je ne peux vivre sans elle aussi longtemps, que me répondrait-elle ?

Mon rythme cardiaque s'accélère, et je décide que je ne lui dirai pas. Mais je ne peux m'empêcher de me demander ce qu'il se passerait si je le lui avouais…

— Je te trouve bien songeur ce matin, me dit doucement Capucine.

Je me tourne, scrute les contours parfaits de son visage, passe ma main derrière sa nuque et l'embrasse avec douceur. Je veux que tous les matins ressemblent à celui-ci à partir de maintenant…

— Je trouve ce genre de réveil bien plus agréable

que tes affreux ronflements ! lance-t-elle, amusée, en caressant mes boucles brunes.

— Pour ma part, je trouve que ce genre de réveil est bien plus agréable qu'un lit vide, je souffle tout contre ses lèvres en m'installant entre ses jambes.

Elle enfonce déjà ses talons dans mes fesses, et il ne m'en faut pas plus pour la pénétrer avec lenteur. Je ferme les yeux et me demande si un jour je pourrai me rassasier de la sensation d'être en elle. Je l'embrasse avidement et lui murmure :

— Tu sais que désormais tous les matins vont se passer comme ça ?

Elle pouffe, et je me sens le plus puissant des hommes en cet instant. Je vais et viens en elle, enfonce mes doigts dans ses fesses, lèche le bout de ses seins, embrasse chaque partie de son corps à ma portée, gémis sous ses caresses et souhaite que le temps suspende son cours. Elle me mord l'épaule, et un râle m'échappe.

— Bon sang… Cap, je vais jouir, je me plains, voyant qu'elle ne semble pas pressée d'en faire autant.

En réponse, elle m'adresse un sourire, glisse sa main entre nous et enserre mon sexe de son index et son majeur. Elle commence à aller et venir au rythme de mes coups de reins, et je me dis que la diablesse veut me tuer. Je donne tout pour ne pas venir. Je transpire, suffoque, tout mon corps est tendu à l'extrême. Je la supplie d'arrêter, mais elle me tue en un baiser. Je jouis en prononçant des paroles incompréhensibles, et lorsque mon rythme cardiaque revient à la normale et que mon cerveau semble à nouveau irrigué, je dois me rendre à l'évidence, elle n'a pas joui !

Elle m'embrasse et continue de me caresser, sans être pour le moins gênée par ce constat. Pour ma part, je ne me sens pas à la hauteur, et mes doutes en profitent pour resurgir. Mais je préfère les faire taire et prétendre que tout va bien.

Elle me sourit, inconsciente du chaos qui règne dans mon cerveau, et se dandine pour attraper sa montre.

— Eh merde ! lâche-t-elle en se dégageant vivement de mon étreinte.

— Nous sommes dimanche ! je lui sors en sachant que cela ne changera rien à son planning secret.

Elle se lève brusquement et se rassoit presque aussitôt.

— Tout va bien ? je lui demande en constatant que sa peau paraît encore plus pâle que d'habitude.

— Oui… Ce n'est rien, je me suis levée trop vite, dit-elle faiblement en se relevant à nouveau mais plus doucement.

Mon agacement augmente quand elle commence à enfiler sa culotte.

— Je vais me répéter, mais nous sommes dimanche ! Pourquoi tu n'en profiterais pas pour te reposer ou même venir avec Jacob et moi au zoo tout à l'heure ?

Ma mâchoire se crispe. Je ne sais pas ce qu'elle fabrique tous les dimanches, et cette constatation me rappelle que, pour elle, notre relation n'est pas sérieuse.

— Même si vous voir Jacob et toi dans ta petite voiture jaune canari est toujours un spectacle aussi amusant, je ne peux pas puisque, comme tu l'as souligné, nous sommes dimanche, lance-t-elle en enfilant maintenant son T-shirt.

Je ne relève pas sa pique sur cette saleté de voiture que je n'ai gardée que parce qu'elle plaît énormément à mon frère et tente de rester calme, mais je n'y arrive plus.

— Où vas-tu le dimanche ? je lui demande sans préambule, rompant notre pacte par la même occasion.

Elle se fige et m'observe en silence. Je ne sais pas si elle a peur, si elle est angoissée ou vexée que j'aie posé cette question. Mais cela m'est égal, je veux des réponses.

— Tu vois quelqu'un ? je lui demande le plus calmement possible.

Si elle dit oui, je ne le supporterai pas…

— Je ne vois personne d'autre que toi et tu le sais, dit-elle, toujours sur la défensive.

— Non, je ne le sais pas puisque tu ne me dis rien !

Elle regarde le sol, inspire puis se redresse, l'air déterminé.

— Un, dit-elle enfin.

Je secoue la tête, ne comprenant rien à ce qu'elle vient de dire.

— C'est le nombre d'hommes qu'il y a eu avant toi, finit-elle par expliquer.

Je me sens encore plus tendu, et je ne sais pas ce que je dois faire de cette information. Devant mon silence, elle soupire, visiblement exaspérée, et reprend :

— Je ne couche, embrasse, caresse ou je ne sais quoi aucun autre homme à part toi ! Et je dois y aller, parce que c'est comme ça. Et ce que je fais le dimanche ne te regarde pas !

Une fois son laïus terminé, elle récupère ses affaires et quitte la pièce sans un mot. Je fixe du regard le battant fermé, grogne d'exaspération un bon coup, me lève et la rejoins rapidement dans sa chambre. J'ouvre la porte, la claque derrière moi, jette un coup d'œil circulaire et constate qu'elle est déjà sous la douche. Mon cœur cogne tellement fort que chaque battement résonne à mes tempes. La colère ne me quittera pas tant que je n'aurai pas le dernier mot. Je me pointe dans sa salle de bains et ne me laisse pas attendrir par la vue de son corps nu déjà humide ni par ses yeux bleus qui me scrutent.

— J'en ai marre, je veux plus ! je lâche sans me départir de ma colère insidieuse.

Son shampoing à la main, elle continue de m'observer et, au bout de ce qui semble une éternité, elle finit par dire :

— Tu as *déjà* plus.

— Tu ne lâcheras rien ? je m'écrie en m'invitant dans la cabine de douche.

Elle baisse les yeux et reprend plus doucement :

— Ce n'est pas parce que je ne veux pas te dire certaines choses que ce qu'il y a entre nous ne compte pas. Je ne peux pas te donner plus que ce que je te donne déjà. Je suis désolée.

La dureté de cette affirmation me frappe de plein fouet. Je n'aurai rien d'autre que des nuits de sexe avec elle…

— Si je te demande de venir avec Jacob et moi en vacances, tu refuseras, n'est-ce pas ? je lui demande, ignorant la boule qui s'est formée dans ma gorge et le signal d'alerte qui résonne dans ma tête.

Elle se passe une main sur le visage et semble tout à coup désemparée par ma question. Ses yeux se mettent à briller, et elle me répond, presque à bout de souffle :

— Je ne peux pas venir avec vous.

— Tu ne *peux* pas ou tu ne *veux* pas ?

— Je t'en prie, Marius…

— Donne-moi une bonne raison pour laquelle tu ne peux pas.

Elle regarde de nouveau son shampoing, reprend son souffle et dit très calmement :

— Je ne savais pas que tu voudrais que je vienne. Je suis sincèrement désolée, mais je me suis inscrite pour les cours d'été à l'institut.

J'observe un instant ses petits pieds tout blancs juste en face des miens, qui paraissent gigantesques en comparaison, et demande en secouant la tête :

— C'est ça que tu me caches ? Tu donnes des cours de musique ?

Elle soupire et finit par lâcher :

— Je ne vois pas ce qu'il y a de mal à vouloir garder des choses pour soi !

Je me passe les mains dans les cheveux et secoue la tête, complètement sonné.

— C'est ce que tu fais le dimanche aussi ?

— Pourquoi…

— Réponds, je t'en supplie, je murmure en posant mon front contre le sien.

Pourquoi ne voit-elle pas le mal qu'elle me fait ?… À quel point je souffre de l'aimer autant sans qu'elle m'aime en retour…

— Le dimanche, je vais à l'hôpital et je ne veux pas que Jacob le sache, sinon il va vouloir m'accompagner.

Je ferme les yeux, inspire, souffle.

— C'est ça, ton grand secret ? ! Tu donnes des cours de musique à des malades ! je lance, les paupières toujours closes.

— C'est toi qui en fais un grand secret en pensant que je vais faire je ne sais quoi ! me rétorque-t-elle, encore énervée.

Je rouvre les yeux, plonge dans un océan azur et lui murmure :

— Ne me fais plus douter, je suis trop amoureux de toi pour le supporter.

Elle ne dit rien et semble plus perdue que jamais.

— Tu n'as pas à me dire maintenant si tu ressens la même chose ou pas, ni même me révéler les fameux secrets que tu veux tant garder pour toi. Mais pitié, donne-moi des miettes, de temps en temps. Si c'est juste que tu aimes faire de la musique, distraire des malades, passer tes vacances avec des handicapés, dis-le-moi ! C'est tout cet amour que tu donnes autour de toi qui fait que je t'aime, donc ne me le cache plus, je termine, sachant pertinemment que je suis allé trop loin.

Ce n'est pas ce qu'elle attend de notre relation, je le sais, mais c'est plus fort que moi. Je ne peux plus continuer de taire ce que mon cœur me hurle. Je ne peux plus faire comme si de rien n'était, comme si entre nous il n'y avait que des nuits. Je ne lui demande pas de m'aimer mais juste d'être honnête avec moi.

Elle m'observe toujours sans rien dire ni bouger,

son shampoing encore à la main. Je saisis le flacon, en verse dans ma paume et lui lave les cheveux en silence. Je la rince et réitère avec le gel douche. Mes doigts parcourent son corps avec douceur tandis que j'admire celle qui représente tout pour moi. Elle se laisse faire sans un mot, sans un son. Une fois lavée, je m'attends à ce qu'elle quitte la douche, mais elle n'en fait rien, donc je l'embrasse avec tendresse. Elle se presse contre moi, tire sur mes boucles humides, enfonce ses dents dans ma lèvre comme pour me punir d'avoir dit tout haut ce qu'elle savait déjà. Mais je me fiche que mes paroles ne lui plaisent pas. Je lui fais l'amour tendrement et la laisse me griffer et me mordre autant qu'elle le souhaite. Aucun son ne franchit ses lèvres, même lorsque je jouis et lui murmure au creux de l'oreille : « Je t'aime, Capucine. » Sa respiration est chaotique, ses yeux ne m'ont jamais paru aussi bleus et sa peau aussi pâle. Je la rince une dernière fois, éteins l'eau, saisis une serviette et la sèche avant de me sécher à mon tour. Je dépose un dernier baiser sur ses lèvres et m'installe sur une chaise en attendant qu'elle s'habille. Elle reste un moment immobile puis finit par enfiler ses vêtements, toujours sous mon regard. Une fois vêtue, elle m'observe une dernière fois et part en silence. Cela devrait me briser le cœur, mais ce n'est pas le cas. Aimer véritablement quelqu'un, c'est l'accepter tel qu'il est.

Ce soir, elle rentrera, et lorsque Jacob sera couché, je lui ferai l'amour en silence, si c'est ce qu'elle veut. Et dans quelques jours, je partirai avec mon frère en vacances, la laissant vaquer à ses occupations musicales.

Elle me manquera, mais elle fera ce qu'elle aime, donc finalement c'est bien aussi, me dis-je en allant réveiller Jacob et Bugs, l'esprit serein.

J'observe mon frère qui dort paisiblement et lâche le mot « Zoo ! » assez fort pour le réveiller. Je ris quand il bondit du lit, déjà frétillant à l'idée de la journée qui l'attend.

On est bien loin de ses anciens dimanches à exécuter des tâches ménagères et à manger des céréales devant la télévision !

J'avoue que je suis assez fier de moi, là-dessus. Nous avons changé l'organisation de sa semaine — ce qui n'a pas plu à Capucine, évidemment — pour pouvoir passer des journées à faire des « trucs de garçons », comme se plaît à dire Jacob.

Ce que j'aime encore plus dans tout ça, c'est que maintenant que je sais ce que fait Capucine ce jour-là, je me dis qu'il est mieux pour mon frère d'aller au zoo avec moi que de la suivre. Elle a raison, il a un trop grand cœur. Si elle le lui disait, il insisterait pour l'accompagner, et même si tout ça est très louable, je ne suis pas certain qu'il ait la maturité suffisante pour faire face à ce qu'il y verrait.

— Je vais m'habiller ! s'écrie-t-il en prenant ses vêtements sous le bras et en se dirigeant vers la salle de bains.

Je souris et me dis que ma vie a bien changé, mais surtout, que je n'ai jamais été aussi heureux ! Mon sourire s'efface tout à coup à la pensée que le bonheur ne s'installe jamais bien longtemps dans ma vie. Pourvu que j'aie tort cette fois-ci…

— Donc, le zoo ? résonne une douce voix féminine.

Mon corps se couvre de frissons comme s'il m'avertissait d'un danger immédiat, mais mon cœur, lui, se gonfle d'orgueil.

— Tu n'avais pas des choses à faire ? je l'interroge en plongeant sans aucune retenue dans ses beaux yeux.

— J'ai… annulé, murmure-t-elle.

Jacob sort de sa chambre, les cheveux encore trempés et le sourire jusqu'aux oreilles.

— Cap, tu ne fais pas ta journée de fille ? lui demande-t-il.

Elle me jette un coup d'œil et lui répond :

— Pas aujourd'hui, donc je me suis dit que j'allais peut-être vous accompagner au zoo.

Le regard de mon frère oscille entre sa colocataire et moi. Il sort, l'air pas convaincu :

— Tu sais, Cap, on va faire des choses de garçons, alors il faudra pas te plaindre !

Elle se mord les lèvres pour s'empêcher de sourire et lui lance un « Promis ! ».

— Donc, en quoi consiste cette fameuse journée de garçons ?

Je me tourne vers Jacob puis vers Capucine et sors :

— Eh bien, très chère Capucine, nous commençons toujours par un bon petit déjeuner au bord de la mer, donc j'espère que vous avez faim.

— Très ! Et j'ai hâte de parcourir San Francisco dans ton bolide jaune !

— Heureusement que, vu ta taille, tu peux te faufiler n'importe où ! je lance en riant.

En réponse, elle me jette un regard noir, mais cela m'est égal puisqu'elle est revenue et a annulé son programme pour moi.

Parfois, certains actes valent toutes les déclarations du monde.

Chapitre 17

Nerveux, j'arrange le col de ma chemise, regarde la scène, le bouquet de roses rouges et le lapin en peluche posés sur le siège à côté de moi. Le concert va commencer dans quelques minutes, et dans quelques heures, Jacob et moi allons partir à New York pour deux semaines. Je me passe une main sur le visage, plus désemparé que jamais.

J'ai tenté à plusieurs reprises de convaincre Capucine d'annuler ses cours durant les vacances et de nous accompagner, mais sans aucun succès. « Ne faisons pas de ce dimanche une habitude », tels ont été les mots de la belle Capucine au zoo devant l'enclos des éléphants. Elle me les a susurrés à l'oreille pendant que mes doigts parcouraient son dos avec lenteur. Mes lèvres se sont perdues dans son cou, mes mains sur ses fesses et mon cœur un peu partout durant cette journée. Habituellement, lors de ce genre de sorties, elle m'ignore, instaure une certaine distance, mais pas ce dimanche. Nous en avons bien profité tous les trois. Mon frère n'a même pas été surpris par ce rapprochement entre sa colocataire et moi. Nous avons mangé de la glace, parcouru le zoo en petit train, et tout était parfait... Alors pourquoi m'ignore-t-elle à nouveau ? Entre nous, il n'y a semble-t-il plus de pacte, plus de relation, plus rien ! je crie mentalement, au comble du désespoir.

Ma mâchoire se crispe. Depuis notre retour du zoo, elle a tout simplement disparu. Elle a rallumé son téléphone lorsque nous sommes rentrés et, pendant que je m'occupais du linge avec Jacob, elle a crié depuis le couloir qu'elle avait une course à faire. Nous avons entendu la porte d'entrée claquer, puis plus rien. Le soir, nous l'avons attendue pour souper, mais elle n'est pas revenue. Après plusieurs tentatives d'appel, elle a finalement répondu qu'elle avait besoin de temps pour préparer son concert.

De temps, je me répète avec un goût amer dans la bouche. Je revis mentalement cette journée au zoo et j'ai comme l'impression que c'était une manière de me dire au revoir. Quand la douceur d'un moment presque irréel laisse place à la brutalité de la réalité, on se demande si ce que l'on a vécu n'était qu'un rêve, un mirage auquel on peut se raccrocher pour surmonter tous les coups bas de la vie.

Je secoue la tête, observe distraitement la moquette usée et me fais une raison. Ce n'était pas pour répéter qu'elle avait besoin de temps, non. Je lui ai fait peur, moi et tous mes sentiments. Je lui ai avoué ce que je ressentais et j'ai voulu tout bousculer. Lorsqu'elle s'est jointe à nous dimanche, je me suis dit que j'avais bien fait et étais heureux de ce merveilleux pas en avant. Sauf que c'était avancer pour mieux reculer.

Mes pensées dérivent vers mon roman et, pour une fois, j'aimerais qu'il soit réel, être le héros de ma Capucine imaginaire, avoir mon happy end…

Je me pince l'arête du nez et ordonne à mon cœur de se calmer. Pour le moment, rien n'est joué. Je regarde autour de moi pour tenter de l'apercevoir. Elle n'est pas là, pas encore…

Je me rencogne au fond de mon siège et soupire, gagné par l'impatience. Je sais que je vais la voir dans quelques instants, mais en attendant je trépigne. Je fronce les sourcils, surpris d'apercevoir le père et la mère de Capucine qui descendent les marches de la salle de concert et se dirigent droit sur moi.

— Marius, me salue sobrement Christian.

Je le soupçonne de prendre un malin plaisir à ne pas m'appeler « M »… Je l'ai relancé à plusieurs reprises, mais je vais devoir me faire une raison, je n'aurai le droit qu'à Marius.

Sa mère, quant à elle, ne semble pas pouvoir s'empêcher de me serrer dans ses bras. Je me renfrogne et me dis que ça finira bien par lui passer quand elle aura compris que je ne suis pas un adepte de ce genre d'accueil, contrairement à Jacob.

— Je ne savais pas que vous deviez venir, je dis en continuant de chercher ma belle du regard.

— Nous devions amener Capucine, et cela nous fait toujours tellement plaisir de voir Jacob et elle jouer. Lorsqu'ils étaient enfants, ils nous faisaient déjà des petits concerts…

Je n'écoute pas la suite des explications de sa mère. C'était donc là que se cachait Capucine ! Chez ses parents ! Prévisible, enfantin, décevant…

Je ravale un grognement en me souvenant que cela

fait deux putains de jours que je tente de la joindre, de la croiser à une répétition à l'institut, alors qu'en réalité elle était chez papa et maman !

— Jolies fleurs, me souffle sa mère avec un grand sourire lourd de sens.

— Merci, je voulais remercier Capucine pour tout ce qu'elle fait pour Jacob, je sors en gardant pour moi que j'espérais pouvoir appâter leur fille avec des roses.

Ses parents se jettent un regard entendu et n'ajoutent rien, à mon plus grand soulagement. Je crois qu'ils ont compris que mon intérêt pour Capucine n'avait pas grand-chose à voir avec mon frère. Sa mère a déjà fait plusieurs allusions plus ou moins voilées sur l'intérêt que je porte à sa fille. Pourtant, je me garde bien d'être démonstratif lors de nos dîners, au contraire. Mais je ne peux plus le nier, je suis amoureux, et il n'y a rien de moins discret qu'un homme amoureux !

J'observe ma montre et attends avec impatience le début du spectacle — ou la fin, plutôt. Je crois que j'appréhende le moment où mes yeux vont se poser sur elle et où mon inconscient va finir par comprendre que mes sentiments ne sont pas partagés. Car, oui, mon esprit le sait, mais mon inconscient espère toujours un miracle.

— Ces deux derniers jours, Capucine a écrit une chanson au piano, me dit sa mère tout bas, avant de reprendre comme sur le ton de la confidence : une magnifique chanson à propos d'un amour impossible mais incroyablement beau.

— C'est souvent le caractère éphémère d'un amour qui le rend si beau. Il n'a pas le temps de se ternir qu'il est déjà terminé, je murmure en comprenant le sens caché de sa précédente remarque.

Les lumières s'éteignent, le silence s'installe, et j'ajoute lorsqu'une première note de piano résonne dans la pièce :

— Avec l'expérience, on apprend que le plus bel amour est celui qui survit au temps qui passe.

J'en ai le souffle coupé lorsque les lumières la révèlent enfin derrière son instrument et que sa voix s'élève. Je ne pourrai plus jamais revenir en arrière maintenant. C'est trop tard…

Do you feel it when my eyes are on you while you're deeply asleep
Do you feel all this love overwhelming me every time you touch me
Do you feel how much I wish I could stay in your arms forever
It's crazy how much I need you
But I can't ask you to stay forever when time is already slipping away
Yet it's crazy how much I need you[1]…

Ma gorge se serre, et je me demande en boucle si c'est de moi qu'elle parle dans sa chanson. Je ferme les

1. Est-ce que tu sens mon regard sur toi quand tu dors profondément
Est-ce que tu sens tout cet amour qui me submerge à chaque fois que tu me touches
Est-ce que tu sens à quel point je rêve de rester éternellement dans tes bras
C'est dingue à quel point j'ai besoin de toi
Mais je ne peux pas te demander l'éternité quand le temps nous échappe déjà
Pourtant c'est dingue à quel point j'ai besoin de toi…

yeux et imagine l'espace d'un instant que ces mots sont pour moi, rien que pour moi. Nous sommes seuls dans cette salle, et elle me chante à quel point elle m'aime…

La mélodie s'arrête, sa voix est couverte par des applaudissements, et je récolte en silence une larme égarée sur ma joue.

— Il y a une magnifique citation de Henry Van Dyke qui dit : « Le temps est trop lent pour ceux qui attendent, trop rapide pour ceux qui ont peur, trop long pour les affligés, trop court pour ceux qui se réjouissent, mais pour ceux qui s'aiment, le temps c'est l'éternité », me glisse tout bas la mère de Capucine.

Mes yeux restent fixés sur ma belle toujours installée derrière son piano, et j'espère l'éternité avec elle.

— Je rêve ou Jacob porte son costume de Batman ? s'exclame Christian en scrutant mon frère, les sourcils froncés.

Je ravale mon sourire et explique :

— Il m'a demandé et j'ai dit oui.

— Vous n'êtes peut-être pas obligé de céder à toutes ses demandes ! me rétorque-t-il en m'observant étrangement.

— Ce n'est qu'un costume, et cela lui faisait tellement plaisir ! je sors en faisant coucou à Jacob.

Il me fait un grand sourire et frappe avec encore plus de force sur sa batterie.

— C'est un excellent batteur, je murmure, surtout pour moi-même.

— Effectivement ! valide fièrement le père de Capucine.

J'aurais aimé que l'on me regarde comme Christian

et sa femme regardent mon frère. Ils ont raison, ils sont une famille. Et je suis heureux que Jacob n'ait pas souffert de l'absence de notre père. Ou en tout cas, qu'il ait eu quelqu'un sur qui compter.

— Je ne sais pas si vous le savez, mais Bugs a le même costume, m'informe Mme Lagarde.

— Oui, mais j'ai préféré qu'on le laisse à la maison pour le concert.

— C'était mieux, effectivement, dit-elle alors qu'une nouvelle chanson se termine.

Nous applaudissons, les morceaux s'enchaînent, et je n'arrive pas à quitter des yeux Capucine, ses boucles brunes qui retombent lourdement sur ses épaules fines, ses lèvres roses, sa peau pâle et ses yeux qui semblent ne regarder que moi. L'heure file à toute allure, et je constate, déçu, qu'il ne me reste que très peu de temps avant de prendre la direction de l'aéroport avec Jacob.

Deux semaines sans elle… Est-ce que je vais lui manquer autant qu'elle va me manquer ?

À la fin du concert, les spectateurs se dirigent en masse vers le buffet pour discuter avec les artistes. J'attends donc que tout le monde évacue la salle pour me glisser dans la loge avec le bouquet et le lapin en peluche pour Jacob.

— Vous n'allez pas les attendre au buffet ? me demande la mère de Capucine qui n'a pas bougé et dont le regard oscille entre les fleurs et moi.

— Nous n'avons pas beaucoup de temps avant notre vol, donc je pense que je vais aller chercher Jacob, je dis en gardant pour moi que j'espère secrètement avoir un moment en tête à tête avec sa fille.

— Pourquoi ne pas le laisser venir nous saluer pendant que vous… félicitez Capucine pour sa performance, dit-elle en accompagnant ses mots d'un regard équivoque.

Je souris devant son sous-entendu pas très subtil.

— Pourquoi pas, je sors en me levant pour me diriger vers les coulisses.

— Marius ? m'interpelle-t-elle une dernière fois.

Je me tourne, surpris, et l'observe, encore plus étonné, quand elle murmure d'une voix enrouée :

— Capucine mérite l'éternité.

Je ne dis rien et m'arme de courage pour ce qui va suivre. Je me fige quand je l'aperçois enfin à quelques pas de moi. Elle a les yeux dans le vague et tient une bouteille d'eau. Elle semble à mille lieues du monde réel…

— Alors, tu m'as trouvé comment ? me crie Jacob, tout rouge et souriant.

Je lui tends le lapin et lui réponds :

— Parfait ! Tu as été vraiment incroyable !

Et je ne mens pas. J'ai été surpris de voir avec quelle vitesse il enchaînait les mouvements.

— M. et Mme Lagarde t'attendent au buffet, si tu veux. Par contre, fais attention, car nous partons dans trente minutes pour l'aéroport, je lui explique en lui tapant sur l'épaule.

Il me lâche un « OK » et part en courant. Mon regard retombe instantanément sur Capucine qui me scrute de ses yeux bleus en silence. Je reste sans bouger. Deux jours que je lui cours après, et finalement, je me rends compte que je ne sais pas quoi lui dire !

— Tu es très belle, je finis par murmurer après ce qui me semble être une éternité.

— Merci, répond-elle tout simplement.

Bordel, M, tu vas y arriver ou pas ? !

— Ta mère aussi t'a trouvée… très belle, je lance avant de me traiter d'idiot.

— Ma mère me trouve toujours très belle.

— Elle a raison, je sors, le cœur battant bien trop vite.

Capucine se mord les lèvres et finit par me dire en pointant le bouquet du doigt :

— Ce sont de très jolies fleurs !

Je les regarde, me rappelle tout à coup que je tiens le bouquet de roses dans la main et le lui tends maladroitement. Elle les saisit, respire leur odeur, me sourit et me dit :

— Marius, tu vas finir par rater ton avion.

— Viens avec nous.

Elle secoue la tête et murmure :

— Je ne peux pas. Nous en avons déjà parlé.

— Nous avons un accord, je tente, espérant la faire changer d'avis au dernier moment.

— Et il tiendra toujours dans deux semaines.

J'inspire une grande bouffée d'air. Cette réponse ne me satisfait pas, et elle le sait. Elle fait comme si elle ne l'avait pas remarqué. Et moi, je fais comme si cela ne me touchait pas pour ne pas prendre le risque de la perdre à nouveau.

— Profite de ces deux semaines pour te reposer, je

ne compte te laisser aucun répit à mon retour, je lâche avant de partir presque en courant.

Ce ne sont pas les au revoir que j'espérais, mais je me raisonne en me rappelant que la vie n'est pas un roman et que Capucine est Capucine.

Chapitre 18

— Arrête de regarder ce téléphone ! me lance Stephen en m'observant, un sourcil relevé.

Je repose l'objet incriminé et râle en rétorquant que je ne vois absolument pas de quoi il veut parler. Il secoue la tête pour me signifier que si, je vois très bien, et reporte son attention sur mon frère qui fait caresser Bugs à ses filles. Jacob semble ravi de ses vacances. Entre le voyage en avion et la découverte de la maison dont il n'avait aucun souvenir, il est aux anges. Il m'a bien fait regarder au moins vingt fois l'album photo où ma mère est enceinte de lui et fait faire le tour de la maison au moins autant de fois. Aujourd'hui, nous recevons Stephen et ses filles, pour son plus grand plaisir. Il leur parle doucement, fait preuve de beaucoup de patience et semble adorer leur compagnie. Je n'avais pas vraiment de crainte concernant Jacob, mais je ne pensais pas qu'il aimerait passer autant de temps avec des enfants.

— Donc, tu attends l'appel de qui ? finit par me demander Stephen, l'air de rien, avant de siroter une gorgée de bière.

— De personne, je mens.

Je ne lui ai pas parlé de Capucine et ne compte pas le faire. Mais je n'arrive pas à cacher qu'elle me torture !

Depuis notre départ, j'ai tenté une autre approche, sous couvert de mon frère. Je plaide coupable ! Je lui ai envoyé plusieurs messages pour dire des banalités du style « Nous sommes dans l'avion », avec une photo de nous, ou encore « Bien arrivés ! », etc.

Pas de réponse.

Je regrette mes paroles et mes nuits avec elle. J'ai peur de ce qui va se passer lorsque nous rentrerons à San Francisco et, d'un autre côté, je veux y retourner le plus vite possible car je ne supporte pas d'être loin d'elle. Elle hante mes nuits. Elle est là, dans mes songes, à m'observer avec ses magnifiques yeux azur, et au matin, je me réveille seul, espérant toujours un mot de sa part… Parfois je me demande s'il ne vaut pas mieux ne rien ressentir que d'aimer et de ne pas être aimé en retour. Ma jalousie est en train de me rendre fou. Car, oui, je meurs de peur à l'idée de la trouver dans les bras d'un autre à mon retour.

— J'aurais peut-être dû venir un autre jour, me dit mon ami en m'observant par-dessus sa bière.

— Je suis très heureux que tu sois là, mais je n'ai pas grand-chose à te raconter, je brode.

— Mouais, je ne te crois pas mais je vais faire semblant que c'est le cas pour te faire plaisir.

— Je te remercie.

— De rien. Et sinon, ton roman ? Tu as avancé ?

— Oui, il est même presque terminé. Je ne suis pas encore certain pour la fin...

Même mon héroïne semble prendre un malin plaisir à me torturer !

— Et sinon, de quoi parle-t-il ?

De Capucine... D'un amour passionnel et non réciproque...

— Tu le sauras quand il sortira ! je lâche avant de me lever. Tu veux une autre bière ? je lui demande avec une envie pressante de fuir ses questions.

— Non, merci, je te laisse aller te cacher dans la cuisine comme un grand garçon ! sort-il en reportant à nouveau son attention sur ses filles qui jouent maintenant au ballon avec Jacob.

— « Me cacher comme un grand garçon » ? je répète.

— Tu sais très bien pourquoi je dis ça.

Il se penche vers mon portable, le saisit et me le tend avant de dire, l'air victorieux :

— Ne l'oublie pas, elle pourrait t'appeler pendant que tu vas « chercher une autre bière ».

— « Elle » ?

— Je ne sais pas qui elle est, mais je l'aime déjà ! lâche-t-il en riant.

— Je crois effectivement que c'est mieux que tu t'arrêtes à une bière ! Tu commences déjà à divaguer.

— Tu peux continuer à nier, mais les faits sont là.

Le connard est bien trop perspicace...

— Mais de quels faits tu parles ? je l'interroge alors que je sais pertinemment qu'il a raison.

— Tu sais, c'est comme lorsque tu veux me faire

croire que tu amènes Jacob en vacances parce que c'est ton devoir ou je ne sais quelle connerie. Tu adores ce gamin, ça crève les yeux. Et là, c'est pareil. Pourquoi tu ne prends pas ton téléphone pour appeler la jeune femme qui semble t'obséder et lui dire qu'elle te manque ?

— Parce que ce n'est pas réciproque, je lâche avant de partir dans la cuisine pour « me cacher comme un grand garçon ».

Je pose les mains sur le bord du plan de travail, ferme les yeux et baisse la tête. Je sais qu'elle ne partage pas mes sentiments, mais c'est plus fort que moi, j'ai besoin d'elle. Je ne sais pas comment c'est arrivé, mais c'est là, en moi, et ça ne veut plus partir.

— Je suis désolé, souffle la voix de mon meilleur ami dans mon dos.

— Je suis l'arroseur arrosé ! je lance, pince-sans-rire.

Combien de femmes m'ont déclamé leur amour éternel alors que je n'avais rien demandé, et surtout, que je n'en voulais pas !

Je me redresse, me tourne et, finalement, révèle mon honteux secret.

— Je lui ai dit ce que je ressentais, mais depuis elle m'évite. Donc comme tu le dis si bien, les faits sont là !

— Quels faits ? Elle ne t'a pas dit que tes sentiments n'étaient pas partagés. D'après ce que je comprends, c'est toi qui as conclu que c'était le cas.

— Stephen, c'est pareil ! Je suis le roi du non-engagement, j'en connais les codes comme si c'était moi qui les avais inventés !

— Elle a peut-être juste peur ?

Ma mâchoire se crispe. Je n'aime pas que mon ami me donne de faux espoirs. Mon cerveau torturé tente déjà suffisamment de le faire.

— Je t'ai déjà raconté la première fois que j'ai dit à Maggie que j'étais amoureux d'elle ?

— C'était dégoulinant de romantisme !

Il rit et secoue la tête.

— Pas vraiment, non ! Elle venait de me faire une fellation dans les toilettes d'un restaurant dont la spécialité était les gaufres et je lui ai dit ces trois petits mots juste après avoir éjaculé sur sa jupe à fleurs.

— Laisse-moi deviner la suite : elle t'a embrassé et tu lui as fait un cuni ?

— Non, elle m'a giflé !

Je le regarde, surpris de n'avoir jamais entendu parler de cette histoire.

— Elle t'a giflé ?

— Oui, et elle a refusé de me parler pendant une semaine.

— Je croyais que la première fois que tu lui avais déclaré ta flamme, c'était chez ses parents ?

— On n'allait pas raconter cette histoire à notre mariage !

— Certes. Et alors ?

— C'était pendant les vacances de Thanksgiving, et je n'en pouvais plus, j'étais insupportable. Du coup, tu m'as mis à la porte de notre chambre en me disant d'aller la voir, sinon tu m'épilerais les sourcils dans mon sommeil.

Je ris à ce souvenir, car je les lui ai bel et bien épilés après !

— J'ai escaladé le mur jusqu'à sa fenêtre et j'ai glissé. Son père m'a retrouvé les fesses dans son rosier, et la suite, tu la connais plus ou moins. Elle s'est moquée de moi mais m'a soigné, et là, je lui ai dit à nouveau que j'étais amoureux d'elle.

— Pourquoi elle t'avait giflé ?

— Elle pensait que j'avais dit ça sous le coup de l'émotion et que, tout comme mon colocataire, je n'étais intéressé que par des histoires de fesses.

— Une fellation dans un restaurant à gaufres, je souffle avant de rire.

— Oui, murmure-t-il, rêveur.

Je soupire et dis :

— C'est une jolie histoire, mais dans mon cas ce n'est pas de ça qu'il s'agit.

— Chaque histoire est différente, mais ce n'est pas la raison pour laquelle elle m'a giflé qu'il faut retenir, c'est le fait que je n'ai pas baissé les bras.

Je sors deux bières du frigo, lui en tends une et glisse juste un « merci ». Il me fait une tape sur l'épaule et reprend la direction de la terrasse, me laissant un instant seul avec mes pensées.

Et s'il avait raison ?... Et si je retournais à San Francisco et que je retentais ma chance ?

Je bois une gorgée de bière et grimace.

Et s'il avait tort et que cela ne servait à rien ?

J'entends presque la voix de Stephen dans ma tête qui me dit « Au moins, tu auras essayé » !

Je ne veux pas prendre le risque de la perdre en la pressant, mais ne l'ai-je pas déjà perdue en ne faisant rien ?

Je rejoins mon ami sur la terrasse, encore indécis. Elle me torture même à des milliers de kilomètres !

— Eh bien, c'était rapide ! s'exclame Stephen en me voyant revenir avec ma bière.

Je secoue la tête, ne comprenant pas où il veut en venir.

— Je t'imaginais déjà pendu à ton téléphone, chouinant à quel point elle te manque, que tu ne peux pas vivre sans elle, que tes testicules s'atrophient de minute en minute !

Je bois une gorgée de ma bière en le scrutant en silence avant de lui rétorquer :

— Tu m'as pris pour toi ?

Je m'installe sous le regard noir de mon meilleur ami qui se met à pouffer avant de me lancer :

— Ton bouquin parle d'elle, n'est-ce pas ?

Je jure en silence et décide de ne pas lui répondre.

— Laisse-moi deviner, il s'agit d'un recueil de poésie où tu lui déclames ton amour en vers ! continue-t-il en riant carrément.

— Va te faire foutre, Stephen ! je grogne en me rendant compte qu'il n'a pas tort. Mon roman est une déclaration d'amour de trois cents pages à Capucine.

— Bon sang, tu n'imagines même pas à quel point j'ai hâte de la rencontrer !

Ma mâchoire se crispe, et je sais à cet instant que

cela n'arrivera jamais. Je ne saurais expliquer pourquoi, mais je le sais…

Elle va partir. Et j'ai promis de la laisser s'en aller. Sauf que je ne m'en remettrai sans doute jamais.

Chapitre 19

— La jaune était plus jolie ! lance Jacob en regardant distraitement par la vitre de notre nouvelle voiture de location.

Je caresse le volant, satisfait d'avoir un véhicule qui ressemble à une vraie voiture et non à un pot de yaourt couleur canari.

— Certes, mais même Bugs avait du mal à rentrer dans la voiture jaune ! je sors en riant de ma blague avant de m'interrompre quand je constate que mon frère est toujours perdu dans ses pensées.

Jacob est d'un naturel jovial, mais depuis que nous avons pris le chemin du retour il semble ailleurs. Je vois bien que quelque chose le turlupine.

— Qu'est-ce qu'il se passe, Jacob ? je lui demande enfin.

— Je voulais encore être en vacances, dit-il en caressant tristement son lapin.

— Nous sommes toujours en vacances ! je lui réponds, ne comprenant pas où il veut en venir.

— Alors pourquoi on rentre plus tôt ? J'ai compté,

et il restait encore dix dodos dans la grande maison ! se plaint-il avant de faire la moue.

— C'est vrai, mais comme je te l'ai expliqué, je trouve dommage que Capucine soit toute seule, qu'elle travaille et que nous en profitions sans elle.

Il ne répond rien et croise les bras maintenant. Visiblement, il n'apprécie pas notre retour anticipé, et mon prétexte ne l'a pas convaincu. Mais je me vois mal lui expliquer les vraies raisons… Qu'elle me manque, que je suis éperdument amoureux d'elle et que je ne dors plus depuis que l'on a quitté San Francisco. Je ne pensais pas que l'on pouvait prendre aussi rapidement des habitudes et qu'elles puissent devenir vitales. Car, en l'espace de quelques semaines, Capucine m'est devenue aussi vitale qu'addictive. Elle est ma drogue, et comme tout bon drogué, je suis en manque et en ressens les effets dévastateurs dans chaque partie de mon corps. Alors je compte bien faire en sorte de ne plus être séparé d'elle. Elle ne partira pas, je ne la laisserai pas faire.

— Arrête de bouder, Jacob, on ira à la plage, faire de la randonnée et tout un tas d'autres choses, je tente pour lui remonter le moral.

— Tu mens, et moi, j'aime pas ça, les menteurs ! dit-il, le regard rivé sur ses genoux.

Menteur ? Ses paroles m'étonnent. Jamais je ne l'ai entendu tenir ce genre de propos.

— Mais enfin, pourquoi tu penses que je mens ?

— Papa faisait comme toi. Il disait qu'on partirait en vacances et on partait pas !

Mon père et ses promesses non tenues… Au moins,

à moi, il n'en a jamais fait, je savais à quoi m'en tenir. Je me demande l'espace d'un instant si cela avait un rapport avec sa dépression mais décide finalement de ne pas y penser. Il a emporté avec lui tous ses secrets, et c'est peut-être mieux ainsi. Je ressens déjà moins d'animosité à son égard, mais je ne lui décernerai pas la médaille du père de l'année non plus.

— On est partis, et là, on va profiter de la mer ! je tente pour lui montrer la différence avec les fausses promesses de mon père.

En réponse, il hausse les épaules. Je secoue la tête, ne comprenant pas cette histoire de mensonge. J'ai tenu ma parole et ne compte pas y déroger.

— Tu vas me dire que je dois rester au centre ? me demande-t-il tout à coup.

— Pourquoi tu irais au centre puisque tu es en vacances ?

— Parce que c'est comme ça que ça se passe !

Il y a comme un vilain écho de douleur et de rancœur dans ses mots.

— Non, tu n'iras pas au centre, je lui dis fermement.

— J'ai dit que je partais dans ma maison à New York à tout le monde, m'explique-t-il, ne desserrant toujours pas les dents.

— Et tu y es allé, mais c'est quand même plus amusant d'aller à la plage aussi, non ? Et nous y retournerons cet été, tu le sais.

— Tu ne m'as pas montré ta maison à toi !

Ma maison à moi… Il serait déçu s'il la voyait ! Elle est tellement fade comparée à la sienne. Je n'ai même plus envie d'y retourner maintenant. Je pense que je ne m'y sentirai plus chez moi. Trop loin de Jacob, de Capucine et de leur univers coloré et plein de vie.

— Raison de plus pour que l'on y retourne, alors ! je sors en me garant devant la maison bleue.

Il se tripote les mains, et j'attends qu'il me dise ce qui le turlupine.

— Qu'est-ce qu'il y a, Jacob ? je finis par lui demander.

— Si on est en vacances… on peut aller voir Mickey ?

Je l'observe, les yeux écarquillés.

— Mickey ? Tu veux dire Disneyland ?

Il hoche la tête, et je m'attendris devant son air de petit garçon qui rêve d'aller voir Mickey.

— Tu y es déjà allé ? j'ajoute.

Il secoue la tête, puis sort doucement :

— Papa, il disait qu'on irait et on y allait pas.

— Je n'y suis jamais allé non plus, je dis, songeur.

— Il y a des grands manèges, ajoute-t-il en se mordant la lèvre.

— Je ne pense pas que l'on pourra prendre Bugs, par contre.

Jacob se trémousse sur son siège en attendant la phrase magique.

— On ira à Disneyland, Jacob, je finis par lâcher avec un grand sourire, aussi excité que lui à cette perspective.

Je ne sais pas ce qui me plaît le plus : retrouver mon âme d'enfant l'espace d'un tour de manège ou faire plaisir à mon petit frère.

Il applaudit en sautillant autant que la voiture le lui permet et s'exclame, enthousiaste :

— Alors c'est vraiment les vacances ? !

— Oui, Jacob, c'est vraiment les vacances !

Il applaudit encore une fois, sort en trombe de la voiture et court jusqu'à la maison.

— Jacob, ta valise ! je lui lance alors qu'il est déjà sur le perron.

Il revient en courant et la récupère en vitesse pour mieux repartir. Il ouvre la porte d'entrée et crie :

— Cap, Cap, on va aller à Disneyland !

Bon, eh bien pour l'arrivée discrète, on n'y est pas vraiment !

J'entre à mon tour avec les valises et me crispe quand mon regard tombe sur un homme d'une trentaine d'années en train de descendre les marches.

— Bonjour, Mike ! Tu sais quoi ? Avec Marius, on va aller à Disneyland ! lui hurle Jacob, au comble de l'excitation.

Je ne dis rien et suis du regard l'homme en costume trois pièces jusqu'à ce qu'il quitte la maison. Jacob monte en courant pour saluer sa colocataire. Moi, je ne bouge pas.

Mike...

Je comprends mieux pourquoi je n'avais pas de réponse à mes messages ! Elle était avec Mike !

Je sens une colère insidieuse monter en moi et toutes mes craintes resurgir. Ma respiration s'accélère, mon rythme cardiaque s'emballe. Je jette un nouveau regard en direction de l'escalier et gravis les marches, appréhendant ce que je vais voir, ce que je vais dire...

Nouveau coup de poignard.

Capucine est allongée dans son lit et porte un peignoir rose en tissu.

Donc elle a reçu *Mike* dans sa chambre…

Ce constat vaut toutes les réponses à mes questions. J'ouvre et ferme mes poings, et supplie mon cerveau d'arrêter d'imaginer Cap et son invité dans sa chambre. Est-ce qu'à lui aussi elle a dit « rien de sérieux »…

— Tu devrais aller ranger tes affaires, dit faiblement Capucine à Jacob.

Elle me jette un léger coup d'œil et baisse la tête quasi immédiatement. Elle ne s'attendait pas à notre retour surprise. Moi, je ne m'attendais pas à croiser Mike ! *On est quittes !* je me dis ironiquement.

— Le voyage a été long, je sors en quittant la pièce.

Il n'y a plus rien à dire ni à faire. Je me suis déjà assez ridiculisé comme ça.

— Marius, attends ! me lance-t-elle.

Mais je n'écoute pas et me rends dans ma chambre. Je referme la porte et pose mon front contre le panneau de bois, espérant que mes entrailles cessent de se déchirer.

Bon sang, c'est un supplice… Je n'aurais pas dû revenir, j'aurais dû écouter mon instinct. Elle n'a répondu à aucun de mes messages depuis mon départ. Et à aucun moment elle ne m'a donné une once d'espoir que ce que je ressentais était réciproque. Alors pourquoi suis-je revenu aussi vite ? Pourquoi n'ai-je pas mis plus de distance entre elle et moi ? Et pourquoi je ressens toute cette foutue peine ? !

Je mets un violent coup de poing dans le mur. Ma respiration est heurtée, et ma rage contre moi, contre elle, devient incontrôlable. Je balaie les étagères avec violence et envoie tout s'écraser au sol. Rien ne m'arrête, et, lorsque tout ce qui meublait la chambre est enfin sens dessus dessous, je me retrouve face à la réalité.

Je l'aime et je me hais pour ça.

— Je te préviens, je ne ramasserai rien ! murmure dans mon dos la voix de la femme qui semble prendre un malin plaisir à me torturer.

— Va-t'en, je souffle, comme un animal prêt à fondre sur sa proie.

Je l'entends qui soupire, puis plus rien. Je me passe les mains dans les cheveux, sur le visage, et prie je ne sais quel saint pour que tout ça prenne fin.

— Tu as vraiment du mal à contrôler ta jalousie, dit-elle au bout de ce qui me semble une éternité.

Je me tourne, surpris qu'elle soit encore là, et l'observe en silence, comme si je tentais de résoudre une énigme. Elle est assise sur mon lit dans son peignoir rose, et je me demande si elle a toujours été aussi maigre. Ses yeux bleus semblent dévorer son beau visage, son teint est très pâle, presque translucide, et pourtant, elle est pour moi la plus belle femme au monde.

— Pourquoi faut-il qu'à chaque fois que tu me vois avec un autre homme tu penses immédiatement que je te trompe ?

Je me demande un instant si j'ai rêvé ce que j'ai vu, puis je me souviens que non. Elle était avec un autre homme dans sa chambre. Je n'ai pas besoin d'avoir vu ce type la toucher ou l'embrasser pour savoir.

— Va-t'en, je lui dis à nouveau plus durement.

— Non, parce que je n'ai rien fait de mal et que si je te laisse tu croiras que c'est le cas.

Je me tends. Et si elle avait raison ? Si j'interprétais mal la situation ? Mon cœur fait un bond dans ma poitrine à l'idée que j'ai eu tort, qu'elle m'aime et que plus rien ne se mettra entre nous.

— J'en peux plus, Capucine. Je veux plus, je ne veux plus me demander si notre relation compte autant pour toi que pour moi, je ne veux plus ressentir ce que tu me fais ressentir, je murmure, la suppliant presque de mettre fin à cette situation.

Elle tressaille, fixe un instant le sol du regard, l'air hésitante. Je donnerais tout pour savoir ce qu'il se passe dans sa tête à ce moment précis tant elle semble torturée.

Elle inspire au prix de ce qui semble être un effort colossal et me répond, la voix vacillante :

— Je suis désolée, Marius… Je suis tellement désolée de ne pas être la femme qui partagera le reste de ton existence, de ne pas être celle qui restera.

— Tu n'es pas désolée, tu ne m'aimes pas, c'est tout. Et je comprends, je ne suis pas un homme bien. Je ne suis pas de ceux…

Je ne termine pas ma phrase car, pour une fois, j'aimerais que l'on me dise que j'ai tort. Je ferme les yeux, tente d'ignorer la boule qui s'est formée dans ma gorge, la sensation de brûlure qui ne veut pas quitter mes paupières closes. Un frisson parcourt ma joue. Je rouvre les yeux et constate que ce n'est pas un frisson mais Capucine. Elle me regarde, ses beaux yeux sont baignés de larmes.

Ne la touche pas… Ne l'embrasse pas…

— Je t'aime, Marius, dit-elle tellement bas que je me demande si je n'ai pas rêvé.

C'est plus fort que moi, j'ai besoin de la toucher. Je prends avec douceur une mèche de ses cheveux bruns et la caresse entre mes doigts.

— Embrasse-moi, me supplie-t-elle en pleurant. Je t'en prie…

Je ne la laisse pas finir sa phrase et pose mes lèvres sur les siennes. Elles sont glacées, douces, et surtout, elles m'ont terriblement manqué. Je passe une main derrière sa nuque et la rapproche au plus près de moi. J'ai besoin de sentir sa poitrine contre mon torse, de caresser chaque centimètre carré de sa peau pâle, alors je défais la ceinture de son peignoir. Mes mains parcourent son corps avec avidité, et ma première impression se confirme : elle a maigri. Mais je m'en fiche, tout ce que je veux, c'est qu'elle me redise ces trois mots…

— Dis-le-moi encore, je lui demande, profitant qu'elle ne porte pas de soutien-gorge sous son T-shirt pour presser son sein droit dans la paume de ma main.

Elle me sourit tendrement et ne dit rien. Je passe mon nez dans son cou et inspire une grande bouffée de son odeur, comme un assoiffé après une randonnée dans le désert. J'ai besoin d'être repu d'elle avant de la libérer.

— Tu ne le rediras pas, n'est-ce pas ?

Elle lève un sourcil et me sort en pointant la chambre du doigt :

— Tu n'as pas été sage, une fois de plus !

Je grimace en jetant un coup d'œil autour de nous

et dois avouer que je n'y suis pas allé de main morte. Malgré tout, mon ressentiment refait surface, et même si Capucine a dit ce que je voulais entendre, il reste des zones d'ombre à éclaircir.

— Qui est Mike ? je demande tout à coup, à nouveau crispé.

Désespérée, elle secoue la tête et lâche, agacée :

— Le médecin ! C'est mon médecin, et celui de ton frère également, au passage. Tu vas faire une scène à Jacob aussi ?

Je recule, regarde à nouveau Capucine et me traite mentalement de connard. Elle a maigri, elle est toute pâle…

— Tu es malade ?

Elle hausse les épaules en réponse.

— Ça va ? je demande, un peu radouci.

Elle hoche doucement la tête avec un regard étrange.

— Tu as le droit de me dire que je suis un connard.

— Tu es un connard ! Et maintenant, va prendre une douche et ranger ta chambre ! me lance-t-elle en commençant à s'en aller.

— Non, mais tu n'es pas sérieuse ? ! Tu ne peux pas me dire que tu m'aimes et me laisser en plan après une semaine d'abstinence ! je râle.

Elle hausse de nouveau les épaules et me sort :

— Si, je peux le faire, et c'est même exactement ce que je vais faire !

Je la regarde franchir le seuil, scandalisé, et, alors que j'envisage de la suivre, elle réapparaît.

— Par contre, ne me refais plus de scène de jalousie

comme un gamin de douze ans ou bien ton abstinence sera bien plus longue qu'une misérable semaine.

Sur ce, elle repart, me laissant les bras ballants au milieu de la pièce. Je jette un nouveau coup d'œil au souk que j'ai mis et rejoins finalement Capucine dans sa chambre. Je la retrouve couchée sur son lit, toujours dans son peignoir rose.

— Mais qu'est-ce que tu fais ? me demande-t-elle alors que j'enlève mes baskets.

— Tu ne veux pas faire l'amour dans ma chambre, mais tu n'as rien dit concernant la tienne ! je lui fais remarquer en enlevant mon T-shirt.

Elle m'observe, les yeux écarquillés, et ne semble pas trop savoir quoi répondre, donc j'en profite pour enlever mon pantalon et mon caleçon. Une fois nu comme au premier jour, je monte sur son lit, passe mes deux mains de chaque côté de son short et lui demande, inquiet tout à coup :

— Tu n'es pas trop malade au moins ?

Elle se met à rire et me dit :

— Tu m'as manqué.

Mon cœur se pince à cet aveu, et je lui retire son short et sa culotte pour le coup !

— Ça veut dire « non » selon moi ! je lance en prenant un air innocent.

Elle secoue la tête et encadre mon visage de ses mains pour m'attirer vers elle. Je souris, fier de moi, et l'embrasse avec passion, laissant s'évanouir tous les doutes qui m'ont torturé ces derniers temps. Il ne me faut pas longtemps pour me placer entre ses jambes et la pénétrer. Une fois en elle, je dois me rendre à l'évidence, je la désire beaucoup trop !

— Bon sang ! Je suis désolé, mais ça va être rapide, je lui avoue, gêné mais déjà à bout.

Elle rit, me mord l'épaule et me glisse à l'oreille :

— A priori, je t'ai manqué aussi !

Je sombre dans son regard et lui confie :

— Tu n'imagines même pas à quel point !

Je lui souffle, telle une délivrance, en me déversant en elle :

— Je suis fou de toi, Capucine !

— Je t'aime, Marius, me dit-elle en souriant.

Je l'embrasse et, à cet instant, j'ai le sentiment que plus rien ne nous arrêtera. Je suis heureux et je ferai en sorte de le rester. Je repense aux paroles de sa mère et à la fameuse citation de Henry Van Dyke. Capucine vient de m'offrir l'éternité…

Je l'observe en souriant alors qu'elle semble faire un effort colossal pour ne pas s'endormir. Je lui caresse les cheveux, passe le bout de mon nez dans son cou et, lorsque je me redresse, elle dort paisiblement dans mes bras. J'ordonne à mon cerveau de graver ce moment dans ma mémoire. Lorsque je serai vieux et mourant, je veux pouvoir me remémorer cet instant rien qu'en fermant les yeux. Les paupières closes, je m'imprègne de chaque sensation.

Elle m'aime…, je me répète comme un idiot avant d'inspirer une grande bouffée de son parfum.

Rien n'est plus important que ces instants, et si elle veut des enfants, je lui en ferai une ribambelle, et si elle n'en veut pas, cela me va également. Je serai capable de soulever des montagnes pour elle !

Je dépose un léger baiser sur le haut de sa tête et décide de la laisser dormir. Je profiterais bien encore de son corps nu, mais elle est malade, donc je dois être raisonnable. Je me lève en silence, prenant garde de ne pas la réveiller. Je sais qu'elle a le sommeil léger et j'avoue éprouver une pointe de culpabilité d'être venu dans sa chambre alors qu'elle semblait si fatiguée. J'attrape mon pantalon et mon caleçon sur le sol, et mon regard tombe sur son carnet bleu. Elle y écrit ses chansons, ses pensées, ses souvenirs…

Je jette un coup d'œil à Capucine puis au carnet.

Saloperie de curiosité ! Je me demande si elle parle de moi…

Je grimace et me fais une raison. Elle m'en veut déjà pour ma crise de jalousie, n'ajoutons pas en plus le vol du carnet aux charges qui me sont imputées ! Je me rhabille, un peu déçu, et quitte la chambre sur la pointe des pieds après avoir admiré une dernière fois ma belle endormie.

— Pourquoi ta chambre est comme ça ? me demande Jacob, les sourcils froncés.

Merde, est-ce qu'il m'a vu sortir de la chambre de sa colocataire ?

— Je cherchais quelque chose, je mens honteusement.

— Et tu l'as trouvé ? m'interroge-t-il en ramassant un livre.

— Oui, je lui dis en pensant immédiatement à ce que je viens de partager avec Capucine.

Ça résume assez bien la situation. J'ai même trouvé plus que ce que je cherchais, je me dis en souriant à Jacob. Qui aurait pu penser qu'en venant à San Francisco pour en savoir plus sur mon frère j'en saurais finalement plus sur moi-même ?...

Il pousse un autre livre du bout du pied, et je fronce les sourcils. Il semble bien calme tout à coup...

— Tout va bien, Jacob ?

Il hésite puis, finalement, reprend la parole :

— Tu sais, je suis grand quand même et je peux comprendre des choses.

Donc il m'a vu sortir de la chambre de Capucine !

— Je sais. Et je suis désolé de ne t'avoir rien dit. Tu as raison, tu es assez grand pour comprendre certaines choses.

Il me regarde et semble tout fier.

— Nous sommes rentrés pour Capucine, si c'est ta question.

Il fronce les sourcils, et soudain, un voile de tristesse apparaît sur son visage.

— Elle va partir, dit-il comme si les choses étaient actées.

Je secoue la tête, ne comprenant pas sa réaction.

— Non, Jacob, je ne la laisserai pas partir.

Je me répète les dernières informations que j'ai en ma possession pour me rassurer :

Elle est malade, et Mike est son médecin.

Je n'ai pas vu de valise en cours de préparation.

Elle ne partira pas...

— Je veux plus aller à Disneyland, me sort-il en poussant à nouveau le livre du bout du pied.

— Pourquoi tu ne veux plus aller à Disneyland, Jacob ?

— Parce que j'ai promis.

— Tu as promis que tu n'irais pas à Disneyland ?

Il secoue la tête, et je n'arrive plus à le suivre.

— Jacob, je ne comprends pas. Tu voulais y aller et maintenant tu ne veux plus ?

— J'ai promis, et c'est pas bien de ne pas tenir ses promesses, tu sais.

— Tu as promis à qui ?

— À Capucine.

Il a promis à Capucine de ne pas y aller ? !

— OK, je ne comprends absolument rien, là, Jacob ! Si tu veux, on ira avec Capucine à Disneyland, je tente.

Il m'observe avec de grands yeux, comme si j'étais très intelligent ou alors complètement fou.

— On peut aller à Disneyland avec Capucine ? me demande-t-il, prêt à bondir à nouveau.

— Oui, si elle en a cnvie.

— Alors elle va pas partir ? m'interroge-t-il en continuant de m'observer, les yeux ronds.

— Non, Jacob, et je te promets de faire en sorte que cela n'arrive jamais, je lui dis, bien décidé à la garder avec nous, et cela à n'importe quel prix.

Mon frère fonce sur moi et, par la force de l'habitude, je me prépare à ce qu'il me serre dans ses bras. C'est ce qu'il fait en me murmurant :

— Tu promets ?

— Oui, je te le promets, Jacob.

Il hoche la tête et me serre encore plus fort.

— Eh bien, ce n'est pas vraiment ce qui s'appelle ranger la chambre ! lance Capucine depuis le seuil.

Elle semble épuisée mais heureuse.

— Cap ! Marius, il dit que tu partiras pas et que tu vas venir à Disneyland avec nous ! lui lance Jacob, de nouveau égal à lui-même.

Par contre, Capucine se décompose sous mes yeux. Jacob ne le remarque pas, mais moi, si. Elle ouvre, puis ferme la bouche, semble complètement dépassée par les événements et me jette des regards pleins de reproches.

— À moins que tu ne le souhaites pas, je sors pour lui tendre une perche que je ne veux pas qu'elle saisisse.

— Je… Je…, elle bégaie, regarde à droite, à gauche.

On dirait qu'elle cherche une porte de sortie ! J'ai l'impression qu'une chose m'échappe…

— Jacob, pourquoi tu penses que Capucine ne peut pas aller à Disneyland ? je demande froidement avec la fâcheuse sensation d'avoir mis le doigt sur quelque chose qu'il ne fallait pas.

— Mais à quoi tu joues ? ! lance Capucine qui, maintenant, s'agrippe au chambranle de ma porte.

— Jacob, s'il te plaît, j'insiste.

Il me regarde et me sort, comme si c'était évident :

— Parce que Capucine est malade et que la route est trop longue et qu'elle peut pas faire de manèges. Mais tu as dit qu'elle pouvait venir ! me reproche-t-il.

Lentement, les pièces s'emboîtent dans mon esprit. Je tente de repousser l'évidence mais celle-ci me frappe douloureusement. Les battements de mon cœur s'accélèrent tandis que mon cerveau me hurle que c'est impossible.

— Marius..., commence Capucine en pénétrant dans la chambre.

Elle est malade. Sa cicatrice... Tout était sous mes yeux...

Jacob s'agite. Il ne comprend pas ce qui est en train de se jouer et demande :

— C'est pour ça que le docteur Mike était là ? C'est parce que tu pars plus et qu'on peut aller à Disneyland ?

Ma gorge se serre quand Capucine baisse la tête et la secoue, en larmes. Je me passe une main sur le visage. Ce n'est pas qu'elle partira, comme tout le monde le dit. C'est qu'elle va...

Ma respiration se bloque. J'ai l'impression d'être pris au piège. Mon cerveau me répète de ne pas m'emballer, que ce à quoi je pense est impossible... Elle est tellement jeune... ce n'est pas possible...

— Tu m'as menti ? m'interroge Jacob.

Je ne le regarde pas. Je ne sais pas quoi répondre à mon pauvre frère qui pensait aller faire du manège, que tout allait s'arranger...

— Il ne savait pas, Jacob, lui murmure Capucine.

C'est impossible. J'ai dû mal comprendre. Elle n'a que vingt-trois ans, elle ne va pas... Non, je n'ai rien compris...

— Mais tu as dit..., il ne termine pas sa phrase, et je ne lui en veux pas de penser que je l'ai trahi.

— Jacob, tu peux nous laisser, s'il te plaît ? lui demande Capucine.

Il s'en va après une seconde d'hésitation.

Capucine s'approche de moi, mais je l'arrête d'un geste et lui murmure sèchement :

— Est-ce que tu es *gravement* malade ?

Elle m'observe en silence, et j'ai la réponse à ma question.

— Je… Laisse-moi, je souffle difficilement.

Je ne peux pas la perdre… Je ne peux pas me perdre à nouveau…

— Ne fais pas ça, me supplie-t-elle.

Je ferme les yeux, pose la main sur ma poitrine.

Je ne peux plus respirer… Je ne peux plus…

— Laisse-moi, je dis encore plus faiblement.

Je ne veux pas qu'elle me voie comme ça.

Elle reste silencieuse et quitte la pièce à son tour, me laissant seul parmi les éclats de mes rêves brisés.

J'attends qu'elle referme la porte pour m'effondrer. À genoux au milieu des livres qui jonchent le sol, je gémis de douleur. Pitié, faites que tout cela ne soit qu'un cauchemar…

Chapitre 20

Je bois mon verre cul sec et en fixe le fond, l'œil hagard. Il est déjà vide. Je le scrute en songeant que j'aurais voulu faire mieux que noyer mon chagrin dans la boisson. Mais il faut croire que je ne suis bon qu'à ça : broyer du noir et attendre que la vie m'entraîne. Une vie sans vie, une existencc sans fondement. Et quand j'essaie de lui donner de la consistance, elle se charge de me rappeler que je suis soumis à ses lois.

J'ai cru en Capucine. J'ai cru que j'étais capable de faire mieux, de faire prendre à ma vie un autre tour. Mais la réalité m'a rattrapé. Je ne suis pas ce genre de personne, le genre de frère qui va faire du manège à Disneyland. Non, moi, je suis un écrivain égocentrique porté sur la boisson qui fuit les responsabilités. Capucine, elle, elle vit, elle aime, et pourtant, ce n'est pas moi qui me meurs, c'est elle.

— Je suis aussi vide que ce putain de verre ! je lâche avant de le jeter contre le mur.

Ma poitrine monte et descend au rythme de ma respiration chaotique. Je ferme les yeux et me dis que si j'arrive encore à penser, c'est que je n'ai pas assez bu. J'avise la bouteille de whisky sur le bar et décide d'y remédier. Je ne peux pas sauver Capucine, mais je peux faire en sorte d'arrêter de penser.

Je me lève et m'effondre immédiatement sur le sol, abruti par l'alcool qui coule dans mes veines. Je jette un regard morne à la bouteille et me demande pourquoi elle est si loin. Je brasse avec les pieds et les bras les livres qui jonchent toujours le sol et tombe sur la photo encadrée de mon père et moi. Distraitement, je passe mon index dessus, comme pour en dessiner les contours, et me demande comment serait ma vie si je l'avais reconnu ce jour-là. J'aurais peut-être connu Capucine plus tôt et pu profiter de nombreuses années avec elle. Je serais peut-être un homme meilleur, un homme que Capucine aurait rêvé d'avoir dans sa vie…

Je soupire, me pince l'arête du nez dans une vaine tentative pour soulager mon mal de tête et, finalement, fais prendre au cadre la même destination que le verre vide, c'est-à-dire le mur.

— J'ai besoin d'alcool, pas de ressasser des souvenirs ou des fantasmes impossibles ! je crie en reprenant péniblement mon expédition en direction de la bouteille.

Je rampe et finis par l'atteindre. Assis à même le sol, je dévisse le bouchon et, au moment où je pose le goulot sur mes lèvres, je remarque deux yeux azur qui m'observent. Je prends une première gorgée tout en me demandant si je souffre d'hallucinations.

— Tu es venue constater les ravages de l'amour ? je lance avant de rire de ma blague pas drôle.

— Je dirais plutôt les ravages de l'alcool.

Humour caustique, jambes fines, grands yeux bleus, petite robe blanche bordée de dentelle... Elle ressemble à une apparition divine, mais n'en est pas une. Je suis en miettes, mais elle me fait toujours autant d'effet... Je suis un être vraiment tordu.

— Dans mon cas, les deux sont liés. L'alcool et l'amour.

Elle baisse les yeux et, après un court silence et une autre gorgée de whisky, je lui demande :

— Pourquoi a-t-il fallu que je tombe amoureux de toi ? Je veux dire, tu es très belle, mais j'ai connu beaucoup de femmes très belles, et il n'y a rien eu ! Non, je te jure, que du cul pour du cul ! Et le pire, c'est que si je l'avais voulu, elles auraient toutes été méga partantes pour un petit pavillon dans une banlieue tranquille, avec des arbustes bien taillés et des vélos dans l'allée ! Je crois que je me suis fait connardiser par la vie, je termine en vacillant.

— « Connardiser par la vie » ? Rien que ça ! Bon sang, tu es vraiment très soûl, conclut-elle avant d'aller s'asscoir sur mon lit.

— Pas assez, si tu veux mon avis, je sors en me disant malgré moi que jamais je n'ai vu plus belle femme.

Elle pose quelque chose à côté d'elle sur la table de nuit et continue de m'observer. Je me sens minable sous son regard. Je me sens minable tout court. C'est elle qui se meurt, pas moi, et pourtant c'est moi qui suis une loque.

— Je suis désolé, je ne suis vraiment pas à la hauteur, je souffle en essuyant mes yeux qui me brûlent.

— Avec le temps, j'ai appris que chaque personne

avait sa propre façon de gérer ce genre de nouvelle, dit-elle avec douceur.

— « Ce genre de nouvelle » ! Ce n'est pas une nouvelle, Capucine ! Une nouvelle, c'est dire à un homme que l'on attend son enfant, que… Je ne sais pas, mais pas ça ! Ça, c'est un cataclysme, un drame… Bordel, je ne m'en remettrai jamais !

Elle m'observe en silence, et je reprends en essuyant les larmes qui coulent sur mes joues :

— J'étais prêt à fonder une famille avec toi, pas ça…

— On ne choisit pas de qui on tombe amoureux, ni quand. J'aurais préféré que tu ne tombes pas amoureux de moi, et pourtant, je n'arrive pas à le regretter, Marius.

Je rampe vers elle et entoure ses genoux de mes bras. Je ferme les yeux quand elle passe avec tendresse ses doigts dans mes boucles.

— Je t'aime trop pour te laisser partir, Capucine. Je n'y arriverai pas, je ne m'en remettrai jamais, je murmure, le cœur en miettes.

Elle ne dit rien, et c'est pire. J'attends qu'elle me dise que tout peut encore changer, que rien n'est joué, mais elle ne dit rien.

— Ce Mike, ton médecin… Il est peut-être un peu jeune ? On pourrait…

— Marius, ne joue pas à ça. Je suis désolée, mais…, elle me coupe mais ne termine pas sa phrase.

Je me redresse, inspire une grande bouffée d'air et reprends :

— J'ai beaucoup d'argent, Capucine. Donc je ne compte pas baisser les bras.

Elle passe tout en douceur son pouce le long de ma mâchoire et me glisse :

— Et si on mettait ça de côté et qu'on oubliait, le temps d'un instant ?

Je me redresse et plonge dans son magnifique regard. J'attrape une boucle brune égarée sur son épaule et la caresse avec délicatesse.

— S'il te plaît, Marius. Laisse-moi profiter de ces moments, me supplie-t-elle, la gorge nouée.

Ma mâchoire se crispe, mes muscles sont tendus, trop conscient que je suis de ce qu'elle me demande, mais mon cœur, lui, décide d'oublier, de tout oublier et de ne faire que l'aimer. Nous en parlerons demain. Ce soir, j'ai besoin de ses lèvres, de ses soupirs… Je ne dis rien et l'embrasse avec douceur. Elle m'entraîne sur le lit, nos lèvres toujours scellées.

Je ne la laisserai pas partir…, me dis-je en lui retirant sa petite robe blanche.

Jamais, j'ajoute en la laissant me déshabiller.

— L'éternité, je lui murmure en la pénétrant doucement.

— L'éternité, répète-t-elle en m'embrassant brutalement.

Nos larmes se mélangent, nos gestes se font tendres, et faire l'amour n'a jamais eu autant de signification qu'à cet instant.

— Dis-le-moi, je lui demande, les yeux fermés, savourant la sensation d'être en elle.

Son nez parcourt mon cou, ses dents s'enfoncent dans la chair tendre du lobe de mon oreille, et le temps suspend son cours au moment où elle me murmure :

— Je t'aime, Marius.

— Je t'aime, Capucine, je lui glisse à mon tour en jouissant en elle.

Je ne quitte plus ses yeux azur, je ne veux pas que ce moment s'achève.

— Je suis désolée, dit-elle tout bas en commençant à fermer les yeux.

Je l'embrasse et la serre contre moi. Mes mains s'enfoncent presque dans sa chair de peur qu'elle ne m'échappe.

— Je ne te laisserai pas partir, je lui souffle, même si elle dort déjà.

Je ferme les yeux à mon tour et me fais la promesse de passer chaque seconde du reste de sa vie à l'aimer sans la moindre retenue.

Un frisson me saisit. Je remonte la couverture, mais rien n'y fait, je n'arrive pas à me réchauffer. J'ouvre les yeux, me demandant si je n'ai pas laissé la fenêtre ouverte, et me fige.

Ses boucles brunes sont étalées sur l'oreiller, ses lèvres sont pâles et entrouvertes, ses yeux azur sont éteints.

Des larmes coulent le long de mes joues et roulent sur sa peau pâle. Je plonge une dernière fois le visage dans sa chevelure et lui murmure, où qu'elle soit :

— Tu avais raison, je n'ai pas eu d'autre choix que de te laisser partir…

Je l'embrasse une dernière fois et, la gorge serrée, je souffle :

— Merci de m'avoir offert l'éternité.

Épilogue

Mes yeux naviguent entre Jacob qui joue au ballon dans le jardin et le carnet bleu de Capucine. Cela fait trois mois que…

Je me passe une main tremblante sur le visage. Je n'y arrive pas, toujours pas, et n'y arriverai certainement jamais.

Chaque jour passé sans elle est une torture.

— Marius, tu as vu comme je saute haut ! s'exclame Jacob en bondissant avec son ballon.

Je lève mon pouce et lui souris. Je suis heureux de voir qu'il s'acclimate bien à sa nouvelle vie new-yorkaise.

La vie dans la maison bleue était devenue impossible, même pour Jacob. L'esprit de Capucine vibrait dans toutes les pièces, dans tous les coins de cette maison. Il nous a semblé évident à tous les deux que nous devions partir. Je n'ai pas honte de l'admettre, nous avons fui cette tristesse qui nous était insurmontable. Heureusement, j'ai un frère extraordinaire qui me maintient la tête hors de l'eau. Un frisson me parcourt quand, l'espace d'une seconde, je m'imagine ce que serait ma vie sans

Jacob. Je crois qu'il y a des choses que je ne préfère pas imaginer, finalement…

J'effleure le carnet du bout des doigts et me demande si aujourd'hui j'aurai enfin le courage de l'ouvrir. Il était évident pour les parents de Capucine que ses carnets me reviennent. Je n'ai pas osé décliner leur offre, trop heureux de posséder quelque chose d'aussi personnel et interdit jusque-là. J'ai réussi à lire tous les carnets noircis par Capucine de ses six ans à il y a un an. J'y ai découvert tellement de choses, et surtout, j'ai pu mesurer la souffrance à laquelle elle s'est confrontée tout au long de sa vie. Née avec une malformation cardiaque, son état s'est gravement dégradé à l'âge de six ans. Ses parents ont couru d'hôpital en hôpital, essayant greffe sur greffe. Elle n'est jamais allée à l'école ni à un bal de fin d'année. Les seuls anniversaires qu'elle ait jamais fêtés étaient ceux de Jacob ou de Violaine. Heureusement, elle trouvait du réconfort dans la musique, et c'est devenu sa seule manière d'oublier sa maladie.

Je me frotte le visage et ouvre les yeux. Le regard dans le vide, je pense au dernier carnet que j'ai lu.

À vingt et un ans, elle a décidé de mettre fin à son traitement et d'emménager avec Jacob. Ce carnet, je l'ai lu au moins une dizaine de fois et je n'ai pas réussi à trouver à quel moment elle a fait le choix d'arrêter de se battre.

Et là ma main est posée sur le carnet qu'elle a déposé sur ma table de nuit, le soir où… *notre dernier soir, son dernier carnet…*

Inlassablement, je me demande si elle aurait continué

son traitement si je l'avais rencontrée deux ans plus tôt. Mon esprit s'égare un instant, et j'imagine Capucine, ses boucles brunes dans le vent, qui jouerait avec Jacob au ballon.

— Marius, c'est ce soir Koh Lanta ? me demande Jacob, interrompant mes pensées.

— Oui, c'est ce soir. Tu veux que l'on commande une pizza ?

— Ouais ! s'exclame-t-il en courant vers la maison.

Je jette un dernier regard au carnet et décide de ne pas le lire aujourd'hui, mais plutôt de rejoindre Jacob à l'intérieur.

Capucine m'a offert l'éternité et une famille…

Remerciements

En règle générale, je n'écris jamais de remerciements à la fin de mes romans. Comme les compliments, je préfère les faire en direct aux personnes concernées. Ne jamais retenir ses mots, car on ne sait jamais de quoi sera fait demain, telle est ma devise.

Mais il est parfois bien de changer ses habitudes ; comme j'ai changé de genre en écrivant l'histoire de mon salaud de Monsieur M. Ce roman que, j'espère, vous avez pris plaisir à lire a nécessité plus de temps et de travail que prévu. Il m'a accompagnée durant toute ma grossesse et s'est terminé à quelques jours près de la naissance de ma puce Mathilde. C'est peut-être pour cela qu'il tient une place particulière dans mon cœur.

C'est pour toutes ces raisons et bien plus, que je souhaite remercier tout d'abord Sophie mon éditrice, mon héroïne, malgré elle, d'épopée épique savoyarde. Merci de croire en moi depuis mes débuts et de me laisser la chance d'aller au bout de mes envies littéraires parfois étranges. Merci de m'avoir donné ma chance et de continuer de m'encourager à m'améliorer afin de pouvoir mettre par écrit mes rêves et mon imagination débordante.

Je remercie également les éditions HarperCollins qui m'ont permis de devenir un bout de la romancière que je souhaite être un jour.

Merci, Déborah, de me suivre dans mes péripéties et de me supporter, heureusement il nous restera toujours les M & M's ! Même si l'on en mange beaucoup moins qu'à l'époque où nous partagions le même bureau.

Merci, Aurélie, ma Lovely Teacher pour tes traductions et tes encouragements.

Merci, Claire, pour tout le travail que tu effectues dans l'ombre. Mes romans ne seraient pas les mêmes sans toi. Merci de m'avoir donné un peu de ton savoir et pour tout le temps que tu passes à corriger mes étourderies, mes fautes de grammaire, à démêler mes mots pour en trouver parfois le sens bien caché… et tellement d'autres choses !

Merci à beIN Sport et Netflix d'occuper mon mari les soirs où j'écris. Mon amour, je t'aime et heureusement tu es d'une bien plus grande patience que moi.

Et pour finir, je souhaite remercier toutes les personnes qui me lisent et j'espère que nous vivrons encore de belles aventures littéraires ensemble.

Vous avez aimé

Avant, j'étais un salaud ?

Découvrez les autres romans

de Louisa Méonis

Composé et édité par HarperCollins France.

Achevé d'imprimer en mai 2019.

CPI
FIRMIN-DIDOT

à Mesnil-sur-l'Estrée (Eure)

Dépôt légal : juin 2019.

Pour limiter l'empreinte environnementale de ses livres, HarperCollins France s'engage à n'utiliser que du papier fabriqué à partir de bois provenant de forêts gérées durablement et de manière responsable.

Imprimé en France